Re:ゼロ
Re: Life in a different world from zero
から始める異世界生活

今、昔
The present and the past

「昨日と比べたらちゃんと話せてるみたいじゃないか。仲直りできたのか？」
「仲直り……どうだろ。俺の誠意がちょっとは届いたと思いたいけど」

『――。聞こえていますよ。打ち解けたと思っているなら勘違いです』
「う――！」

「さあ、戦うがいイ、戦士の証を立てヨ！
シュドラクの、狩りの眼が見届けル！」

「──くるぞ、ナツキ・スバル！」
「だあああ！　やっぱりかぁ‼」
「見えてるよ！　クソ、ここんとこずっと試されてばっかりだ！」

Re: Life in a different world from zero

The only ability I got in a different world "Returns by Death"
I die again and again to save her.

CONTENTS

Re：ゼロから始める異世界生活26

長月達平

MF文庫J

口絵・本文イラスト●大塚真一郎

プロローグ　『監視塔の人々』

――それはナツキ・スバルが意識を失い、『緑部屋』で静養している間の出来事。エミリアに案内された面々が、プレアデス監視塔の一層へ上がった直後のことだった。

『――汝《なんじ》、塔の頂へ至りし者。一層を踏む、全能の請願者』


その出迎えの声を聞いて、その出迎えの相手を見て、一同は言葉を失っていた。

当然だろう。そこで待ち受けていたのは青い鱗《うろこ》を纏《まと》った巨大な龍《りゅう》――それも、ルグニカ王国で知らぬもののいない、伝説上の存在であったのだから。

「ビックリ仰天でしょ？　一層に上がってみたら、ボルカニカが待ってたの。私、すごーく驚いちゃって……」

「まま、待つのよ、待つかしら。お、驚いたで済ませていい話じゃないのよ!?」

一層に鎮座する『神龍《しんりゅう》』を前に、泡を食ったベアトリスが声を裏返らせる。パタパタと手を振って目を白黒させるベアトリスだが、動転しているのは彼女だけではない。

「こ、これは……」

「はぁ〜、さすがにウチもこれは予想外やったわ。なんやの。『神龍《しんりゆう》』さんて、大瀑布《だいばくふ》の向こうにいるって話やなかった？」

「そう聞いてはいたね。『竜歴石《りゆうれきせき》』の予言によれば、王選が決着する年、改めてルグニカ国王となったアナと盟約を結び直すために現れるという話だったはずだ」

普段から泰然としているアナスタシアも、さすがの相手に冷や汗を隠せない。彼女の首元で襟巻き状態のエキドナも、声がわずかに上擦っていた。

「——偉大なる龍にして、我らが王国を守護せし『神龍』。長きにわたり、盟約を遵守し、多くを与えてくださった救済の担い手、ボルカニカ様にご無礼をいたしました」

その女性陣の反応に遅れ、白い騎士服姿の人物——ユリウスが進み出ると、『神龍』に向かって騎士剣を床に置く最敬礼を行い、最大限の敬意を払う。

親竜王国に仕える騎士の礼節、それに対してボルカニカは金色の瞳を細めると、

『——我、ボルカニカ。古《いにしえ》の盟約により、頂へ至る者の志を問わん』

「は！　我が身、我が信義の全ては、こちらにおわすアナスタシア・ホーシン様へ捧《ささ》げております。次代の王、次なる盟約は必ずや、アナスタシア様が……くっ」

「ゆ、ユリウス、泣いてるん？」

「も、申し訳ありません。『三英傑』の一角、レイド・アストレアと言葉を交わせただけではなく、ついには『神龍』ボルカニカと対面できたのです。ルグニカ王国の騎士として、これ以上の誉れがありましょうか。……ここは、なんという塔なのか」

眦《まなじり》の涙を拭い、畏れ多さにユリウスが声を震わせる。

そんな彼の感動に水を差すようでとても悲しい気持ちになりながら、エミリアは「あのね……」と言いづらそうに切り出した。

「ユリウスがすごーく喜んでるから言いにくいんだけど……」

『――汝《なんじ》、塔の頂へ至りし者。一層を踏む、全能の請願者』

「……ちょい待ち。今の台詞《せりふ》、ウチ、さっきも聞いた気がするんやけど」

龍の繰り言に気付いたアナスタシア、その一言にエミリアは観念してしまう。

「あのね、ボルカニカなんだけど……ここで長く待ちすぎちゃったせいで、すごーく物忘れが激しくなっちゃったみたいなの。体は元気だから、大暴れできるんだけど……」

彼《か》の龍の強さは本物だが、長い時間の経過にその精神は耐えられなかった。

『神龍』は一層の試験官としてエミリアに立ち塞がったが、エミリアがモノリスに到達して役目を果たしたのか、またしても元の曖昧な状態へ逆戻りしてしまったのだ。

おまけに『試験』は終わったのに、また『試験』の話をずっとしている。

「い、偉大な『神龍』が、老いてしまったと……？」

「ゆ、ユリウス、落ち着き？　ほら、ちょっと疲れてるやろ？　座り、座り」

そのエミリアの話を聞いて、ユリウスが大きな衝撃にふらついてしまう。

レイドに続いて、遭遇した二つ目の伝説も期待と違い、儚《はかな》く膝が震えてしまっていた。

エミリアも、目をキラキラさせたユリウスをガッカリさせたくなかったのだが――、

「エミリア、たぶんそうじゃないかしら。これは物忘れしてるんじゃないのよ」

「え？」

「エキドナ、お前も感じるはずかしら。この『神龍《しんりゅう》』の状態は……」

「そうだね。よくよく見れば明らかだ。これは精神の摩耗じゃなく、魂が虚《うつ》ろなんだよ」

「魂が、虚ろ……？」

ベアトリスとエキドナ、わかり合う人工精霊同士の会話にエミリアが首を傾《かし》げる。

「簡単な話なのよ。魂が虚ろ……つまり、中身が入ってないかしら。だから、決められた発言と、限られた反応しかできてない。九割寝てると思えばいいのよ」

「九割……でも、すごーく強かったのよ？」

「魂が入っていたら、その比ではなかっただろうね」

命拾いした、というニュアンスのエキドナの言葉に、エミリアはゾッとする。

氷兵たちの協力もあって、ギリギリの攻防をかろうじて生き抜いたのがエミリアだ。そんなボルカニカとの対決も、彼からすれば寝惚《ねぼ》けていたも同然なのだと。

「ただ、魂が虚ろでも、『神龍』の肉体には違いないかしら。それなら、プリステラの人間たちを助ける方法はあるかもしれんのよ」

「――！　みんなを助ける方法？　それってどうしたらいいの？」

「――なるほど。『神龍』の、龍の血を手に入れるんやね」

指を鳴らしたアナスタシア、彼女の言葉にベアトリスが頷《うなず》く。

その話を聞いて、エミリアも「あ」と目を丸くした。

『神龍』ボルカニカの血、それはルグニカ王国に伝わる様々な逸話の発生源。

龍の血は涸《か》れた大地を蘇《よみがえ》らせ、豊穣《ほうじょう》を約束し、病やケガによる血をたちどころに遠ざける妙薬であると、とにかくすごい効果の数々が記録されている。

そして、他でもない。その龍の血は、エミリアにとって聞き逃せない要素――、

「ボルカニカから、血をもらえたら……」

エミリアの、王選に参加した目的――ルグニカ王国が保存する『龍の血』を獲得し、その血を使ってエリオール大森林の凍土、その凍結を解くこと。

あの森で、エミリアの力の暴走によって氷漬けになってしまった同胞たち。彼らの身柄を解放するために、エミリアは王選への参加を志したのだから。

「――――」

その、エミリア参戦の最大の目的が、この瞬間に叶《かな》う可能性が浮上した。

そのことにエミリアは動転し、息を詰める。

ここでボルカニカから血をもらうことができれば、エミリアが王座に就こうという理由は失われることとなり――、

「私、は……」

「――エミリア、混乱させて悪かったかしら。ただ、エミリアが考えてる『血』と、このボルカニカの血は違うものなのよ。だから、そっちは叶わないかしら」

王選への参加の意義、それを失いかけたエミリアにベアトリスが言った。

その言葉に、エミリアは「え？」と目を丸くする。

「叶《かな》わないって、どういうこと？　私、すごーくちゃんと勉強したのよ。みんなの、あの森の氷を溶かすには、お城にある『龍《りゅう》の血』がいるって。それで……」

「その考えは間違ってないのよ。『神龍《しんりゅう》』ボルカニカが盟約を交わし、ルグニカの王族へ託した『龍の血』には万病を癒《いや》し、死んだ大地を蘇《よみがえ》らせる力すらあるかしら。エミリアの、エリオール大森林の凍土を溶かす力でさえあるはずなのよ。でも……」

そこでベアトリスは目を伏せ、一度言葉を切った。そして、途切れた言葉の先を求めるエミリアの視線に応えるように、その特徴的な紋様の浮かぶ瞳を瞬《まばた》かせ、

「王国に託された血は、ボルカニカのものではないかしら。何故《なぜ》なら『龍の血』とは、死する龍の最後に脈打った心の臓からこぼれた血……心血のことだからなのよ」

「死する龍の、心血……？」

聞いたこともない話を聞かされ、エミリアは形のいい眉を顰《ひそ》めた。それに静かに頷《うなず》くべアトリスに対して、「よろしいですか」とユリウスが挙手する。

魂の有無を聞いて、先の衝撃からかろうじて立ち直ったらしきユリウス、彼は反応の変わらない『神龍』を見上げながら、

「お言葉ですが、ベアトリス様、今のお話はどこで？　私も、ルグニカ王国の近衛《このえ》騎士団に所属した騎士です。王国の大事の多くは耳に入ってくる。しかし、今の話は……」

「――最後の心の臓の響き、龍の心血として器に注がれたり。その血、真の龍の血として王城へ託され、人と龍との盟約の証《あかし》とならん」

「――――」

「知らないのも無理ないかしら。今の話は禁書庫に封じられた記録……もはや外の世界に名の残らない、『強欲《ごうよく》の魔女』エキドナが残した記述の一文なのよ」

ベアトリスのその答えに、ユリウスが瞠目《どうもく》し、息を詰めた。

王国騎士である彼も知らない、しかし、ベアトリスの嘘《うそ》とは到底思えない内容。そしてそれが事実だとしたら――、

「では、ルグニカ王城に保管されている『龍の血』とは、どの龍の血なのですか？　最後の心臓の鼓動ということは……」

「その血を残した龍は死んでないとおかしい……そうなると、そこで頭の中空っぽでも生きとる『神龍』さんやと筋が通らんねえ」

ユリウスとアナスタシアの疑問、それももっともなものだった。

『龍の血』が最後の心臓の鼓動によりもたらされるのだとしたら、それはボルカニカのものではなくなる。そして、それでもなお絶大な力を持つ血であるなら――、

「わからないかしら。残念だけど、そこまでは書にも書かれてなかったのよ」

「……半端なことをするものだね。察するに、その『強欲の魔女』というのがナツキくんがボクに冷たく当たる最大の原因だろう？　今の話でボクも彼と同意見になったよ」

「お母様の悪口は許さんかしら。口を慎むのよ」

「二人とも、そうやってケンカしないの！　でも、うん、そうなんだ……」

エキドナ性の違いで対立する二人を叱り、エミリアは静かに俯《うつむ》いた。

城にある『龍《りゅう》の血』と、目の前のボルカニカの血が違うものであるという話は初耳で、驚きだった。ただ、それと同時に少しだけホッとしている自分もいて。

「……そんなの、すごーく変なのに」

森のみんなを助けることが、エミリアにとって一番の目的だ。

それは今も、いつだって変わっていない。だから、ここでボルカニカの血をもらい、それが解決策になるなら、それでエリオール大森林を解放するべきだった。

しかし、それをしたいと思う反面、エミリアは迷ったのだ。

――別の手段があるのなら、自分は王選参加を辞退し、舞台から降りられるのかと。

「……エミリアさんの関心はともかく、ベアトリスさんの話が本当なら、この『神龍《しんりゅう》』さんの血ぃで目的は果たせるん？　期待外れの可能性が高いんやない？」

「昔から、龍の血が魔の触媒として重宝されていたのは事実かしら。腐っても『神龍』の生き血なら、心血ほどでなくても大きな力を持つはずなのよ。でも……」

そこでちらと、ベアトリスがエミリアの方を見る。その瞳に宿った憂いを見れば、ベアトリスの胸中を支配した申し訳なさの正体はわかる。

この、『神龍』ボルカニカの生き血を以《もっ》てしても――、

「森のみんなの氷は溶かしてあげられないのね」

「……残念かしら」

　エミリアの問いかけに、ベアトリスが悲しげに頷《うなず》く。

　その、エミリア以上に落ち込んでいそうなベアトリスの様子を見て、エミリアは「大丈夫よ」と唇を緩め、へこたれていないと顔を上げた。

「すごーく残念なのはホントのことよ。でも、いきなりのことだったから、驚いちゃったのが大きくて、実感が湧いてなかったから……私は、へっちゃら」

「前もって話しておくべきだったかもしれんのよ。……まさか、こんなところに『神龍』がいるとは思わなかったかしら。痛恨だったのよ」

「ええ、そうね。お騒がせものなんだから」

　ベアトリスに沈んだ顔は似合わないと、エミリアはしっかり胸を張った。

　がっかりした気持ちは、正直ある。でも、ベアトリスに言ったことも本当だ。むしろ、近道やズルはできないのだと、そう言われたも同然だと思える。

「それにしても、『龍の血』にそんな違いがあるなんて知らんかったわ。……ちなみに、目の前の『神龍』さんに死んでもろて、その心血をもらったりしたら……」

「あ、アナスタシア様⁉」

「冗談、冗談や。ユリウスが怒るやん、そんなんせんよぉ」

　目を剥《む》いたユリウスの反応に、アナスタシアが両手を上げて意見を引っ込める。

冗談で驚いたが、エミリアもその意見には反対だ。もちろん、エリオール大森林の氷は溶かしたいし、プリステラの人々のことも救いたいのは本気だが。

「そのためにボルカニカを犠牲にするのは、よくないことだと思うわ」

「はいはい、ウチもそれはしたないよ。——あくまで、最終手段やね」

ちろっと舌を出し、アナスタシアがエミリアの言葉にそう答える。そのアナスタシアの首元で、襟巻きに扮したエキドナが「やれやれ」とため息をついて、

「話をまとめよう。過去、ボルカニカに匹敵する強大な龍《りゆう》がいて、ルグニカ王城に預けられた『龍の血』はその龍のものだった。ボルカニカは盟約を結んだルグニカ王族にその血を預けただけ。それが歴史の真実と、そういうわけだね？」

「龍もほとんどいなくなった今、検証する術《すべ》もないかしら。でも、事実なのよ」

「しかし、ここには『神龍《しんりゆう》』そのものがいる。彼《か》の龍の心血をもらうという選択肢がないなら、せめて生き血はもらいたい。水門都市の人々の治療に役立てるためにね」

「城の『龍の血』は一滴でも荒れ地が蘇《よみがえ》ったって話やね。劇薬にならん？」

「生き血と心血ではモノが違うかしら。と言っても、もちろん、そのまま浴びせても効果は保証できないのよ。あくまで、治療の取っ掛かりかしら」

「ですが、何の方法もなかったときと比べれば大きな進歩です。万事に効く霊薬であるという話が本当なら、試してみる価値はある」

有識者たちの話し合いを聞いて、エミリアも改めて希望が湧いてくるのを感じる。

あの、大変な目に遭った人たちを助けるためにアウグリア砂丘を渡ったのだ。

『暴食《ぼうしょく》』のことも『色欲《しきよく》』のことも、解決する方法を持ち帰れるならそれが一番。

「ん、わかった。ボルカニカにお願いしてみましょう。もしかしたら、全然話は通じないかもしれないし、血をもらおうとしたら大暴れするかもしれないけど」

「それを聞くとげんなりするのよ……。エミリア、お前はプレアデス監視塔の新しい管理者の権限を得たはずだし、それでどうにかならんのかしら」

「管理者の権限……全然、その自覚がないのよね……」

三層の謎を解き明かし、二層のレイドを突破して、一層のボルカニカに志を示した。それらの条件だけ見れば、確かにエミリアは監視塔の踏破者と言える。だが、それがエミリアにわかりやすい変革をもたらしたかというと、それはノーだった。

ぼんやりとわかることは――、

「もう、この監視塔にくるための砂丘も、誰も拒まないってこと……かな」

「それがエミリアさんが選んだことなん？　『死者の書』ってのもずいぶんと厄介な代物みたいやし、魔女教もくるかもしれんのに。だいぶ賭けみたいな話やない？」

「危ないこともあるかもしれないけど、それこそちゃんとみんなで気を付けて使ったらいいと思うの。私たちだけじゃ、判断できないこともたくさんあると思うし」

エミリアたちが、この少ない人数で結論を出すには監視塔の抱えるものは大きすぎる。良くも悪くも、ここをどうにかする権利はエミリアたちにはない。だから、もっと多くの人間で知恵を持ち寄り、一番いい方法を探すべきだと。

「そう思うんだけど、ダメ？」

「……いささか他者に期待しすぎな気はするが、君らしい結論だ。ボクは、アナやユリウスが反対しないなら反対しないさ」

「ありがと、エキドナ」

最初に賛意を示したエキドナに、エミリアがそう礼を言う。

すると、アナスタシアも「わかったわかった」と手を振って、

「ウチも、反対はせんよ。実際、せっかく隠しておいても、これは扱い切るんに苦労するし……それなら、発見と開拓の手柄を山分けした方がずっといいわ」

「この塔の一番上へ辿《たど》り着かれたのはエミリア様です。そのご意思を尊重しましょう」

「アナスタシアさん、ユリウスも、ありがとう！」

二人の合意を得て、エミリアは笑いながらお礼を言った。それから、最後にまだ意思表明をしていないベアトリスを振り返り、

「ベアトリスは？　無責任だと思う？」

「責任無責任の話をするなら、調べもせずにここを放棄する方がよっぽどなのよ。ベティーは反対しないかしら。個人的に、興味深くもあるのよ」

「よかった！」

一番身近な身内に反対されないかと、ハラハラしていた胸を撫《な》で下ろした。

きっとみんなの知恵を持ち寄れば、この監視塔の上手な使い方も見つかるはずだ。

「よし、それじゃ、あとは血ね。……ボルカニカは一緒にきてくれるのかしら？」

「ウチ、それはそれで問題が多発しそうな気がするわぁ」

確かに、ボルカニカはとても体が大きいので、連れ回そうとするとあちこちにぶつかってしまって大変かもしれない。街に入れずに外で待っていてもらっても、みんな最初はビックリしてしまうだろう。

パックみたいに、大きさを自由に変えられるととても助かるのだが。

「ねえ、ボルカニカ。あなた、私たちと一緒にこられる？　それとも、ここにどうしても残るなら、ちょっと血を分けてほしいんだけど……」

『――――』

「ボルカニカ？」

期待半分諦め半分、ボルカニカから『試験』の繰り言があるものと思って話しかけたエミリアは、そのボルカニカの反応に眉を上げた。

一層の床に座り、柱に寄りかかる最初の姿勢に戻ったボルカニカ、その『神龍《しんりゅう》』がゆっくりと首をもたげ、塔の外に視線を向けたのだ。

やってきたエミリアたちに話しかけるでも、攻撃を仕掛けてくるでもない態度。

それが明確におかしな態度だと、少なくともエミリアだけは感じ取った。

そして、それと同時に――、

「――なに？」

ゾクッと、背中を冷たい指でなぞられるような感覚があり、エミリアは慌てて悪寒の原因――ボルカニカの眺める方、塔の東側へと目を向けた。

塔の東側、そちらには砂海のさらに果て、大地の終わりである大瀑布《だいばくふ》が――否《いな》、大瀑布と、特別な地が存在する。

それは――、

「――エミリア！　マズいかしら！」

エミリアの背筋の悪寒、その正体にいち早く気付いたベアトリスが叫ぶ。だが、伸ばされる小さな手をエミリアが握り返したとき、すでに脅威は塔に到達していた。

監視塔を取り囲む砂海、それが地下から溢《あふ》れ出す黒い影にめくられ、文字通り、大地がひっくり返るような光景が展開、その衝撃波が塔をも呑《の》み込む。

「――っきゃぁ!?」

「アナスタシア様！」

悲鳴を上げたアナスタシアを抱きかかえ、揺れる一層の床にユリウスが伏せる。エミリアもベアトリスを引き寄せ、奥歯を噛《か》んで衝撃に耐えた。

いったい何が起こったのか、一瞬見えた黒い影の正体は知れないが――、

「――っ、ボルカニカ!?」

伏せた顔を上げ、エミリアが傍《かたわ》らで身を起こした青い鱗《うろこ》の龍《りゅう》を見る。

『神龍《しんりゅう》』はその大きな両翼を広げ、風を巻き起こしながら大空へ飛び上がっていた。その風を浴びながら、エミリアはボルカニカが大きく息を吸い込むのを視認した。

胸を反らして大気を取り込み、青き『神龍』が息吹を溜《た》め込んだのだと。

「みんな、しっかり伏せて――っ!!」

床からは震動が、真上からは暴風が、それぞれ一同に襲いかかる中、エミリアが必死の声で全員に警戒を呼びかける。――その、直後のことだ。

『――我、ボルカニカ。古《いにしえ》の盟約により、頂へ至る者の志を問わん』

すっかり聞き慣れた口上を述べて、しかし、それに続いたのは超常の現象だ。

晴れ渡る空すらも呑み込まんとする青い光、ボルカニカの息吹がそれとなって天から地上へ向けて放たれ、砂海を我が物とした黒い影の波濤《はとう》を押し返す。

瞬間、青白い光が膨れ上がり、エミリアの視界が、音が、匂いが、世界が消えた。

光と影、青と黒とがぶつかり合い、そこを中心に世界が爆発するような錯覚――否、この瞬間、紛れもなく世界の中心はこの地、この東の果ての砂海だった。

この光景を遠くから見たなら、いったい何が起こったように見えたのだろうか。少なくとも、間近でそれを目撃したものにとって、それは世界の終わりだった。

九割眠っていたと、二人の精霊は『神龍』ボルカニカのことをそう評した。

それは事実だった。――これが、『神龍』ボルカニカの本来の力の一端。

青い息吹と黒い影、限度を超えた力と力の衝突は、その印象と裏腹にひどく静かに世界を席巻し、余計な破壊など一切生まないのだとエミリアは初めて知った。

「――――」

結果、光と影の拮抗《きっこう》は刹那で終わり、周辺へもたらされた影響は微々たるもの。

静かすぎる風と、何事もなかったかのように消えた地底からの震動。それらの余韻に息を呑《の》んで、ユリウスやアナスタシアが目を開ける。

「お、終わったん……？」

「その、ようです。……しかし、今のはいったい」

揺れと衝撃が収まり、おずおずと周囲を見回している主従。そんな両者のすぐ傍《かたわ》らに、翼をはためかせる『神龍《しんりゅう》』が静かに舞い降りる。

『――汝《なんじ》、塔の頂へ至りし者。一層を踏む、全能の請願者』

「……あの暴れっぷりでこれか。どうやら魂が抜けているというのも深刻らしい」

長い首を下げ、同じ文言を繰り返すボルカニカにエキドナも呆《あき》れる。アナスタシアたちも、その感想に同意といった様子だが――エミリアは違う。

ボルカニカの息吹が影を追い払った。その事実を認めながらも、胸が逸《はや》る。

「エミリア様？　どうされましたか。どこかケガを……」

「いいえ、私は大丈夫！　それよりも……ベアトリス！」

湧き立つ不安に導かれるままに、エミリアが胸の中のベアトリスを呼ぶ。抱きすくめられた少女は身を硬くし、その大きな瞳を見開いていた。

「エミリア、すぐ下に戻るのよ！　スバルが……」

「——っ、ボルカニカ、大人しくしてて！　私たちは『緑部屋』を見てくるから！」

ベアトリスの訴えに、エミリアは即座に決断した。

座り込む『神龍』にそう言い聞かせ、エミリアはベアトリスを抱いたまま駆け出す。そのエミリアの勢いに、異変を察したユリウスたちも慌てて続いた。

そのまま、一層と二層とを繋《つな》いだ長い長い階段を駆け下り——、

「あ、お姉さんたち、平気だったあ？　さっき、すごい塔が揺れたわよねぇ」

「メィリィ！　あなたは無事だったの？」

その階段の途中、エミリアを呼び止めたのは濃い青い髪を三つ編みにした少女、メィリィだった。彼女はエミリアの質問に「平気よお」と甘ったるい声で答えて、

「お姉さんたちを呼びにいく途中だったのよお。……ちょっと問題が起きちゃってぇ」

「問題……スバルたちに？」

質問にメィリィが頷《うなず》くと、エミリアは息を呑み、さらに『緑部屋』へ急ぐ足を速めた。

そして、四層の目的の部屋がある通路へ差しかかり、問題が可視化される。

スバルやラム、直前の激戦で消耗した仲間たちが静養していた『緑部屋』——精霊が傷を癒《いや》してくれる部屋のあった通路が崩落し、壁が抉《えぐ》られ、外と繋がってしまっていた。

ボルカニカの息吹が吹き飛ばした黒影、それが掻《か》き消される前、この場所へ到達していたのだと、その凄《すさ》まじい破壊の痕跡から見て取ることができる。

「これって……ぁ、ラム！」

朦々《もうもう》と噴煙が立ち込めている中、エミリアは通路の片隅にへたり込むラムを見つける。傍《かたわ》らには漆黒の地竜が寄り添っており、どちらも無事ではあるようだ。

「ラム！　それにパトラッシュちゃんも、よかった……ケガはない？」

「エミリア、様……」

駆け寄るエミリアの呼びかけに、呆然《ぼうぜん》としたラムが弱々しく答える。そのか細い声に息を呑《の》み、エミリアはラムが見つめていた方を見る。

崩落した空間、元々『緑部屋』があったはずの場所は失われ、床や壁から引き剥《は》がされた蔦《つた》や草が垂れ下がるそこには、ラムとパトラッシュ以外の味方が――、

「ラム……スバルと、レムはどこ？　二人も無事、なのよね？」

「それが……」

「――っ」

歯切れ悪く言葉を切ったラム、その反応にエミリアは紫紺の瞳を見開いた。それから、すぐにエミリアは大穴を乗り越え、塔の崩壊部分へ乗り込もうとする。

そのエミリアの腕を、「待つかしら！」とベアトリスが強引に引き止めた。

「危ないのよ、エミリア！　それに、いくら探してもスバルは見つからないかしら！」

「そんな……！　変なこと言わないで、ベアトリス！　スバルなのよ？　きっと、どこかに引っかかってたりして、無事で……」

「無事じゃないとは言ってないのよ！　ただ、ここにはいないって話かしら！」

ベアトリスぐらい軽々と引きずってしまうエミリアが、その訴えに「え？」と息を詰める。そのまま、振り向くエミリアは丸い目をぱちくりとさせた。

「ここにいないって、どういうこと？　ちゃんと逃げてくれてるって……」

「──いえ、そうではありません、エミリア様」

と、エミリアの抱いたその疑問に、追いついたユリウスが首を横に振った。彼はエミリアと同じく、塔の壁に開いた大穴から外を覗《のぞ》き込み、

「先ほどの、あの影です。あれは陰属性……シャマクの特性に近いものと見受けました。ベアトリス様、陰属性の大精霊であるあなたの見立てはいかがですか？」

「お前の見立ては間違っていないのよ。シャマク……その本質は『隔てる』ことにあるかしら。それがスバルを呑み込んでしまったのよ。影の主はそのままスバルをどこかへ連れ去ろうとしたみたいだけど、失敗したかしら」

「失敗って……あ！　もしかして、ボルカニカの息吹？」

目を丸くしたエミリアの言葉に、ベアトリスとユリウスが揃《そろ》って顎を引いた。

塔に押し寄せた黒い影は、『緑部屋』にいたスバルたちを呑み込んだ。しかし、呑み込んだはいいものの、影はボルカニカの息吹に吹き飛ばされてしまい──、

「待ち待ち、それってどうなるん？　影は跡形もなくなってしもたのに……」

「──死んではいません。確実に」

過《よぎ》った最悪の可能性、それを懸念するアナスタシアをラムが遮った。

パトラッシュを支えに立ち上がったラム、彼女はそっと自分の額──鬼族の、角があったと思《おぼ》しきあたりに触れ、それが根拠だと薄紅の瞳を瞬《まばた》かせた。

「鬼族の……やなしに、姉妹の共感覚？　それでレムさんと繋《つな》がってるってこと？」

「ええ、そうです。レムは生きています。……バルスはともかく」

「スバルだって無事なのよ！　そっちはベティーが保証するかしら！」

ラムらしい物言いに、ベアトリスが顔を赤くしてそう怒鳴る。しかし、スバルとの契約精霊であるベアトリスの言葉だ。どちらにも説得力はある。

スバルとレム、消えた二人の行方はわからずとも、その生存だけは保証されたのだと。

「ナツキくんの無事は、彼と契約するベアトリスが。そして、レムさんの無事は彼女の双子の姉であるラムさんが、それぞれ保証できるということだ」

「無事、とまで言うんは尚早やと思うけど……その繋がり、体調とかはわからんの？」

「……少なくとも、命の危機にはないのよ。そういう危険は感じないかしら」

アナスタシアの問いに首を横に振り、ベアトリスが確信を持って答える。この状況下では、その保証があるだけでもずいぶんと心持ちが違う。

エミリアも、早鐘のようだった心臓を落ち着かせるように胸に手を当て──、

「……エミリア、エミリアさん、ほら」

「え？」

　そのエミリアの眼前に、アナスタシアが不意に白い手拭いを差し出す。それを思わず受け取り、しかし、意図がわからずエミリアが眉を寄せた。

「気付いてへんの？　泣いてるんよ。……生きてるって聞いて、気が抜けたんやね」

「――あ、嘘《うそ》」

　言われて、自分の頬《ほお》に触れるエミリアは、自分の眦《まなじり》から涙が流れているのに気付く。慌てて受け取った手拭いを目元に当てて、「やだ、もう」と鼻を啜《すす》った。

「ご、ごめんなさい……こんな、みんな困ってるときなのに……」

「謝らんでええよ。自分の大事な騎士のことやもん。ウチかて他人事《ひとごと》やないし。な？」

「そう言っていただけるのは、一の騎士として無上の喜びですよ。……エミリア様、きっとスバルも同じはずです」

「……ええ、ありがとう」

　アナスタシアとユリウスの慰めに、エミリアは今一度鼻を啜って礼を言う。

　安堵《あんど》と安心、それを噛《か》みしめるのはあまりに尚早だ。スバルたちの無事と行方を確かめられたわけではないのだから。それでも、感情はせき止められなくて。

「それでえ？　お兄さんたちが生きてるって聞いて、お姉さんが泣いちゃうくらい喜ぶのはいいけどお……二人はどこにいっちゃったのかしらあ？」

　その、エミリアの涙が作った空気をいい意味で読まないメィリィ。頭に乗せた小紅蠍《こべにさそり》と戯れながらの彼女の言葉に、エミリアは「そうよね」と顔を上げた。

きっと今頃、泣きたいくらい心細いのはスバルたちの方だ。ここでエミリアがグズグズと泣いていても、二人を助ける役には立たない。

「一刻も早く、二人を迎えにいってあげなくちゃ……ベアトリス、ラム、お願い。スバルとレムは……二人はどこに飛ばされちゃったの？」

「――――」

エミリアの真摯な訴え、それを向けられたベアトリスとラムが顔を見合わせる。

それから二人は数秒の沈黙のあと、

「――南、かしら」

「ラムも、同じ方向だと感じます。細かくはわかりませんが……かなり遠くに」

ベアトリスとラムが揃《そろ》って同じ方角――南を指差し、エミリアもそちらを向く。

世界図の最東端たるアウグリア砂丘からはるか南、行方も安否もわからない二人、スバルとレムを見つけ出し、一刻も早く合流しなくてはならない。

「スバルは辛《つら》いことがあったばっかりなのに……早く見つけてあげないと、泣いちゃう」

「エミリア様、スバルは決してそのように脆弱《ぜいじゃく》では……」

「ううん、そうじゃないの。そうじゃなくて……一人で、泣いちゃうから」

擁護したユリウスが、目を伏せたエミリアの答えに頬《ほお》を硬くした。彼以外のみんなも、エミリアの言葉を受け、同じようにスバルを思ってくれたようだ。

スバルは強がりで、意地っ張りで、頑固者だから、辛いことがあっても我慢しようとしてしまう。泣いてもいいのに、泣かないで耐えようとしてしまう。

その我慢の限界がきたとき、スバルが一人でいないように、早く見つけてあげたい。

エミリアの騎士様が一人で泣くなんてことがないように、傍《そば》にいてあげたい。

「エミリア……」

「わかってるわ、ベアトリス。すごーく、すごーく心がせかせかしちゃう。でも、ここでパタパタ慌ててても、スバルたちは助けてあげられない。……冷静にならなきゃ」

眦《まなじり》を赤くしたエミリアは、自分の頬を叩《たた》いてベアトリスに頷《うなず》きかける。

心が慌てふためいているときほど、強気に前を向くのがエミリアの一の騎士のやり方。いいところを真似《まね》して、望んだ未来を引き寄せるのがナツキ・スバル――、

「スバルとレムは、きっと一緒にいるのよね？」

「……ベアトリス様との感覚の共通点から、おそらくそうではないかと」

「そう。……だったら、スバルはきっとどんな無茶《むちゃ》でもしてレムのことを守るわ。だからレムの心配はしなくて大丈夫。スバルは、ちょっと怖いけど」

自分を後回しに、レムを守るために全力を尽くしてしまいそうなのがスバルだ。

そんなスバルの悪癖を危ぶみつつ、エミリアは胸の前で祈るように手を組んだ。

そして――、

「お願い、スバル。――どうか、レムと一緒にへっちゃらでいて」

第一章 『洗礼』

1

――遠い彼《か》の地、エミリアの祈りが砂海の渇いた空へ呑《の》み込まれたのと同時刻。

「――――」

風に撫《な》ぜられる草原の上、一人の少年が一人の少女を抱き起こしている。

少年は黒い髪に、鋭い目つきをした人物だ。白目部分の大きい三白眼と目つきは常に不機嫌そうに見え、平時には人を殺していそうなどと言い表されることもある。

しかし、今の少年の目尻は柔らかく緩み、唇は小さく弧を描いている。三白眼の瞳にはうっすらと涙の前兆があり、視界をぼやかせないよう少年は必死だった。

だって、当然だろう。

この瞬間をどれほど待ち望んだことか。その、胸を痛めた日々のことを思えば、どうして目の前の少女から一瞬でも目を離そうなどと思える。

少年の腕に抱き起こされ、至近で見つめ合うのは明るい青い髪をした少女だ。

大きく丸い瞳を瞬《まばた》かせ、愛らしい顔つきには薄弱な意思の兆しがある。寝惚《ねぼ》け眼《まなこ》というのが適切に思える様子だが、その表現は間違っていない。

事実、彼女は長い長い眠りから目覚めたばかりなのだ。頭がうまく働かず、現実を認識するのが少し遅れたとしても当然のことだった。

「……えい、ゆう」

震える唇が、直前の少年の言葉を反芻《はんすう》するように繰り返した。

それを受け、少年――ナツキ・スバルが「ああ、ああ」と何度も頷《うなず》き返す。

「そうだ。そうだよ、レム。俺は、お前の英雄だ。ずっと、お前を……」

「――――」

「レム？」

自分の声の震えを抑えようとしながら、スバルは少女――レムの声を拾おうとする。

口の中が渇いているのか、レムの舌と唇がうまく音を発声できない。それでも何かを伝えようとする彼女の唇に耳を寄せ、その言葉を一言も漏らさず聞こうとした。

レムが何かを伝えようと、そう動いてくれることさえ震えるほど嬉《うれ》しくて。

「――ぅ」

「なんだ？　焦らなくていい。レム、俺に何を……」

伝えようとしているのか、と続けようとした言葉が途切れた。

レムの口元に耳を寄せ、その言葉を聞き取ろうと意識を集中した途端、スバルの頭と顎が伸びてくる手に捕まえられる。

そのまま、「うえ!?」と声をひっくり返らせるスバルの体が、声だけではなく体までその場でひっくり返らされた。

それも——、

「……れ、レム？」

体勢を入れ替え、スバルに馬乗りになったレムによって、だ。

その突然の出来事に目を白黒させ、とっさに反応できずにいるスバル。そのスバルを真上から見下ろして、レムの青い瞳がこちらの全身を確かめる。

それから、彼女は静かに息を吐くと、

「——レムって、誰のことですか？」

「————」

「それに、いきなり英雄だなんて……わけがわかりません！　あなたは何者ですか！」

スバルの両肩に膝を乗せ、動きを封じた状態でレムの手がスバルの首にかかる。体重をかけて圧迫され、スバルは苦しげに喘《あえ》ぎ、足をバタつかせた。

だが、レムの拘束術の技量は卓越していた。まるで自由を取り戻せない。

「く、ぁ、びぁ……」

「喋《しゃべ》らないなら、喋りたくなるまで続けるだけです。長引いても意味はありませんよ。さあ、答えてください。あなたの目的は？　何が狙いですか！」

わざとやっているのか、それとも天然で気付いていないのか、スバルの首を圧迫するレ

ムの腕力が強すぎて、彼女の問いに答える余裕がない。

このままではレムに絞め殺されると、スバルは必死に足をバタつかせた。せっかくの再会、それも一方的な再会になってしまったが、それがこんな形の終幕を迎えるなんてこと、受け入れられないし、やらせてはならない。

たとえ仮に、彼女がスバルとのことを何一つ覚えていないのだとしても。

「あーうー！」

「——きゃあ⁉」

瞬間、不意に横合いから飛びかかってくる人影が、スバルに馬乗りになるレムの体を勢いよく突き飛ばした。——否《いな》、突き飛ばしたというより、レムに絡まり、草の上を転がっていったの方が正確だろう。

加重がなくなり、横を向いたスバルは「げほっ！　げほっ！」と咳き込《せ》むと、再会の感動とは別の要因で涙目になった視界、転がっていったレムの方を見る。

すると、そこには絡まり合うレムと、幼い少女の姿があった。

「うー！　ううぅー！」

「な、なんですか、あなたは……やめてください！　今、それどころじゃ……」

草原の上に転がったレムに覆いかぶさる金髪の少女、それが歯を剥《む》き出し、顔を赤くしながら唸《うな》る姿にスバルは頭が真っ白になった。

息を呑《の》み、即座に立ち上がったスバルはレムと少女の下へ駆け寄る。

　そして――、

「お前！　レムから離れろ、この野郎！」

「あー、うー!!」

　レムの髪を掴《つか》もうとする手を払い、スバルが少女を――大罪司教、ルイ・アルネブを羽交い絞めにし、レムから引き剥《は》がす。

　軽い体の『暴食《ぼうしょく》』が腕の中で暴れるが、手足をバタつかせる抵抗が精一杯の様子だ。それを訝《いぶか》しみながらも、スバルはレムから危機を遠ざける。

「あうー！　うー、ううぅー！」

「なんだこいつ……ええい、大人しくしろ！　レム、無事か!?　何ともないか!?」

「な、何ともありません。むしろ、あなたの方こそ、さっきから何度も……」

　ルイを抱きかかえるスバルの呼びかけに、レムが形のいい眉を顰《ひそ》めながら答える。彼女はスバルに警戒の目を向けたまま、ゆっくりその場に立ち上がろうと――、

「――え？」

　すとんと、膝から力の抜けたレムがその場に尻餅をついた。

　そのへたり込み方が不自然に見えて、スバルも目を丸くする。だが、彼女はその視線に気付かず、困惑しながら膝に手を当て、今一度、立ち上がろうとした。

　しかし――、

「……まさか、立てないのか？」

「い、いえ、そんなはずは……こんな、こんなの……っ」

声を硬くしたスバルに、レムは早口で応じ、足に力を込めようとする。しかし、そうして必死になればなるほど、それは深刻な状況を浮き立たせる一方だった。

足を踏ん張るどころか、足に意思がうまく伝わっていないのだと。

「なんだ？　長いこと寝てたから足腰が弱って？　いや、でもさっき俺を引きずり倒した腕力は寝たきりだった人間のもんじゃなかったぞ」

レム以上にレムの状態に慌て、スバルは立てずにいる彼女の様子に目を白黒させる。

入院生活が長引くと、運動不足の体の筋力が落ちるというのはよく聞く話だ。

それが理由で足腰が弱くなり、立って歩くだけで何週間もリハビリしなくてはならないなんて話も珍しくない。だが、それが足腰限定というのも妙な話だ。

レムが寝たきりだった期間は一年以上、弱るなら全身満遍なく弱っていたはずだ。

それなのに、おかしな形でレムの体に不調が現れているのは──、

「──まさか、姉様が戦った影響のフィードバックか？」

ふいに、レムの足の不調の原因を探るスバルの脳裏にその考えが過《よぎ》った。

ラムと『暴食《ぼうしょく》』の大罪司教、ライ・バテンカイトスとの死闘──スバルの力不足が原因で追い込まれたラムは、切り札としてレムと負担を分け合うことを選択した。

それはかつて神童と呼ばれ、角があったなら究極生命体として名を馳《は》せただろう完全体ラムの覚醒、そのフィードバックを無防備に受けたということだ。

それがどれだけ辛《つら》いのか、一部だけでもラムの負担を肩代わりしたスバルにはわかる。

スバルが引き受けたのは、ラムが常日頃味わう負担の一端。それでも、スバルは数日徹夜したような倦怠感《けんたいかん》と、高熱と嘔吐感《おうとかん》に苛《さいな》まれる感覚を味わった。

まして、レムが無防備に受けたのは、それらをはるかに超えるラムの本気の解放だ。

『緑部屋』でラムも、負担を分け合った結果、レムにどんな悪影響を及ぼしたかわからないと、そうこぼしていたことが思い出されたのだ。

もし、それがレムの身に起こった不調の原因だとしたら――、

「……俺のせいだ」

ラムに聞かれれば、またしても自惚《うぬぼ》れるなと叱責されただろう一言。

だが、スバルが引き受けた仕事をやり遂げられず、結果的にラムが無茶《むちゃ》をして、その影響がレムに向いたのだとしたら、やはりそれはスバルの責任だ。

頼れる仲間が誰も周りにおらず、スバルとレムと、何の因果かおかしな態度を取り続けるルイしかいない状況では、なおさらその責任は重い。

「あなたのせいって……あなたが、私に何かしたんですか!?」

「いや、それは言葉の綾《あや》なんだけど……」

「そもそも！　あなたは誰で、私は誰なんですか!?」

自由にならない足を強く叩《たた》いて、レムが激情の渦巻く瞳でスバルを睨《にら》みつけた。

その、癇癪《かんしゃく》を起こしたようなレムの悲痛な訴えを聞いて、スバルは嫌な想像が現実のも

のとなったと、苦い思いを味わう。

――私は誰なのか、とレムはそう言った。

あなたは誰、はまだマシだ。だが、自分が誰なのかという問いかけは、こうしてレムとの再会を待望していたスバルにとって、ひどく突き刺さるものがあった。

自分のことを『レム』ではなく、『私』と呼んでいたことから予感はあったのだ。

「……クルシュさんと、同じ状態か」

『名前』と『記憶』を奪われ、眠り続けることとなったレム。

『暴食《ぼうしょく》』の被害者には他にも二つのパターンがあり、『名前』を奪われ、周囲の人間から忘れられたユリウスと、『記憶』を奪われて自分をなくしたクルシュがいた。

目覚めたレムは、自分の『記憶』をなくした状態で目覚め、記憶喪失の状態。

そんなわけのわからない状況下で、目つきの悪い少年や唸《うな》るだけの少女、そして自由にならない自分の足とくれば、混乱して当然だった。

「うぁう！」

暴れ疲れたのか、いつの間にか大人しくなっていたルイが、脱力したスバルの腕から落とされ、その場に尻餅をついて悲鳴を上げる。

お尻をさすり、転がっていくルイ。そんな彼女に意識を向けることなく、スバルはゆっくりとレムの方へと歩み寄っていく。

そのスバルの接近を、レムは強い警戒を宿しながら見つめてくる。

その眼差《まなざ》しを見ると、レムに初めて敵意を向けられたときのことが思い出された。打ち解けてからの距離感があんまり近かったものだから忘れがちだが、元々レムは人見知りする方だし、仲良くなるまでの距離が難しい子だった。

その点、仲良くなる前とあとで対応の変わらないラムの方がよほど簡単だ。

一説によると、実は仲良くなっていない可能性すらあるのが恐ろしいところだが。

「そんな姉様のことはともかく……なぁ」

「な、なんですか。言っておきますが、私に何かするつもりなら……」

「──レムだ」

「え？」

緊張に強張《こわば》ったレムの表情、それが呆気《あっけ》に取られた風になる。

歩み寄る足を止めて、スバルは一歩では手の届かない距離を保ちつつ、

「レムだよ。それが、お前の名前だ」

と、改めて彼女の名前を呼んだ。

ふわりと被《かぶ》せるように言われ、レムが困惑を隠せない様子で押し黙る。しかし、彼女は唇の奥、微《かす》かに見えた赤い舌を動かし、確かめるように「レム」と繰り返した。

それが自分の名前であると、改めて己に馴染《なじ》ませるように。

「正直なこと言って、俺も何が起きたのかはっきりとはわかってない。ただ、俺たちは一緒にいた仲間とはぐれて、どこかわからない場所にいる。それがヤバいことだってのは、

お前にもわかってもらえるだろ？」

「それは……」

戸惑いを残しつつ、レムの目がスバルではなく、周囲の草原へと向けられる。

風がそよぐ草原、太陽の位置は高く、じっとりとした気候を肌が感じる。それはアウグリア砂丘の渇いた空気と異なる、湿り気を孕《はら》んだ感覚だった。

つまり、スバルたちは空気に感じる味わいが変わるぐらい、別の地にいる。

「――――」

記憶を失い、何もわからないでいるレムを不安がらせたくない。その一心で、スバルは己の内に芽生える数々の不安や懸念を表に出さないようにしていた。

――スバルとレム、ついでにルイの身を襲ったのは何らかの転移現象だ。

景色や気候の違いで、アウグリア砂丘からずいぶん遠い地に飛ばされたのはわかる。それが塔を襲った黒影の影響なら、エミリアたちの安否が気掛かりだった。

疲労困憊《ひろうこんぱい》のスバルと寝たきりのレム、最も貧弱な組み合わせが無事だったのだから、エミリアたちも無事であったと信じたいところだが――、

「――。今の俺たちの状況じゃ、すぐ仲間と合流するのは期待薄だ。俺たちはどうにかして、自力で助かるために動かなくちゃならない。だから……」

「だから、なんですか？　私に何をしろと？　足もろくに動かない、私に」

「……こんなこと言うとまた怪しまれると思うんだけど、いてくれるだけでいい。お前が

呼吸して、喋《しゃべ》って、その目で周りを見ててくれるなら、それだけでいいんだ」

「――？　危険がないか、目で見て知らせろという意味ですか？」

「ちょっと違う。けど、それでもいいんだ」

ただ、レムが目覚めて、呼吸して、話しかけてくれるだけでいい。

何とも欲のないことだが、目覚めたレムに対してスバルが願うことが、ただただ彼女が健やかであることなのだから、これはもう掛け値なしの本音なのだ。

もちろん、『記憶』を取り戻す方法を探さなくてはならないし、はぐれてしまっているエミリアやベアトリス、ラムたちとも合流する方法を見つけなくては。

彼女たちと早く合流したい。――レムと、ラムとを会わせてやりたい。

覚えていない妹のことを、ああも愛《いと》おしいと思っていたラムに。

「頼むから、この場は俺を信じてくれないか？　命に代えても……いや、命に代えたら意味がねぇから、命懸けで俺がお前を守る。必ずだ。だから」

「――。仮に、その申し出を私が受けたら、あなたはどうするんですか？」

「そう、だな。ノープランで動くわけにもいかないし、方針を決めよう」

だだっ広い草原にいるスバルたちだが、その草原をぐるりと囲うように生い茂る木々の群れも遠目に見える。どうやらここは、森の中の開けた場所であるらしい。

正直、どこだかもわからない土地の森に入るのは危険でしかないが――、

「森で迷った場合の鉄則は、ＧＰＳで仲間に居場所を知らせることなんだが……」

「じいぴいえす……？」

「わかってる。そんなもんはない。……ただ、ベア子と俺は契約で繋《つな》がってるから、ある意味、俺の存在そのものがGPSの役割を果たしてる可能性はある」

そして、同じようにラムが共感覚でレムの居場所を察知してくれている可能性も。

そういう意味では、スバルとレムは二人とも仲間とのGPSの役割を果たすのだ。

「あとは水源の確保、何がなくとも水を確保するのが重要だ。ベースキャンプを決めて、そこから捜索範囲を広げていくのがいいだろうな。食べられる草とか果物は……ああ、クリンドさんに習っといて正解だった。師匠様々だぜ……」

パルクールや鞭《むち》の扱いを習う過程で、様々な技術や知識を叩《たた》き込んでくれたクリンド。万能の家令たる彼の教えに音を上げかけたことも多々あったが、それが身になっていてくれたおかげで、この状況でも指針を失わずにいられる。

ともあれ――、

「他にも色々とあるが、何も無策で動こうとしてるわけじゃない。わかってくれたか？」

「……ある程度のことは。抵抗したくても、私はこの状態ですから」

「……微妙に本音の垣間見《かいまみ》える発言だな」

安心させようと笑ってみるスバルだが、レムの反応は芳《かんば》しくない。

『記憶』をなくした彼女には、スバルを信頼するための下地が何もないのだ。足の自由があったなら、あるいはとっくに逃げられてしまったかもしれない。

それで、彼女の身に起こった不幸を幸いなどとは思いたくないが。

「足、早く動かせるようになるといいな」

「──っ、そんなこと言われても、わかりません。どうするんですか？」

「言ったろ。ひとまず、水を探す予定だ。お前の足のこともあるし、できれば逆らわないでくれるとありがたいんだが……」

そう言って、スバルはレムとの最後の一歩を詰めると、しゃがんで背中を向けた。

その姿勢を見れば、レムもスバルが何をしようとしているのかわかっただろう。

「私を背負って連れていくつもりですか？」

「一応、お姫様抱っこするって選択肢もあるんだが、そっちだとあんまり長くはもたないんだ。おぶらせてくれると、個人的には助かる、かな」

「──」

しばし沈黙したレムが、情けない顔のスバルをじっと見つめている。それから、彼女はため息をついて、おずおずとスバルの背に手を伸ばした。

回ってくる腕が胸の前で組まれ、スバルはレムを揺らさないよう慎重に立ち上がる。レムの重みを感じる。それを、ひどく軽いとスバルは思った。

この一年、何度となく眠ったままのレムを運ぶ機会があったが、いずれのときも、意識のない人間を運ぶことの難しさを体感したものだ。

それが、こうして自分からしがみついてくれるレムには感じない。

「――？　どうかしましたか？」

「いや、妙な感慨深さがあっただけだ。それで、水探しだが」

「その前に……あの子はどうするんですか？」

「……あぁ」

肩越しに顎をしゃくったレム、彼女の示す先を見て、スバルは問題を思い出した。

草原の上、打った尻をさすりながら転がっているのは、自分の長い金髪に絡まっているルイだ。――この、様子のおかしい大罪司教をどうすべきなのか。

「――――」

さすがのスバルも、今のルイの状態が不自然なことはわかっている。

元々、まともとは決して言えない精神構造の相手ではあったが、それは悪辣という意味であって、こうした幼児退行的な面が見え隠れしていたからではない。

むしろ、年齢のわりには知性はあり、相手の心のささくれを好き放題に舐《ねぶ》るような、そうした悪魔めいた思考を巡らせる余地もあった。

しかし、今の彼女の様子はどうだ。

「あー、あーうー」

目覚めてすぐ、スバルの顔を舐《な》めていたり、まるで言葉を知らない幼児のように唸《うな》り、赤ん坊みたいな癇癪《かんしゃく》を起こす始末。劇的な何かがあったことは間違いない。

ただし――、

「それが、俺がこいつに同情する理由になるのか？」

許し難い悪であること。その事実は絶対に揺るがない。

最後の場面、『記憶の回廊』で相対したルイは、『死に戻り』を体感したことで精神に大きなショックを受け、スバルどころかこの世の全てを恐れるまでになっていた。

あの時点で十分、彼女は哀れな少女となっていたのだ。

だが、スバルはそんな彼女を救わなかった。救いたいとも思わなかった。

多くの選択肢がありながら、常に人道に反する選択をし続け、ついにはそれを是正する機会を見失い、退路を断ったのが大罪司教だ。

彼女の二人の兄も、そして彼女自身も例外ではない。

許し難い悪を犯し、ルイ・アルネブは地獄に落ちるに相応《ふさわ》しい畜生と化した。

――そんな輩《やから》を、どうしてスバルが救わなくてはならない。

「あの子を、助けないいんですか？」

「……複雑なんだよ。あいつとは同じ場所にいたけど、仲間ってわけじゃないんだ。むしろ、仲間とは真逆の立場。放置しても、心は痛まない」

「――――」

その答えに、背中のレムが息を詰めたのがわかった。だが、答えは変わらない。

「あいつは置いていく。……足手まといどころか、爆弾なんだ。連れ歩けない」

塔の中、押し寄せる影からルイを拾い上げたのは緊急時の判断ミスだった。あそこでルイを見捨てていれば、スバルとレムが飛ばされることもなかったかもしれない。

まさしく、百害あって一利なしというやつだ。

「そう、ですか」

「ああ、そうだ。俺だって、寝覚めがいいとは言えないけど……」

最優先すべきはレムと、スバル自身。それを履き違えない。

そのつもりで、スバルは寝そべっているルイを無視し、彼女とは反対の森へ――、

「――やっぱり、虚《うつ》ろでも、自分を信じて正解だったみたいです」

それはひどく、冷たく渇いた声だった。

すぐ近くで、それこそ耳元で囁《ささや》かれたその声音に、スバルは「え」と息を吐く。だが、
それ以上の反応を許さず、細い腕がスバルの首に絡みついた。

――背負われるレムが、スバルの首を後ろから絞めているのだ。

「――が」

「耳触りのいいことを言って私を誘い、挙句に女の子は見捨てる。そんな相手をどうして信じることができるんですか。ふざけないでください」

首に回った腕の力は、不自由な足と違って鬼族の腕力そのものだ。

引き剥《は》がせず、スバルは呼吸困難に陥りながら後ろに倒れる。だが、スバルの下敷きになりながらもレムの手は緩まない。完全に、気道を塞がれた。

足をバタつかせ、体をひっくり返そうとするが、レムの力がそれをさせない。そうする

間に余力が失われ、抗《あらが》いに費やせる時間が霧散する。

「が、ぁ……っ」

もがき、何故《なぜ》と疑問が頭の中を埋め尽くす。その、疑問符に呑《の》まれるスバルの首を絞めながら、レムは静かな吐息に不信感と嫌悪を滲《にじ》ませ、

「そんな邪悪な臭《にお》いを漂わせて、何も企《たくら》んでないだなんて白々しいですよ！」

邪悪な臭い、と聞かされてスバルは思い出す。

レムと出会ったばかりの頃、彼女がスバルを疑い、危険視した最大の理由は、決して初対面の印象の悪さや、生まれつきの目つきが原因ではなかった。

――魔女の残り香。

『記憶』をなくし、自分以外の何も持たないレムも、変わらずそれは感じ取れる。

それが、レムの不信を買った最大の要因。

それを思い出すのも、気付くのも、あまりに遅すぎて――、

「――ぁ」

必死に身をよじり、言い訳をしようとしたが、無理だった。

そのまま、スバルの意識はゆっくりゆっくりと、暗闇の淵《ふち》に落ちていって。

このまま、レムに殺されるのだけは嫌だと、必死になって叫んだ。

声は、声にならなかった。

2

「――ッ、レム⁉」

不意の意識の覚醒が、跳ねるようにスバルに上半身を起こさせる。

途端、襲いかかってきた喉の痛みに咳《せ》き込んで、絡んだ痰《たん》を吐き出しながら、スバルはどうにか体を起こし、周りを見回した。

場所は草原、スバルは投げ出された状態だ。

見覚えのある覚醒の状態だが、それが『死に戻り』がもたらした既視感でないことはすぐにわかった。――周囲に、レムの姿もルイの姿も見当たらなかったからだ。

「ここ、は……飛ばされてきた場所で、間違いない。俺は……づっ」

直前のことを思い返し、首に触れた途端、痛みが嫌な記憶を蘇《よみがえ》らせた。

背負ったレムに首を絞められ、そのまま命を奪われ――否《いな》、そうではない。

「首は、痛い……ってことは、レムは俺を殺さなかったんだ」

絞め落とされはしたが、殺すことまではしなかった。

あの冷たい声をしたレムの判断に驚きつつ、スバルは安堵《あんど》の息をこぼし、すぐにそんな安心している場合ではないと自分を戒める。

死ななかった。つまり、さっきの最悪の展開から世界は続いている。

レムには魔女の残り香が原因で人間性を疑われ、印象最悪で逃げられた状態。――この場に二人がいないのは、レムがルイを連れていったのだと考えられる。

この場に置き去りにされ、レムを危険人物と二人きりにしてしまったのだと。

「クソ！　最悪だ！　何やってんだ、俺は……！」

自分の判断ミスの連続を悔やみながら、スバルは己の頬《ほお》を張り、立ち上がった。

空を見れば、日の傾き具合からそれほど時間は経《た》っていない。これもまた幸いと言いたくないが、レムの足は自由が利かない状態だ。

あの足ではあまり遠くには逃げられない。その証拠に――、

「草の上に引きずった跡がある……！　これなら追いかけられる！」

手掛かりなしで追えと言われれば最悪の展開だったが、草の上には足を引きずった痕跡が残されている。この痕跡がどこまで続いているかは賭けになるが、

「分の悪い賭けなら、何度もやってきてんだよ！」

褒められた話ではないことを叫び、スバルは猛然と草の上の痕跡を追いかける。

幸い、痕跡は途絶えず、スバルはレムたちが森へ入っただろう位置を特定できた。鬱蒼《うっそう》とした緑の生い茂るそこは、スバルに熱帯雨林を思わせる背の高い木々の大密林だ。

意識すれば気温と湿度の高さに汗が滲《にじ》み、渇いた砂海と裏腹の雰囲気に喉が鳴る。

巨大な葉々、瑞々《みずみず》しい蔦《つた》や苔《こけ》が目立つ密林の空気はいったこともないアマゾンの地を想起させた。そこは無防備な人間にとっては死地も同然なんて話も聞くが――、

「そんな場所にレムが入ったなら、ますます見過ごせねぇ」

スバルもレムも、森に入る準備など全くしない状態でここにいるのだ。

不自由な足で、必死になって森を逃げるレムのことを思うと、自分がなんて馬鹿な真似《まね》をしたのかと、一個一個の軽率な判断を呪わずにはおれない。

「――レム！　出てきてくれ！　頼む！　俺が悪かった！」

逡巡《しゅんじゅん》は一瞬、スバルはレムの無事を祈り、果敢に密林の中へ飛び込んだ。

森の柔らかい土や巨大な雑草を足場に、スバルは大声でレムを呼ぶ。聞いたことのない虫の鳴き声、掻《か》き分ける草の音がうるさくて、スバルはさらに声を張り上げた。

もちろん、この声がかえってレムを怖がらせ、スバルから遠ざける心配はあった。それでも、何の手掛かりもなく、頼りもなく、森を彷徨《さまよ》い続けるよりずっとマシだ。

何より、レムを探すために何かをしていると、そう思える行動を取り続けていなければ、罪悪感と自分への憎たらしさで胸が張り裂けそうだった。

レムのためにあんなにも多くの人が尽力してくれたのに、彼女に何かあったら、いったいスバルはどう詫《わ》びればいいのか。

死んで詫びることさえ、自分にはできやしないというのに。

「レム――！　どこだ！　返事してくれ！　頼むから、俺の傍《そば》から離れないでくれ‼」

声が涸《か》れても構わないとばかりに、木々に遮られる密林の中、声を上げる。

そうして森を進む手足は重く、疲労感は絶大だ。思い返せば、スバルの体はプレアデス監視塔で起こった激闘を終え、ほんの何時間か眠った程度しか休めていない。

『緑部屋』の精霊の癒《いや》しがあって回復力は増していても、焼け石に水だった。

下手をすれば、レムを見つけた途端、安堵《あんど》で気が抜けて倒れてしまいかねない。

そんな馬鹿げた可能性を警戒しつつ、スバルは森の中を彷徨い歩き——、

「レム——！　返事してくれーっ！　お願いだ、俺が悪かった！」

口に手をやり、大声を上げ続けるスバル。

心の底からの訴えだが、彼女からの返事はなく、スバルの心はすり減る一方だった。

そのまま、消えたレムの姿を追いかけ、必死に森の木々に目を凝らし——、

「——」

再び、レムの名前を呼ぼうと大きく口を開いたところで、視界の端に何かが映る。

それは木々の隙間、生い茂った葉々の向こうから覗《のぞ》いた微《かす》かな変化。それが、風に揺れる草葉とは違った動きをしたのが見えて——、

「れ——」

希望を抱いて、そちらへ顔を向けた瞬間だった。

——凄《すさ》まじい速度で迫った衝撃が、スバルの胸を真正面から捉えたのは。

「——ッ⁉」

とっさの悲鳴も上げられず、衝撃に足が浮いて、スバルの体が後ろへ飛んだ。

そのまま猛烈な勢いで背中から幹に激突し、息が詰まる。

「ごぁっ……な、なん、だ……っ⁉」

真正面、見えた木々の隙間からの一撃に思考が混乱し、目が回る。

だが、受けた衝撃を思えば、それが攻撃であるとはすぐにわかった。故に、スバルは思考がまとまるよりも早く、その場からとっさに飛びのこうとする。

しかし、飛びのくことはできなかった。何故《なぜ》なら――、

「――ぁ?」

何故なら、スバルの胸を貫いた太い矢が、そのまま背中を貫通し、後ろの大木にスバルを縫い付けていたからだ。

「ご、ぶ……っ」

それを意識した途端、溢《あふ》れ出す血が一気に喉から吐き出された。

ごぼごぼと、貫かれ、破れた内臓やその他諸々《もろもろ》から大量の血が流れ、止まらない。ごぶごぶと、呼吸の代わりに血を吐き出し、スバルは再び呼吸に苦しんだ。

「こ、ぉ……ッ」

苦しみながら、胸の矢を掴《つか》み、引き抜こうとする。

びくともしない。しっかりと、矢はスバルごと木に突き立ち、動きを封じている。

どうしようもなく、尋常でなく、太く強い矢の一撃だった。まさしく強弓、穿《うが》たれた肉体は虫の標本のように縫い留められ、醜く足掻《あが》くばかり――。

「あえ、うぶ、ええ、むぅ……っ」

溢れる血の隙間から、なおも森の中にいるはずの彼女の名を呼ぶ。言葉にならない呼び

声に込めるのは、森に潜んだ脅威に対する注意喚起。

森に潜む何者かが――否《いな》、弓を矢を担い、こちらへ歩いてくる人影がそれをした。

ごぼごぼと溺れる血泡の音に紛れ、草を踏む何者かの足音がする。自らの仕留めた獲物の死を見届けんと、ゆっくりと誰かがやってくる。

弓をつがえる、人影。細い。背が高い。あとは闇に呑《の》まれ、何も見えない。

その魔の手にかかり、スバルは無様に、レムの下へ辿《たど》り着けず、何もできず――、

「――え、う」

目の前にいる。敵がいる。敵ってなんだ。なんで敵が、何が起きて、どうすればいい。

頼れるものが誰もいないこの地で、自分ができることはいったいなんだ。

込み上げる熱と、自覚の遅すぎた痛みが全身に広がり、スバルの目から、鼻から、耳からも血が流れ出していく。

自分が失われ、空っぽになる感覚を味わい、冷たい『死』が迫るのを感じながら、スバルは必死に目を凝らし、喉を震わせ、最後まで彼女の名前を呼ぶ。

――最期まで、彼女の名前を呼ぶ。

ごぼごぼ、ごぼごぼと、血に塗《まみ》れながら。

最後の最期まで、彼女の名前を呼び、呼び、呼び続けた。

呼び続け――、

3

――瞬間、暗闇の底からスバルの意識が唐突に浮上する。

「げはっ！」

直前の溺れるような苦しみは突如として消え、スバルを襲ったのは呼吸のリズムを崩したことの苦しさと、背中に感じる大地の大きさだ。

「――こ、ぁ、げほっ」

喉をさすりながら体を起こし、自分の身に起こった出来事を回想する。

同時、胸の中央を見てみれば、そこに突き立ったはずの矢は見当たらない。それ以外にも、木々にこすった擦り傷のようなものも消えていた。

当然だろう。ああして、凄《すさ》まじい一撃に胸を穿《うが》たれたのだ。

「死ん、だ……のか」

ゾッと、足下の崩れ落ちるような不確かな感覚を味わい、スバルの血が冷たくなる。

出来事としては、プレアデス監視塔で黒い影に呑まれ、そこから吹き飛ばされて目覚めてほんの数十分――その短時間で、スバルは呆気《あっけ》なく命を落としたのだ。

改めて、自分がどれだけ危うい立ち位置にいるのかを理解し、立ち上がった。ふらつく体をどうにか支え、スバルは周囲を見回す。

そして――、

「クソ、最悪だ……」

そこがだだっ広い緑の草原の真っ只中《まただなか》であることと、いてほしかった人影が見当たらないことを確かめ、自分の不運を呪う。

場所はスバルたちが塔から飛ばされてきた草原に間違いない。

問題は、一緒に飛ばされてきたレムと、ルイが見当たらないことだ。つまり、スバルが『死に戻り』してきた時間は――、

「レムに首絞められて落とされたあと……！」

背負ったレムに首を絞められ、昏倒《こんとう》させられたあとがリスタート地点。

レムの目覚めがなかったことにならなかったことと、プレアデス監視塔の最終ループがなかったことにならなかったこと、それ自体は朗報と、そう言いたい。

――もし、塔の最終ループに戻れたとしたら、消えてしまったシャウラとまた言葉を交わせるかもしれないと、そんな儚《はかな》い希望を抱かなくはなかったが。

「馬鹿か、俺は。いや、馬鹿だ俺は」

そんなに未練がましい思いを抱くくらいなら、話す時間が、触れ合う余裕が、想《おも》いを聞いてやる猶予があるうちに、もっと時間を作ってやればよかったのだ。

それをしなかったナツキ・スバルに、そんな風に嘆く資格なんてありはしない。

「――今はとにかく、レムを見つけ出す」

逃げたレムを追いかけ、彼女の誤解を解かなくては。

レムの不信の原因がスバルを取り巻く魔女の残り香にあるなら、『死に戻り』してしまった今はより臭《にお》いを増している可能性がある。だが、それでますます取り合ってもらえなかったとしても、スバルはレムを守らなくてはならない。

「森には俺を殺した奴《やつ》がいる。……さすがにあれがレムの仕業ってことはないはずだ」

首を絞めた前科がある以上、レムがスバルに攻撃を仕掛けてくる可能性はある。が、さすがに弓と矢を調達する暇も、扱う技術も彼女にはないはずだ。

「あの距離で正確に胸をぶち抜いてきやがったんだ。レムだって危ない」

足の自由が利かない以上、あの強弓の持ち主に狙われればレムも逃げられない。何としても、彼女があの矢の毒牙にかかる前に捕まえなくては。

たとえ、記憶のないレムがスバルを味方とは思ってくれなくても。

「いくぞ、ナツキ・スバル。――お前のすごさを見せてみろ」

頬《ほお》を張り、直前の『死』の衝撃と、大切な少女に嫌われたことの悲しみを一時的に忘れる。見つけても合流できるか不明だが、まず見つけることだ。

嘆くのも怒るのも、全ては命あってのことなのだから。

「――」

深々と息を吐いて、スバルは先ほどと同じように、倒れた草の痕跡からレムが辿《たど》った足跡をなぞり、森の中へと飛び込む。

ただ、レムを探して大きな声を上げるべきか、その判断には大いに迷った。

先ほどの弓矢の洗礼は、敵が無防備なスバルを見つけたことが原因だろう。

相手方の正体や目的は不明だが、一撃で殺しにきた以上、それを友好的な相手と考えることは難しい。見つかれば『死』、そういう敵とみなすべきだ。

「ただ、弓矢を使う以上、魔獣とかじゃなく、相手は人間だ」

相手も人間であるなら、交渉次第で殺し合いにならずに済む可能性はある。とはいえ、その交渉のテーブルに相手がついてくれるか、それは未知数。

大体、これまでのスバルの『死に戻り』の合計回数の中、人間と魔獣の死因となった率でいうと大体互角、やや人間寄りといったところだ。

相手が言葉の通じる人間だからといって、手放しに友好関係が結べるとは思わない。

人手が増えれば、レムを探せる可能性も高まると思うが――、

「――コル・レオニス」

目をつむり、スバルは雑念を追い払いながら、自身の内なる権能を発動する。

プレアデス監視塔の中で猛威を振るった新たな力、『コル・レオニス』は周囲にいるスバルの味方、『小さな王』を支えてくれる相手の位置を特定する探査技だ。

これを用いて、レムの居場所を特定できればと縋《すが》る思いだった。

しかし――、

「……ダメだ、反応がない。よっぽど遠くにいかれたか、そうでなけりゃ、レムが俺のことを味方だと思ってないから、か？」

正確な射程のわからない『コル・レオニス』だが、それの効果範囲にスバルの味方であろう相手の淡い光は見当たらなかった。

能力が不発した原因で考えつくのは、相手との距離と関係性だ。

現に、一度は効果の対象となったはずのエミリアたちを、今は全く感じ取れない。

見知った相手であっても、塔内にいるレイドや『暴食《ぼうしょく》』の位置は特定できなかった。

このことから、効果対象であるエミリアたちが効果範囲外にいることと、範囲内にいるはずのレムがスバルを味方だと思ってくれていないことがわかる。

おそらくレムと一緒にいるはずのルイ、彼女の位置もわからないのがその証拠だ。

「俺が、まかり間違ってもあいつを味方扱いするはずもねぇ。だから、レムに片思いしてる俺のレーダーに引っかかってくれねぇんだ」

ここへきて、レムとの接触のバッドコミュニケーションが悔やまれる。

魔女の残り香をスバルが纏《まと》っている以上、どんな言葉を選べばレムの信頼が勝ち取れたのかがわからない。それでも、たとえ欺瞞《ぎまん》でもルイを守ろうだとか、連れていこうだなんて発言はあのときのスバルにはできなかった。

「クソ、ちくしょう……なんでなんだよ……！　せっかく……せっかくレムが起きてくれたのに、どうして俺はレムと……」

こんな追いかけっこをしなくてはならないのだ。

彼女が立ち上がり、その足で自由に動き回れる日を待ち望んでいたのに、こうして実際に彼女が動き出してみれば、スバルはそれを呪わずにはおれない。

そうなったことで誰を憎めばいいのかと考えると、ルイを含めた『暴食《ぼうしょく》』の大罪司教たちへの怒りしか湧いてこなかった。

「――――」

堂々巡りの思考を抱えたまま、スバルは慎重に森の中を進む。

身を低くして進むのは、一度はスバルを殺した相手――便宜上、『狩人《かりうど》』と呼ばせてもらうが、その狩人との再接触を避けるための苦肉の策だ。

「考えろ、考えろ……俺の小賢《こざか》しい頭を活《い》かすのはこういうときしかないだろ。レムは何もかも忘れて、覚えてない。でも、俺を組み伏せたり、魔女の残り香を感じ取る能力は残ったまんまだった。ってことは、エピソード記憶の欠落だ」

フィクション作品で定番の記憶喪失だが、多くの場合はエピソード記憶の欠落という状態と条件が合致する。物の名前や体に染みついた反射行動のようなものは覚えているが、自分や他者の名前だったり、思い出に当たる内容を喪失した状態だ。

レムが『私』と自分を呼び、スバルを臭《にお》いから警戒したのもその証《あかし》と言える。

「レムも混乱してるはず。ずっとは逃げられない。俺を多少なり引き離したら、落ち着いて自分を振り返る時間を作る。あのルイも、一緒に連れてるならなおさら」

こんなことを祈るのは馬鹿げた話だが、いっそ、あのルイが盛大にレムの逃げる足を引っ張ってくれているのを期待したい。駄々《だだ》をこね、時には歩くのを嫌がり、せいぜいレムの手を煩わせてくれれば、スバルが彼女に追いつく目も出てくるだろう。

あるいはルイが手に負えず、面倒を見切れないとレムが少女を見限っていれば――、

「……わからねぇな」

レムが、外見上は無力な幼子に見えるルイを見捨てるかはわからない。

エピソード記憶を欠落し、ある意味では何者でもないレムは、生まれついてのラムとの関わり合いからの劣等感や、自己の確立を喪失していると言える。

レムの存在を欠落し、それでも何も変わらなかったラムの安定感は異常だったが、はたしてレムにも同じことが起こるのかどうか。

ラムと姉妹ではなく、鬼族としての誇りとも劣等感とも無縁で、ナツキ・スバルのことを何とも思っていない、そんなレムが――、

「――ッ」

想像した途端、自分の胸が焼けるような感覚を味わい、スバルは強く踏み出した。

腹いせに踏まれた枝が悲鳴を上げて折れ、ぬかるんだ地面で滑りそうになりながら、スバルは前のめりになりつつ正面の背の高い草をよけて、

「――あ？」

不意に森が開けて、またしてもスバルは草原へと出てきてしまっていた。

まさか、森の中をぐるぐると回って同じ場所へ出てしまったかと血の気が引くが、よくよく見回してみると、そうでもないことがわかる。

最初の草原に似ているが、足下の草の背丈が違う。

初めの草原と比べ、こちらの方がわずかに草の背が高い。それに、あっちは三百六十度を森に囲まれていたが、こちらはスバルが飛び出した森があるだけ。

森を出たスバルの正面、草原の切れ間に見えるのは大きな地平線だ。やけに空が遠く高く見えて、不思議と吸い込まれそうな錯覚が足下を怪しくする。

だが、スバルの目を引いたのはそうした高く遠い空だけではない。

そのもっと手前、草原を切り開いて作られた小さな空間と、そこに置かれた野営の道具――早い話、誰かがここにいた痕跡であった。

「――――」

瞬間、スバルの全身に警戒がみなぎり、視界がぐっと狭くなる。

幸い、簡易の野営地とでもいうべきその場所に人影はない。あるのは野営を行っただろう痕跡だけで、罠《わな》ということも考えにくかった。

問題は、この野営地を作ったのが何者なのかという点だ。

「一番可能性が高いのは、俺を殺した奴《やつ》……だよな」

スバルを仕留めた狩人《かりうど》、それが森で狩りを行うにあたり、ベースキャンプとして設定したのがこの野営地である可能性は高い。

そうなると、スバルは即座にここを離れ、安全を確保するべきだ。

遭遇したのが森であれ野原であれ、狩人が危険人物なのは間違いない。

よく、山中でマタギが鹿と人間を間違えて誤射するなんて話があるが、大声を出しながら知人を探す相手を鹿と誤射しましたは、あの腕前からしてありえない。

狩人は危険な敵、そう結論付けて行動すべきだ。

しかし――、

「……ナイフの一本でもくすねられれば」

密林と呼ぶべき木々の密度、その中を進むためには道具の手助けが欲しい。生憎《あいにく》、スバルの所持品は愛用の鞭《むち》――強敵の素材を使ったギルティウィップのみだ。

砂海攻略用の格好は微妙に密林攻略にも役立ってくれているが、やはり、木々を切り開いて進むための刃物の一本でもあると劇的に変わる。

故に、野営地からそれらしい道具の一つでも手に入れば話はだいぶ違うはず。

「火を焚《た》いた形跡に、ちゃちいけど……これ、寝床か？」

野営地の中心に焚火《たきび》の痕跡があり、その傍《かたわ》らに切った草を並べた寝床らしきものがあるのがわかった。誰かがここで過ごしていたのは間違いない。

その上も空っぽで、あとは何もないようだが――、

「せめて、ナイフかそれっぽいものが見つかれば――」

「――ほう、刃《やいば》が欲しいか。それはずいぶんと間のいいところへ現れたな」

野営地を簡単に検《あらた》め、使える道具がないか探そうとした瞬間、スバルは背後からの声と、自分の首に冷たいものが当てられたのを感じて止まる。

息を詰め、ゆっくりと視線を下ろせば、スバルの首の右側に当てられているのは、その刀身を美しく磨き上げられた剣の刃だった。

「――――」

深々と息を呑《の》み、生殺与奪の権利を相手に与えたとスバルは理解する。

だが、同時に後ろから声をかけられたことに頭は混乱状態だった。――警戒した。それはもう、命懸けの状況なのだから打算なく警戒したのだ。

もちろん、この異世界を生きる超人たちの中には、スバルの目では追い切れない速度で動くようなものや、瞬間移動すら実現する輩《やから》もいるのはわかっている。

「けど、その数少ない例外をここで引くか？……俺はどんだけ運がねぇんだよ」

「たわけ。誰が喋《しゃべ》っていいと言った。心して、言動の一つ一つを選ぶことだ。貴様の命がこちらの……俺の手の中であることを失念するな」

我が身の不運を呪うスバルに、背後からの相手の声は容赦がない。

相手の言う通り、おかしな真似《まね》をすれば即座に首を飛ばしてくるだろう。絶対にそうなるという確かな威圧を感じながら、スバルは打開策を必死に考える。

声からして、相手は男だ。

それなりに若い響きがするから、スバルと同年代か、やや上ぐらいのものだろう。言葉の選び方には癖があるが、不思議と違和感は覚えない。

そして何より――、

「口を閉じながら、あれこれと智慧《ちえ》を巡らせていると見える。だが、命を捨てて反撃を試みるでもなし。……ふむ」

押し黙ったスバルの雰囲気から、こちらの心中を読み取る洞察力があった。

考え込むような吐息をこぼした相手は、どうやらスバルの後ろ姿に何事か思案し、

「バドハイムの気候に合わない格好だ。肌も白い……地元のものではないな」

「お、俺は……うおっ」

「黙れ。誰が口を開いていいと言った。次に俺の機嫌を損ねるなら、首と胴が離れたあとでも喋れるか試してみるがいい」

会話に応じるつもりはないと、首筋を浅く斬られて思い知らされる。

チクリとした痛みと、じわりと溢《あふ》れる血が首を伝っていくが、なおも相手のスバルに対する検分は終わろうとしない。

「腰の鞭《むち》も、森で使うには不便極まりない。腕や足もそれなりに鍛えているが、狼《おおかみ》の列に並べるほどでもないな。……貴様、俺を追ってきたわけではなさそうだ」

「――――」

「何を黙っている。弁明しないなら、ここで死ぬか？」

「ええ!?　今度はいいのかよ!?　めちゃくちゃじゃねぇか！」

相手の理不尽さに抗議すると、後頭部に突き刺さる険しい視線が鋭くなった。

余計な発言をしたとスバルは身を硬くし、しかし、その硬直も首に当てられた剣が引か

れたことでようやく解ける。

「ただし、ゆっくりと振り返れ。おかしな真似《まね》をすれば」

「首を刎《は》ねるって？」

「いいや、手足を落とし、心の臓を抉《えぐ》り、貴様の目の前で焼き尽くす」

「邪悪すぎる脅迫！」

ただ凄《すご》みだけが伝わってくる相手の脅しに、スバルは両手を上げ、反抗する気がないことを証明しながらゆっくりと振り返った。

そして、背後を取った相手をじっくりと見据え――、

「……マジで？」

――目の前の、巻いたボロで顔を隠した男と真っ向から見合わされた。

4

それは、実に奇妙な風体の男だった。

背丈はスバルよりやや高いぐらいで、体格は細めに見える。すらりと手足が長く、手にはスバルの首に当てたサーベルのような刀身の細い剣を握っていた。

服装は上等な貴族風の装いで、スバル以上に森歩きには場違いな格好と言える。よく見れば顔に巻かれたボロは、元はマントの一部だったのではないか。

顔にケガをしたのか、正体を隠さなくてはならない理由があるのかは不明だが——、

「なんだ？　その間抜けな面構えは」

「間抜けな面ならともかく、面構えは生まれついてのもんだから悪口じゃねぇか……なんだも何も、あんたの風貌見たらこうなっても仕方ないだろ」

「勝手なことを。俺も貴様の目つきを見て、改めて刺客か疑い直しているところだ」

「目つきで仕事は決まらねぇよ！　大体、俺の役目は刺客とちょうど真逆だ。俺、攻める方じゃなく、むしろ守る方だから」

警戒を緩めず、こちらに剣を向けたままの男——否《いな》、覆面男。

その訝《いぶか》しむような声に応じながら、スバルは彼の装備類、それからその後ろに置かれている荷物などを見て眉を寄せた。野営や森の活動に適していない格好もそうだが、目についたのは覆面男の後ろに置かれている荷袋——それは突然、スバルの背後に現れた男同様に、その場所に急に現れたようにしか見えなかった。

それに付け加えて、覆面男の装備だ。——弓矢がない。

「……どうやら、あんたは狩人《かりうど》じゃないっぽいな」

「狩人？」

「こっちの話。ちなみになんだけど……もしかしてそちらさん、瞬間移動できるか、透明になれたりする？」

「——ほう」

そう問いかけた途端、覆面から覗《のぞ》ける相手の黒瞳が細められた。

しかし、その反応は怒りや見切りではなく、スバルに興味を抱いたものであった。

「何故《なぜ》、そのような発想をするに至った？　理由を言ってみよ」

「……一応、俺はここに近付く前に周りを警戒してた。もちろん、俺の警戒なんてぶっちぎって動ける奴《やつ》が大勢いるのはわかるけど、あんたはそうじゃない」

「何故？」

「怒らないで聞いてほしいんだけど、俺はなんかたまたま腕の立つ連中というか、いわゆる超人と出くわす機会が多くてな。そういう常識外れた奴らと比べると、あんたから感じる雰囲気は……その、普通だ」

相手が一角の武人であれば、間違いなく怒りを買うだろう発言だった。

だが、相手と対峙《たいじ》して、スバルはそう感じたのだ。目の前の男から感じる雰囲気は、確かに剣を扱えるのだろうが、それなりの修練を積んだ一般的なもの。

ラインハルトやガーフィール、ヴィルヘルムやユリウスを知るスバルの目から見て、見劣りするとしか言いようがないのだ。

「そうなると、俺の知覚外から飛んできた説はなくなる。あとは瞬間移動で俺の後ろに現れたか、そうでなかったら……」

「『姿隠し』を用いて、見えなくなっていたかのどちらかというわけか」

「――っ!?」

直後、目の前にいたはずの男の姿がスバルの視界から消失し、驚愕《きょうがく》する。

だが、驚きはそれだけにとどまらなかった。

「いなくなった……けど、目の前にいる？」

「――正解だ。『姿隠し』は気配までは消せん」

スバルの問いかけを受け、それに答えた途端に覆面男が全く同じ状態で舞い戻る。

それはいなくなっていたのではなく、見えなくなっていただけだ。そして、スバルの問いに答えた瞬間に戻ってきたということは。

「相手に触ったり、意識されると解除される？」

「息を止め、隠れ潜むにはもってこいの道具だがな」

そう言って、覆面男はスバルに向けた剣を下ろし、野営地を顎でしゃくって見せる。

「寝床は囮《おとり》だ。そこから少し離れた地点で息を潜めていた。貴様がこそこそとやってくるのも最初から見えていたぞ。滑稽であったな」

「警戒してる姿って、傍《はた》から見るとめっちゃ間抜けだからな……って、そんなことはいいんだよ！　あんた、剣を下ろしたってことは……」

「貴様は追手ではない。理由も意図もまるでわからぬが、正しく迷い人であろう。ならば俺がそれを声高に糾弾する理由はない。刃《やいば》で思い知らせる必要も、な」

争う意思はないと示すように、覆面男が抜いていた剣を腰の鞘《さや》へ納めた。それを見届けて、ようやくスバルも体から緊張が抜ける。

そして抜けた途端、本来の目的を思い出した。

「って、落ち着いてる場合じゃねぇんだ。なぁ、質問ばっかりで悪いんだが、青い髪の女の子を見てないか？　この辺りではぐれちまったんだ」

「青い髪？　いいや、見ていない。むしろ、この場所へ足を運んで、最初に見かけたのが貴様の面よ。どうしてくれる」

「どうもしねぇよ!?　どうもしねぇけど……クソ、ここも空振りか。なぁ、もしかしてなんだけど、俺の人探しを手伝ってくれたりは……」

「――――」

「ですよね……」

目撃証言は空振りし、頼みの綱も目の前で叩《たた》き斬られる。

覆面男の冷たい眼差《まなざ》しを返答とし、スバルはレム探しを再開するべく森へ向き直る。

「待て。この森ではぐれたとあれば、そうそう合流などできるものではあるまい。自分が生き残ることを優先するのが最善と思うが？」

「――。悪いが、そうはいかねぇ。それこそ、俺の命より大事な子なんだよ。何としてでも必ず合流する。いいや、連れ帰らなくちゃならねぇ」

「命より、とはな。歌女《ウタメ》の詩歌でもなしに、実際に聞けば空言としか思えぬ。思えぬが、面白いのは貴様の目だ」

無謀を嘲笑《あざわら》う態度にスバルが目を鋭くすると、まさにその目を男に指差された。とっさ

に目を突かれるのかと身を引いたスバルに、覆面男は小さく笑い、

「嘘偽《うそいつわ》りを述べる目ではない。実際に自分の命と天秤《てんびん》にかけられればわからんが、少なくとも、この場で欺瞞《ぎまん》を並べたわけではないらしい」

「だったら……だったらなんだってんだよ？　俺の言ってることが本当なら、それで」

「——それで多少は興が乗る。俺が、知恵を貸してやろう」

とんとんと、覆面男が自分のこめかみあたりを指で叩《たた》いた。

その答えを聞いて、いっそ「ふざけるな」と怒鳴りつけてやろうかとも思うが、スバルの喉からそうした罵声は飛び出さなかった。

不思議と、これも不思議な話なのだが、男を疑う気持ちが出てこない。——否《いな》、胡散臭《うさんくさ》くはある。しかし、それ以上の説得力があった。

それはおそらく、男の持つ天性のカリスマだ。

「何があったか子細を述べてみろ。探す方法を見つけてやる」

「……俺とその子は、急に飛ばされてきたんだ」

気付けばスバルはぽつぽつと、男の問いかけに答え始めていた。

覆面男を信頼したわけでも、信用したわけでもない。——ただ、藁《わら》にも縋《すが》る思いだ。そういう心地のときは、相手が藁より信用ならない相手だろうと、縋りたくなる。

たぶん、それだけの話だったのだと。

5

「下手をしたな」

と、事情を聞き終えた覆面男の最初の一言は辛辣なものだった。

スバルは覆面男に問われるがままに、レムとの間に起こった出来事――複雑な周辺状況は省いて、それを丁寧に説明した。

レムの記憶が混乱しており、スバルを気絶させて逃げたこと。そして、危険な小娘が一緒に行動していることも含めて。

「わかってるよ。俺が大馬鹿だったたってのは。けど、まさかそれだけで終わったりしないだろうな。俺の直近の黒歴史を暴いて、馬鹿にして終わりとか……」

「たわけが。わざわざ、俺の貴重な時間を使ってまで、貴様のような道化を嘲弄《ちょうろう》するものか。――その娘、頭はそれなりに回るな？」

「あ、ああ、それはたぶん」

覆面男の雰囲気に気圧《けお》され、スバルは素直に頷《うなず》いた。

万能メイドとして日常の様々な場面で活躍するレムだが、家事能力が高いだけでは、そうした評価は得られるものではない。

適切な人員を能力を見据えて配置し、動く。――戦闘においても、スバルの呼吸を読んで、何も言わなくても合わせてくれたりしていた。

レムは賢い。たとえ、その記憶が失われていたとしても――。

「だとしたら、貴様は謀《はか》られた可能性が高いな」

「は、謀られた？　俺が騙《だま》されたってのか？　そんなの、どういう……」

「この際、記憶の有無は問題ではない。重要なのは、相手の娘に追われる自覚があり、追手に対してあれこれと考える能があることよ。例えば――」

そこで言葉を切り、覆面男の黒瞳がスバルを上から下まで眺める。

その視線に、自分の無思慮を責められた気がして、スバルは肩を小さくした。

そんなスバルを見ながら、覆面男は目を細め、

「例えば、自ら草原に痕跡を残し、逃げた方向を偽装するなどだ」

「――――」

「相手に昏倒《こんとう》させられ、目覚めてさぞや貴様は焦ったはず。相手をすぐにでも探さねばとなったとき、これ見よがしに足跡があればどうする？」

涎《よだれ》を垂らし、駄犬のように痕跡を追いかけて走り出した。

それが実際に起こった出来事であり、覆面男がこちらを嘲るように見ている眼差《まなざ》しの答えだった。もちろん、それは間違いだと言い返すこともできるが――、

「――。確かに、森に入った途端に痕跡は見つからなくなった。でも、道が悪いのが原因だとばっかり……」

「自分に不都合な事実から目を背けることはしないか」

「俺が馬鹿で間抜けってのは前々から知ってるんだよ。ただ、適応力と根性だけは光るものがある、ってのがもう一人の俺との共通見解なんだ」

言っても伝わらないことだが、覆面男にスバルはそう答える。

事実、覆面男の推測は理に適《かな》っている。思い返してみれば、草の上に残された痕跡はあまりにも、「いかにも」という感じが過ぎたのだ。

野生動物の狐《きつね》や兎《うさぎ》には、足跡をわざと残し、途中で草むらへ飛び込むなどして、捕食者を攪乱《かくらん》するといった技術を使うものがいる。

レムが草の上に残した痕跡もそれで、スバルを騙す狡猾《こうかつ》な罠《わな》だとしたら。

「俺を別の方向にいかせて、逃げる時間を稼いだ……？」

「その場合、往々にして相手の選ぶ方角は真逆だ。心理的にも、最も遠ざかる方向を選ぶのが理に適う。──わかるか？」

「……悔しいけど、納得だ。クソ！　レムの奴《やつ》！」

覆面男の言う通り、わざと見え見えの囮《おとり》として痕跡を残したのなら、それと反対の方向へ逃げ込んだ可能性が高い。

だが、そうして当たりがつけば、かえって反対の森へ向かえば捕まえられる算段も出てくるだろう。なんだか、こちらが悪人のような気分になるが──、

「顔つきやら体臭やらで第一印象が悪いのは慣れっこなんだ。絶対に追いつく！」

「威勢のいいことよな。──そら、持っていけ」

「うえ⁉」

立ち上がり、こうしてはいられないと駆け出そうとしたスバルに、荷袋をまさぐった覆面男が何かを投げつけた。

とっさに受け取ったそれを見れば、革の鞘《さや》に収まった小さなナイフだ。

そのことにぎょっと目を剥《む》くと、覆面男は肩をすくめ、

「鞭《むち》の一本で立ち向かえる森ではあるまい。せいぜい、うまく使うがいい」

「そりゃすげぇありがたいけど……いいのか？　俺は何にも返せてねぇぞ」

「構わぬ。たまには俺も施しがしたいだけだ。それとも、そのナイフで俺から荷物の類《たぐい》を一切合切奪ってみるか？」

冗談めいた物言いだが、そうした実行力をスバルに与えたのは事実だ。

覆面男の技量はそれなりだが、スバル相手に万一がないと言い切れるほどではない。そういう意味では、これはある種の博打《ばくち》のような行いだった。

しかし――、

「――俺の名前はナツキ・スバル。こいつは間違いなく、あんたへの借りだ。受けた恩は必ず返すよ。不義理な真似《まね》はしない」

受け取ったナイフをしっかりと腰に差し、スバルは深々と一礼した。それを見て、覆面男は「ふん」と小さく鼻を鳴らすと、

「すでに道は示した。さっさといくがいい。せいぜい、自分の持てる手を尽くして、逃げ

た娘の信を勝ち取ることだな」

「ホントにそうだよ。助かった！　っとと、それもそうなんだが」

「なんだ」

感謝の気持ちを込めて手を振り、森へ駆け込む寸前で足を止める。その忙しい様子に覆面男の声が呆《あき》れを帯びたが、スバルは目の前の森を指差して、

「俺は元の草原に戻るためにここを通るけど、あんたはあんまりここを使わない方がいいぞ。中におっかない狩人《かりうど》がいる。遠くから弓で仕留めにくるから、命がいくつあっても足りないと思う。どっかいくなら、この森は迂回《うかい》推奨だ」

「——。なるほど。わかった。留《とど》め置こう」

「ああ、そうしてくれ。——またな！」

覆面男の返事を聞いて、スバルは恩人がいきなり狩人の手にかかる後味の悪い展開の回避に成功する。

そして、一目散に森の中へ駆け込み、全力で最初の草原を目指して走り出した。

「——いい切れ味だ！」

幸い、最初の草原へ戻るのに大きな苦労はなかった。

覆面男から受け取ったナイフの切れ味が鋭く、立ち塞がる枝葉を落として進むのに大きな力となってくれたからだ。

この大きさのナイフだと、扱い方次第ですぐ刃こぼれしそうなものだが、そういった不

具合も感じない。ひょっとすると、かなりの逸品だったのかもしれない。

「身に着けたものも高価そうだったし、何者だったんだ……？」

その点を不思議がりつつ、スバルは元の草原へ大急ぎで舞い戻った。それから、あえて自分がひっくり返らされた周辺を探ると——、

「——見つけた。こっちが本命だろ」

ちょうど、これ見よがしにつけられた痕跡と反対の方角に、草地に不規則に残された足跡を発見する。できるだけ痕跡を消そうとしているが、おそらく、レムのは消せてもルイのものを消し切れなかったのだ。

消すための努力の痕跡がある以上、こちらがさらに囮《おとり》ということはあるまい。

つまり——、

「ようやく、尻尾を掴《つか》んだぞ、レム……！」

先ほど気にした、まさしく悪役まっしぐらな発言をして、新しい目印となってくれる痕跡を懸命に追いかける。森の入口まで転々と痕跡が続いたのはさっきと同じ、しかし、森の入口の枝が折れているのと、泥についた足跡は誤魔化《ごまか》せない。

「見つけた！　これなら——」

レムに追いつけると、勢い勇んでスバルは泥についた足跡を辿《たど》ろうとした。

その、次の瞬間だ。

「——あ？」

泥の足跡に注目するスバルの足下で、結ばれた蔦《つた》が切られる。それは支えていた枝を反動たっぷりに射出し、横合いから強烈な打撃がスバルの脇を打った。

「げお──っ⁉」

自分の腕ほどもある枝の横薙《よこな》ぎを受け、スバルの体が盛大にぶっ飛ばされる。泥の上を転がったスバルは苦鳴をこぼし、衝撃にしばらく立ち上がれない。

予想していなかった不意打ちに打たれ、ちかちかと視界が明滅し、スバルの意識が痛みとショックでパトカーの回転灯のようにぐるぐると光った。

「い、今のは、まさか……」

しばらくして痛みが和らいでくると、スバルはようやくその場に立ち上がる。なおも膝にきているのと、脇腹の内側に甚大な被害があったのがわかる。

しかし、それ以上の衝撃があった。

「──罠《わな》？」

逃げながらも、逃げるだけでは終わらない。

それが記憶をなくしながらも、己の持てる力を尽くす少女──レムの恐ろしさ。

ナツキ・スバルはようやく気付く。

──これは異世界にきてから二度目の、レムとの本気の戦いの始まりなのだと。

第二章『勇気ある選択』

1

「——ぐおわ！　っだぁ！」

一瞬の浮遊感と、硬い地面に受け止められる痛み。

落ちるとわかっていて受け身は取ったものの、衝撃はそれなりのものだった。

特に、転がったところにあった太い枝の追撃が想定外だ。肩甲骨のあたりをぐりっとやられて、思いがけない痛みに涙目になってしまう。

「いちち……ああ、大自然以外の追撃がなくて助かった。ナイフ様々だぜ……」

涙目状態で立ち上がり、スバルは手の中のナイフを鞘《さや》に戻して一息つく。

ぐるっと振り返って見上げるのは、直前までスバルを吊《つ》り下げていた大樹の幹だ。

その幹の太い枝の一本から、長い蔦《つた》が地面に向かって伸びている。蔦は途中でナイフによって切断されているが、切断された蔦の先には——、

「輪っか……漫画とかで見たことあったけど、本当にこの手の罠《わな》って効果あるんだな」

そう言いながら、スバルは自分の右足首を搦《から》め捕った蔦の輪っかを取り除く。

地面に設置されていた罠で、ちょうどこの輪っかの上を足が通ると、その足を締め上げて宙へ吊り上げる仕組み——正直、自分で引っかかっておきながら、具体的にどうやってそれを実現しているのか、その答えがわからない。

そして、答えを知るためにあれこれと調べている暇もない。

「記憶はないものの、レムが持ってた知識と器用さは据え置きか……。こうして追いかける立場になってみると、レムも姉様の妹だな」

当たり前の話ではあるのだが、改めて実感させられる。無論、こうした形で実感させられたいものではなかったので、何とも苦々しい感覚だ。

——スバルがレムを追いかけ、森へ入って一時間以上が経過している。

反対側の森で出くわした覆面男、彼のアドバイスに従い、レムがルイを連れて逃げたルートの偽装は看破できた。しかし、逃げるレムたちを捕まえられないのは、瘴気《しょうき》を警戒したレムによる罠と、追跡者に対する偽装の数々が原因だ。

「レムの腕力なら、片足嵌《は》めるだけの落とし穴なんて一発で作れんのがネック……生まれ持ったフィジカルの差が強く出てやがる」

そうした小トラップの合間に交えられるのが、先ほどスバルを吊り上げたような、蔦や倒木を利用した本格的な足止め狙いの中トラップだ。

偶然が重なって手に入れたナイフがなかったら、あの蔦のトラップから抜け出すのにどれだけ時間がかかったことか。想像するだけでゾッとする。

そして、焦る気持ちが先立つスバルを最も逡巡《しゅんじゅん》させるのが――、

「しっ！」

腰の裏から抜いたギルティウィップを振るい、その先端で怪しげな地面を強く打つ。

次の瞬間、その地点目掛けて、強烈な反動を伴った枝の一撃が二発、三発と殺到した。

直撃されていれば、腕の一本や二本は折れても不思議のない威力。

完全にスバルの行動力を奪うための大トラップ――数は多くないが、これが仕掛けられている事実が、スバルの進軍の速度を遅れさせていた。

森の入口に仕掛けられていた太い枝の一発、あれも大トラップの一環と言える。

こうして森深くへ進むごとに、発見される大トラップの危険性と威力は増していた。それは追われるレムが容赦を失っているというよりは、成長しているのだ。

「追いかけられて罠《わな》を作るうちに、どんどん学習して罠の腕が上がってやがる……クソ、さすが勉強熱心だぜ、レム。今、それ発揮されたくなかったけど」

レムが頑張り屋の努力上手なのは知っていたし、記憶の戻らない現状でもそうした気質《きしつ》が失われていないのは嬉《うれ》しいが、それとこれとは話が別だ。

早い話、レムは戦いの中で成長しているのである。スバルの成長がほぼほぼ頭打ちなことを考えれば、ただでさえ厳しい実力差がより顕著なものとなってしまう。

この差が決定的なものとなる前に、レムの身柄を押さえなくてはならないが――、

「――あった」

罠の仕掛けられた木々の隙間に、小さく木の皮が毟《むし》られた痕跡を発見する。

大トラップと無関係のそれは、まるで猫が家の柱を引っ掻《か》いたようなささやかな傷。しかし、こうした児戯のような傷跡が、ここまでスバルを導いてくれていた。

つまるところ、その正体は『足手まとい』の痕跡だ。

皮肉な話だったが、レムの足を引っ張り、スバルに追跡を許している要因は、彼女が連れて逃げている大罪司教――ルイ・アルネブの存在だ。

レムがどれだけ懸命に足跡を消したとしても、ルイがそれを台無しにしていて。

「クソったれめ……」

その朗報を目に留め、追いかける手助けとするスバルの内心は晴れない。

当然だろう。結果的にルイの存在がスバルの手助けになってくれているなど、あの邪悪な大罪司教との関係を思えば手放しに喜べるはずもない。

直接的にレムの『名前』や『記憶』を奪ったのがルイでなかったとしても、『暴食《ぼうしょく》』の大罪司教たる三兄妹《きょうだい》の罪は同等だ。一人だけ罪が軽くなることなどない。

自分の体が存在しないであるとか、生き方を誤ったなど関係ない。

それが、あの白い世界で喚《わめ》き散らすルイ・アルネブに対するスバルの結論だ。

だから、このまま首尾よくレムに追いつけたとして、彼女を説得する段階になっても、ルイの扱いを譲歩するつもりはスバルにはなかった。

そもそも――、

「どうして、俺はレムとこんな追いかけっこしなきゃならないんだよ……！」

痕跡を追いながら、スバルはぶり返してくる理不尽への怒りに唇を噛《か》んだ。

目覚めたレムが『記憶』や『名前』を失っている可能性は考えていた。

もちろん、元の万全なレムが戻ってくれるのが一番だったが、クルシュやユリウスの前例がある以上、レムが元通りの状態で目覚めてくれる期待は大きく持てなかった。

その不安が的中し、結果、レムは自分自身のことも、スバルのことも忘れてしまった。

そうだったとしても、スバルは踏みとどまり、レムを支えてやれると思っていた。

エミリアやラム、ベアトリスたち――陣営の仲間と助け合い、みんなで一緒にレムを支えられると、それがスバルを踏みとどまらせる根拠だった。

それなのに今、スバルは頼れるもののいない森で、逃げるレムを追いかけている。

「なんで、こうなるんだよ……どうしていつも……」

すんなりと、何もかも綺麗《きれい》に落着させてくれないのか。

何もかも思い出したレムが目覚めて、過ぎ去ってしまった時間に驚きながらも、これから先の物語を一緒に紡いでいく。それでいいのに。

もし仮にレムの状態が今と同じでも、周りに一緒に頑張ってくれる仲間がいてくれたらこんな災難に苦しめられずに済んだ。それでもいいのに。

運命はいつも、ナツキ・スバルに最も過酷な道を用意する。

そしてそれをスバルだけでなく、スバルの周りの大切な人たちへ向けるのだ。

「――泣き言は、もう十分かよ、ナツキ・スバル」

ぐっと奥歯を噛みしめて、スバルは自分の頬《ほお》を両手で強く張った。

鋭い痛みと衝撃が意識を揺らし、直前までの弱々しい思いを一時的に置き去りにする。

そう、運命はいつも過酷な道を示した。

だからこそ、ナツキ・スバルは幾度も苦難という鞭《むち》に打たれ、そのたびに血反吐《ちへど》を吐きながら立ち上がり、前を向いてきたのだ。

「ついには立ち塞がる苦難を自分の鞭にした男、それが俺だ」

厳密には鞭の原材料となった魔獣『ギルティラウ』は言うほど立ち塞がった壁ではなかったし、立ち塞がった苦難の中では低難易度の方だったが、そう嘯《うそぶ》く。

嘯いて自分を盛り上げ、感情を昂《たかぶ》らせて、小賢《こざか》しい頭に熱を注いで、戦い方を見出《みいだ》すのがスバルのこれまでのやり方だ。

「考えろ考えろ考えろ、俺。このまま追いかけてても、いずれはレムもルイがやらかしてることに気付いちまう。そうなったら痕跡が途絶える。そうなる前に決着をつけろ」

彼我の戦力差を分析し、相手の強みとこちらの強みを一生懸命に考え抜く。

現状におけるレムの強みは、記憶がなくても失われていない小器用さと気配り。作るうちに熟達していく成長度と、顔と声が可愛《かわい》いこと、動いているところをもっと長くじっと見守っていたいが、そのところは後回しだ。

それに反してスバルの強みは、鞭とナイフの扱いと、忌々《いまいま》しくもルイが残してくれている手掛かり、目つきの悪さはご愛敬《あいきょう》として——記憶のないレム以上に、レムがどういう子なのかを知っていること、これが挙げられる。

「……レムは、俺が追いかけてきてることに気付いてるはず」

無数の罠《わな》の存在が証明しているが、レムはスバルの追跡を察している。

そうでなければ、ここまで過剰な数の罠を用意する理由がない。最初にいくつか、念のために置いておく程度で逃げるのを優先したはずだ。

そうせずに罠を仕掛け続けるのは、スバルの追跡を確信しているから。そして、レムがスバルの追跡を確信できている理由は、やはり魔女の残り香だろう。

「いったい、どれだけ臭《にお》ってんだ、今の俺の体は……」

以前、レムやベアトリスからは日ごとに薄れるという話は聞いていたが、それも『死に戻り』の直後や頻度で大きく増大するようだ。

そしてスバルはこの半日、監視塔の中で『ナツキ・スバル×2』の回数を重ね、そのまままこんな場所へ飛ばされてきている。

「——つまり、異世界生活史上、最も魔女臭《くさ》い男が今の俺」

そう考えながら、スバルはその間も二つ、三つと小中のトラップを解除し、ルイが残した手掛かりを辿《たど》りながらレムの足取りを追いかける。

まさしくパンくずを拾うヘンゼルとグレーテルの気分。ただし、スバルは一人ぼっちであり、二人組は逃げている方という違いはあった。

「と、今度はわかりやすいところにあったな。次は……」

剥《は》がされた木の皮を発見し、スバルは次なる道を定める。

ルイにスバルに場所を知らせる意図がないため、手掛かりとなる痕跡には統一感もなければ、見つけにくいことも非常に多い。おそらく、レムが罠を作る作業をしている間、置いておかれているルイが勝手にやっているというのが事の真相だろう。

しばらく見つけにくい手掛かりが続いたが、わかりやすいものがあって助かった。

「残ってくれてて助かった。レムに見つかって消されると、手掛かりが……」

途絶える、と言いかけたところでスバルは言葉を止めた。

それから、今しがた通りすぎた木のところへ戻り、皮を剥がされた木を見やる。大きくたくましい木であり、剥がされたのはなかなか目立つ位置。

はたして、これをレムが見落とすことがあるだろうか。

「俺の知ってるレムなら……」

目端が利いて、気配り上手のレムであれば、あからさまな痕跡は消したはずだ。

それが残っていた以上、レムがよっぽどの視野狭窄《きようさく》に陥っているのでない限り――、

「――そら！」

進もうとした道の先、スバルは足下から抜いた太い草の塊を投げ飛ばす。

根に土の絡んだそれは放物線を描き、背の高い草むらへと飛び込んでいって――、

――直後、壮絶な音を立てて草むらが沈没し、大穴が大地を呑《の》み込んだ。

「うお……！」

これまでの小トラップを嘲笑《あざわら》うような巨大な穴が地面に開き、その大穴目掛けて周囲の木々が悲鳴を上げながら倒れ込む。大穴を倒木で埋め立てる、極大トラップ——もしもスバルが引っかかっていたら、今頃は身動きのできない生き埋め状態だ。

ここへきて、これまでの罠《わな》を心理的な引っかけに使った大技が放たれた。

追跡のヒントとなっていたそれが、スバルを生き埋めにするための罠として大口を開けて待っていたということだ。

レムらしい手段と、そう称賛したいところだが——、

「——俺の知ってるレムは、これで終わらない」

心理的な罠を仕掛けて、それに追手がかかって動きを止められれば最善。

しかし、スバルの知っているレムは気配り上手で頑張り屋、顔と声が可愛《かわい》くて、健気《けなげ》に動いてくれているだけで胸が温かくなり、そして——、

「痺《しび》れを切らしたら、自分から仕掛けてくる。——そうだろ、レム！」

そう言って振り返り、皮の剥《は》がされた木をスバルが見上げる。

ちょうどそのときだった。

「——っ!!」

歯を食い縛ったレムが、その木の枝からスバルへ飛びかかってきたのは。

2

追手を引き剥がせず、罠も足止めにならない。

そんな状況下に置かれたとき、スバルの知っているレムならどうするか。

相手の位置は臭《にお》いでわかり、相手が頼りにしているパンくずの正体も判明したなら、それを逆手にとって罠にかけ、直接原因を絶とうとする。

そして、スバルのその読みは的中した。問題は——、

「——はあぁぁぁぁ！」

飛びかかってくるレムを止められない、スバルとの戦力差にあった。

「ぐおあ！」と苦鳴を上げ、落ちてくるレムの腕にスバルが吹き飛ばされる。

正直、不自由な足でここまで動けることも、自分の体がとっさにレムを受け止めようとしてしまったことも、スバルにとって想定外だった。

「どこまでもどこまでも、しつこい人！」

「ま、待て、レム、話を聞いて……」

「くどいです！」

振り回した腕に撥《は》ね飛ばされ、鼻血をこぼすスバルの訴えにレムは耳を貸さない。

彼女は森の地面に這《は》いつくばり、その青い瞳でスバルを睨《にら》みつけていた。

「あの場で私たちを諦めてくれれば、それ以上のことはしないつもりでした。なのに、あ

なたは私たちを追いかけて……やめてください！」

「そんなシンプルに言われると、すげぇ傷付くんだが……」

「鼻が曲がりそうなんですよ！　あなたが近付いてくると、すぐにわかります。それも、さっきの草原のときよりも、それが増して……」

鼻血の滴る鼻を押さえながら、スバルはよろよろと立ち上がる。

立ち上がれるスバルと這《は》いつくばったレム。状況はスバル有利に見えるが、レムが腕だけで妖怪テケテケのように動き出したら、スバルは大穴に落とされて終わりだ。

じりじりと互いの距離を測りながら、ここで誤解を解くしかない。

「レム、話を聞いてくれ。お前にとって、俺は相当臭《にお》うらしいが……」

「……はい、臭《くさ》いです」

「懐かしい言い方……！　臭うらしいんだが、そしてそれがよからぬものに感じるってのもわかってるんだが、俺はお前に敵意はないんだ！」

両手を上げて、スバルは自分が彼女と敵対するつもりがないことを示す。

だが、そう主張してもレムの警戒の色は薄れない。それだけ、魔女の残り香が空っぽの彼女を追い詰める要因になっている。

本当に、どこまでいっても魔女関係は碌《ろく》な状況をもたらそうとしない。

「臭いのこともあるし、俺の第一印象が悪いのは自覚がある。これでも十八年、自分って存在と付き合ってきてんだ。だから、やり直させてくれ」

「……やり直す？」

「俺が悪かった。何もかも忘れて不安なお前に、一個も説明してやれなかった。全部、俺の事情で、お前の気持ちを汲《く》んでやれてなくて……」

逸《はや》る思いと焦る気持ち、それらがレムを慮《おもんぱか》れなかった要因だ。

だが、そんな自己弁護に何の意味がある。今必要なのは自分を守る言葉ではない。レムを、その頑《かたく》なな心を解きほぐすための、訴える言葉だ。

「お前が大事なんだ。守りたいだけなんだ。だから、話を聞いてくれ。俺を拒まないでくれ。――俺に、もう一度チャンスをくれ」

「――それだけ、ですか？」

「……え？」

「あなたが私に弁明するのは、それだけなんですか？」

その、レムからもたらされた返答に、スバルは呆気《あっけ》に取られた。

声に込められた感情が、スバルの望んだそれとは違っていた。しかし、悪い予想とも違っていたのだ。――レムの声は静かな、堪え難い怒気に彩られていて。

「れ、レム……？」

「あなたが、私たちを追い回したことや、その体からとてつもなく邪悪な臭いを漂わせていることは、もちろん怪しいし、おかしいと思っています。でも」

そこで言葉を切り、レムは困惑顔のスバルを邪悪な存在とみなすように睨《にら》んだ。

「その、どんな理由よりも、あんな小さな女の子を見捨てようとしたことは拭えません。そんな非情で卑劣な相手を、どう信じろと言うんですか」

「──ぁ」

邪悪を糾弾するその眼差《まなざ》しに、スバルは言葉を失った。

叩《たた》き付けられた言葉が脳に浸透し、スバルは自分が初手で、魔女の残り香とは全く異なる形で、レムの信頼を得るための選択を誤ったのだと理解する。

スバルは自らの行動で、レムの信頼を喪失した。

それがたとえ、邪悪の具現である大罪司教であったとしても、何も知らない彼女の目から見れば、幼くか弱い少女であったのだと、見落とした。

「────」

何を言えばいいのか、とっさにスバルの中で答えが見つからない。

幾度も苦難を乗り越え、時には乗り越えられずに命を落とし、また別の角度からの解決策を探ってきたスバルだったが、この瞬間の答えは自分の内にない。

謝罪と、言い訳と、真実と、どれを優先すべきなのか。

どれであったとしても、目の前のレムの不信の眼差しを変えられる気がしない。

そしてそれはすでに、『死に戻り』で確定してしまったスバルの行いの結果。

「──何も言わなくなりましたね」

視線が泳ぎ、頬《ほお》が硬直し、言葉の出ないスバルにレムが痺《しび》れを切らした。

彼女はぐぐっと自分の上体を持ち上げ、スバルから距離を取ろうとする。――ここでスバルを打ち倒し、後顧の憂いを断つつもりはないようだ。

打ちのめされたスバルが、自分たちを追ってこないと思ったのかもしれない。

もちろん、そんなことはない。ここで振り払われたとしても、スバルはレムが取ってくれるまで手を差し出し続ける。差し出し続けるが――、

「――れ」

体の向きを変え、その場を去ろうとするレムを呼び止めようとする。

まずは名前を呼び、その後に続く言葉は何も考えないまま、彼女を呼ぼうとした。

そして――、

「――――」

身をひねった彼女の背に手を伸ばしかけたスバル、その視界に変化が生じる。

それは、鬱蒼《うっそう》とした木々の向こう、わずかにちらついた影――見覚えが、あった。

「――レム!!」

くる、と思うよりも早く、スバルはとっさにレムの背へ飛びつく。そのスバルの動きに驚いて、レムの小さな体が硬直した。

その小さな体をくるむように抱きしめた瞬間だった。

――強弓の放った矢が頭上を通過し、ど真ん中を射抜かれた大木が吹っ飛んだのだ。

3

頭上で大木がへし折られ、真っ二つになる衝撃が全身を打つ。

それを背中に浴びる腕の中、柔らかく熱いレムの体がある。

自分の手も足もついている。それだけわかれば、この瞬間は及第点だ。

「い、いきなり何を——っ」

「黙ってろ、舌噛《か》むぞ！」

とっさのことに反応の遅れるレムだったが、彼女の反論に耳は貸せない。

スバルは抱え込んだ彼女の体を引き起こすようにして、前に倒れた次は後ろへと倒れ込み、レムを抱きしめたまま勢いよく転がる。

腕の中、レムが悲鳴を押し殺しているのを感じるが、それはもっと大きな音——へし折られた大木が倒れてくる轟音《ごうおん》によって遮られた。

そのまま、転がり、転がり、転がった先で、不意に地面が消滅した。

「ぐあっ！」「きゃあ!?」

浮遊感は一瞬のことで、すぐに地面が落ちた二人を受け止める。

倒木と土砂が降り積もった大穴——それはレムがスバルを陥れるために作った落とし穴だ。あえてその大穴に転がり込み、相手からの射線を切ったのだ。

目論見《もくろみ》は成功。ただし、その代償がゼロというわけではない。

「が、ぐ……だ、お、折りやがったな……！」

無我夢中でレムを抱き寄せた左腕、その彼女に掴《つか》まれた指がへし折られた。中指と薬指と小指、お父さん指とお母さん指以外が全滅だ。

おかしな方向を向いた指を直視しないようにして悶《もだ》えるスバルから、同じ大穴に落ちたレムが這《は》いずって逃れ、距離を取る。

「当然です！　あんないきなり……いったい、何が起きてるんですか⁉」

「……話しそびれたけど、森の中に危ない狩人《かりうど》がいるんだよ。鹿狩り目的で誤射したって可能性は、ほぼほぼこれで消えたけどな。……づぁっ」

額に脂汗を浮かせながら、スバルは折れた指を添え木と手拭いで固定する。

折られたのが左手の指だったのは不幸中の幸いだ。これが利き手だった場合、スバルの行動力が小学生ぐらいまで低下するところだった。

「危ない狩人……あなたの味方ではないんですか？」

「味方がこんな勢いで援護射撃するか？　大体、何のための援護射撃……うお⁉」

そっと穴から頭を出し、外の様子を窺《うかが》おうとした瞬間、すぐ目の前の倒木が爆《は》ぜた。

どうやら狩人はスバルたちを狙い撃つため、まずは視界を綺麗《きれい》にすることを優先し始めたようだ。こちらに遠距離攻撃の手段がないと見切られている。

「本来なら、狙撃手は存在がバレた時点で位置を変えるのがセオリーのはずだろ……クソ、舐《な》められてやがる。何にも言い返せねぇが」

「――。これが弓矢の威力？　信じられません。こんなの、普通じゃないです！」

「ああ！　俺もそう思うよ！　きっと、撃たれたら胸にでかい風穴が開くだろうな！」

実際には木に縫い付けられ、昆虫標本みたいな死に方をしたのが前回の結果だ。

ただ、おかしな点がなくもない。――前回と、スバルは反対の森へきたのに。

「どうして、てめぇがこっちにきてやがる……？」

折れた指から伝わってくる痛みが、スバルの脳をガンガンと錐《きり》で突いてくる。

その痛苦に割れそうなぐらい奥歯を噛《か》みしめながら、スバルは必死に思考を働かせた。

この狩人《かりうど》と、スバルを殺した狩人が別人とは考えにくい。

どちらもスバルへ攻撃を仕掛けてきているし、得物が同じ強弓だ。問題は、どうして積極的にこちらを狙ってこようとするのか。

もしかしたらここは私有地で、相手は不法侵入をした相手を過激に追っ払おうとしているだけ。狩人は弓の狙いは正確だが、手加減が下手なドジっ子という線はどうか。

「だったら、話し合いができるんじゃないのか！　おい！　俺に敵意はない！　俺たちがこの森にいるのはたまたまの偶然で……」

「ちょっと待ってください！　その、俺たちというのは私とあの女の子も含めているんですか？　あなたと一緒にされたくありません！」

「今そんなこと言ってる場合じゃ――どわぁ!?」

停戦を呼びかけるスバルへの返答は、地面を大きく抉《えぐ》った矢の一発だ。

途中のレムとの言い合いも消し飛ぶような壮絶な威力は、遠からず視界の障害物を一掃し、大穴のスバルたちへも牙を剥《む》くだろう。

「どうやら、話の通じる相手ではないみたいですね……」

「相手が矢だと、曲射で当ててくる可能性も想定しなきゃならねぇ……本気でスナイパー相手みたいに、何時間も構えられたら……いや、さすがに弓矢の場合、スコープ覗《のぞ》いてるのと違うんだから、長時間は無理なのか？」

よく映画や漫画などで、狙撃銃を扱うスナイパーが何時間もじっと獲物を待ち構えるといったシーンが登場するが、さすがに弓矢では勝手が違うだろう。

「――つまり、相手の狙いも短期決戦」

そう遠くない段階で相手が何らかの手を打ってくると考え、スバルは長考する余裕がないと判断する。相手が話し合いに応じるつもりがない以上、戦いは避けられない。そして避けられない戦いなのに使える手札はあまりに貧弱だ。

「お師匠さんの教え通り、逃げの一手しかない」

幸い、大穴に飛び込んだおかげで、相手はスバルたちの位置を目視できない。穴の反対側から上がり、姿勢を低くして逃れれば茂みへ逃げ込めるかもしれない。

あるいは、とスバルは息を潜めてレムの方を見た。

「――？　急に黙って、どうしたんですか。今、逃げる算段を立てていたのでは？」

「……さすがに緊急事態だし、話を聞いてくれる気にはなったみたいだな」

「む」と形のいい眉を寄せ、土の上に膝を畳んだレムが不愉快そうな顔をする。

しかし、それで手を出してこない以上、口論している場合でないことは彼女もわかってくれている。レムが一時休戦を認めてくれるなら話は早い。

「レム、聞いてくれ。俺が飛び出して奴《やつ》の目を引きつける。その間に、お前は穴の反対をよじ登って避難するんだ」

「は……？」

一緒に逃げるのとレムだけ先に逃がすのと、どちらが勝算があるかは明白だ。

相手がどれだけ弓の達人だとしても、ここは木々の立ち並んだ森の中で、スバルは矢が飛んでくる可能性を考慮して立ち回るのだ。時間稼ぎはできると踏んだ。

「十分時間が稼げたら俺もとんずらする。ただ、逃げたお前と離れ離れにはなりたくねぇから、できれば道しるべは残してくれ。わかりづらいと思うんだが、俺の地元で矢印って記号があるから、それで大体の方角を……」

「――勝手なことを言わないでください」

てきぱきと、逃げるための方策をレムに伝えるスバル。だが、そんなスバルの説明を遮って、レムがスバルを強く鋭く睨《にら》みつける。

そうされる理由がわからず、スバルは困惑。その反応にレムはますます苛立《いらだ》って、

「全部、何もかも自分一人で決めて……挙句、私に逃げろと言うんですか？　子どもを見捨てようとしたのを理由に、あなたに怒っている私に？」

そう、最初にスバルを拒んだのと、同じ理由でスバルの提案を拒絶した。

その理屈は、わかる話だ。善なる人間性が為《な》せる答えだと、そう言えるだろう。だが、それがこの状況において、スバルを見捨てさせまいとするとは思わなかった。

「それは……でも、俺は」

「言い訳は結構です。時間もありません。でも、私だけに逃げろという指示はお断りします。そもそも、あの子を置いてもいけません」

驚きを隠せずいるスバルから視線を外し、レムが穴の外へ意識を向ける。その先にあったのは最初の矢が吹き飛ばした大樹――そこからやや離れた位置にある別の大木だ。

「いないと思ったら、あそこに隠してるのか？　この騒ぎでどうやって大人しく……」

「……連れ歩くのが大変だったので、気絶させました。しばらくは起きないかと」

「お前……」

この期に及んで、スバルたちの離脱のお荷物となるルイ。そのことに芽生えかけた憤懣《ふんまん》が、レムのあまりにレムらしい答えを聞いて砕《くだ》け散る。

やや過激なその即断、実にレムとしか言いようがない。

「……私も、よくない手だったとは思っていますよ」

「いや、妙手だよ。――相談だが、あいつを置いて一緒に逃げてはくれないんだよな？」

「自分が何者かもわからない私ですが、そんなことするぐらいなら舌を噛《か》んで死にます」

正直、ここでルイを放り捨てて、レムと離脱するのがスバルにとってのベストな選択肢だったが、レム自身がそれを許してくれそうになかった。

「影に呑《の》まれる前、仏心を出した俺を呪うぜ……」

『緑部屋』が影に呑み込まれる際、レムだけでなく、とっさにルイの体も抱きかかえてしまったことがこの事態を招いた。もはややり直すこともできない場面だが、あそこの選択は間違えたと声を大にして言い張れる。

「どうするんですか？」

「……やるよ。連れてくる。あの木でいいんだな？」

「──。はい。木のうろに寝かせてあります。勝算はあるんですか？」

「師匠には、強敵とやるときは迷わず逃げろって言いつけられてるよ」

師匠──クリンドに言われたのは、彼我の実力差云々《うんぬん》の話ではない。

どうせこの世界、大抵の相手はスバルよりも強いのだから、出くわす相手は全員が格上だと思っておくのが自衛手段として最適だという話だ。

だからこそ、逃げ出すのを最優先に。しかし、もしも逃げられないなら──、

「使えるもんを全部使う。レム、嫌だろうけど、手を貸してくれ」

「──。それが、あの子を助けるためでしたら」

差し出した手をじっと見つめて、レムはその手を握らない。

ただ方策を練ったスバルに、不承不承といった素振りで頷《うなず》いてくれたのだった。

4

一度強く左腕を振り、折れた三本の指の調子を確かめる。

痛みは、ある。ジンジンと消えない痛みが脳に爪を立てるような感覚を味わいながら、スバルはそれが走り出す邪魔にならないよう、覚悟を決めた。

そして——、

「——しっ！」

ぐっと力を込めて、大穴から小ぶりな倒木を地上へ押し上げた。

次の瞬間、押し上げられた倒木へと、凄《すさ》まじい速度で迫った矢が突き刺さる。衝撃が倒木を腕からもぎ取り、勢いよく背後へ吹っ飛ばされた。

「うおおおお!!」

それを尻目に、スバルは大穴から這《は》い上がり、荒れた地面を踏みしめる。

弓術に自信のある狩人《かりうど》であろうと、弓の速射には限度がある。銃とは違い、矢をつがえて弦を引いて、狙いを定めなくてはならない。

このタイムラグが、スバルにわずかな生存の目を——、

「——早いです!!」

大穴から這い上がったスバルが、最初の一歩を蹴り出した瞬間だった。

時間にしてみれば、最初の一発が囮《おとり》の倒木を吹き飛ばしてからほんの二秒——だが、熟

練の狩人《かりうど》には、その二秒で次を放つには十分だった。

「——っ」

レムの声が聞こえた直後、スバルの背後で地面が吹き飛ぶ。

呼びかけに硬直し、守る姿勢に入らなかったのが功を奏した。もっと言えば、呼びかけに反応できるほど神経が優れていなかっただけだが、結果オーライ。

そのまま、目的の木に向かって走るスバルへ、続けざまに二秒以内の間隔で矢がくる。

それに追われれば、スバルも遠からず針ねずみのようにされる。

しかし——、

「させません——！」

狩人の次なる攻撃は、勇ましい声と共に放り投げられた土塊《つちくれ》によって中断する。

それは大穴の勾配に背を預け、土のついた大石を構えるレムの投擲《とうてき》——否《いな》、砲撃ともいうべき強烈な攻撃だった。

「魔法の使い方がわかればベストだったんだが……！」

戦力確認の際、レムは魔法や鬼族の角の力の使用に難色を示した。正しくは、それらの使い方が思い出せなかったというのが事実だ。思い出す時間も、今はなかった。

代わりにスバルが提案したのが、鬼族の生まれ持ったフィジカルを利用した原始的な暴力——投石がスバルたちを弱者と侮り、位置を変えなかった狩人に襲いかかる。

「窮鼠猫《きゅうそねこ》を噛《か》むってなぁ！　存分に味わいやがれ!!」

すぐ足下で発生する矢の衝撃波を飛び越え、吠《ほ》えたスバルの視界、狩人が矢を放ってきた方角へとレムが放り投げた大石が飛び込んでいく。

「あ、あああぁぁぁ——ッ!!」

いざ敵対すれば、手加減を知らないのがレムのチャームポイントだ。

念のためにと拾い集めた石ころが、彼女の華奢《きやしや》な腕から投じられるだけで、凄《すさ》まじく危険な凶器へと早変わりだった。

「その、レムが時間を稼いでくれてる間に——ッ」

狙撃を砲撃で叩《たた》き潰す、正しい兵器運用を行いながらスバルが目的の木へ達する。

そのまま大木の裏へ回り込めば、内部が腐って開いたうろの中、己の金髪にくるまるようにして眠っているルイの姿が目に飛び込んできた。

「足を止めないでください!!」

「——っ！」

一瞬の逡巡《しゆんじゆん》を見抜かれ、切迫したレムの叫びがスバルの躊躇《ちゆうちよ》を打ち砕《くだ》く。

それを聞いた途端、スバルは拒絶感を何とか呑《の》み込み、ルイの体を担ぎ上げた。そして軽い体を掴《つか》んだまま、木のうろから飛び出し、レムの下へ——、

「——あ？」

そうして飛び出したスバルの眼前、不意の黒い影が道を阻んだ。

同じ道を通って大穴へ戻る想定だ。こんなモノは、道中にはなかったと、そうスバルが

突如として現れた影を見上げる。――そして、絶句した。

「――――ッッ!!」

音もなく森をすり抜け、スバルの前に立ちはだかった巨大な影。その正体は、全長十メートル近くはあろうかという大蛇だった。

全身をびっしりと緑の鱗《うろこ》で覆い、黄色い瞳をした大蛇。その突然の闖入者《ちんにゅうしゃ》の額に、ねじくれた白い角があるのを見て、スバルはその正体を解する。

「魔獣――っ!!」

その威容を目前にして、スバルは馬鹿な見落としを後悔する。

スバル自身、自覚症状があったはずだ。自分が現在、この異世界へ呼ばれて以来、最も魔女の残り香を強く発している状態であることに。

となれば、アウグリア砂丘でそうであったように、これまで多くの場面でそうであったように、魔獣がスバルへ引き寄せられるのは必定。

こんな、人の行き来の少ない暗い森の中など、まさしく格好の住処《すみか》だと。

「――――ッッ」

くわっと大口を開け、大蛇がスバルへと狙いを定める。

スバルどころか、抱えているルイごと呑《の》み込んでも余裕のありそうな大口、それが間近に迫るのを見て、スバルの時間の感覚が緩慢《かんまん》なものへ変わる。

――あ、マズい。

と、スバルはその他人事《ひとごと》のような感覚の中でそう感じる。

とっさにルイを庇《かば》うように動いた自分の体を呪いながら、大蛇の大口に頭から——、

「————ッッ⁉」

「うぁ？」

思わず目をつむったスバルの頭上、びしゃびしゃと何かが降り注ぐ。

よもや、食前に消化液をぶちまけるタイプかと嫌な想像が走ったが、そうではない。スバルの全身を汚したのは、ぶちまけられたどす黒い血。

鋭い矢に胴体を射抜かれた大蛇がぶちまけた、大量の吐血だったのだ。

5

「——っ」

バシャバシャと頭からどす黒い血を浴びて、スバルは驚愕《きょうがく》に息を呑んだ。

だが、驚きの対象は巨大な大蛇でも、吐血を全身に浴びたことでもない。

「なんで、狩人《かりうど》の矢が大蛇を……⁉」

あわや、ルイごと大蛇に呑み込まれかけたスバルを救った一撃。

大蛇の、スバル三人分くらいありそうな太い胴体を穿《うが》ったのは、直前まで散々スバルたちを苦しめてくれた狩人の放った矢だ。

「俺を助けた……!?」

意味がわからないと思いながらも、それ以外の答えが湧いてこない。

まさか、狩人《かりうど》が気紛《きまぐ》れを起こしただとか、「お前を殺すのはこの俺だ」という少年漫画みたいな展開へ突入したとも考えにくい。

だが、起きた出来事だけ思えば、スバルは救われた。そしてその一発の影響は、この瞬間の大蛇の牙を止めたというだけにとどまらない。

「────ッッ!!」

胴体を矢に射抜かれ、血を流す大蛇が空を軋《きし》らせるような鳴き声を上げる。

そのまま、大蛇はスバルの背を追うのではなく、矢の飛んできた方──自分を穿《うが》った射手を狙い、猛然と森を這《は》い始めた。

体長十メートルの大蛇が地を這い、獲物へ迫る姿は圧巻だ。

巨体に相応《ふさわ》しい鈍重さを感じさせず、大地を滑るように移動する姿は、まるで森の地面そのものが動いているようにすら感じられる。

その大蛇の接近に対し、狩人も次なる弓で応射するも、当たらない。

「────ッッ!!」

大蛇が涎《よだれ》の滴る牙を剥《む》き出し、狩人目掛けて襲いかかる。

それを狩人が飛びのいて逃れ、魔獣の息の根を止めんと至近距離での矢が放たれる。

木々の彼方《かなた》で繰り広げられる人と魔獣の壮絶な殺し合い。

互いに一歩も引かない戦いが激しい衝撃音を散らす中、スバルはルイを抱えたまま、レムのいる大穴へと駆け戻った。そして――、

「レム、手ぇ貸せ！　今のうちに逃げるぞ！」

「――っ、その子は無事ですか？」

「ああ、腹立たしいことにぐっすりだよ！　ほら、急げ！」

大穴の壁に背を預けるレムにスバルが手を差し伸べる。が、レムはそのスバルの手を見たあとで、「いいえ」と首を横に振り、自力で縁《へり》に手をかけた。

スバルの手は借りないと強情な素振りだ。それならそれでとスバルは手を引っ込め、代わりに引っ張り出した鞭《むち》で自分の背中にルイの体を括《くく》りつける。

放り出していけば、またレムと一悶着《ひともんちゃく》が生まれるだろう。それは避けたい。

「その上、で――！」

「ちょっ」

ぎゅっとルイの体を背中に固定し、落とさないのを確かめてから、スバルは大穴から這い上がったレムを強引に抱き上げる。

お姫様抱っこされる形のレムは、とっさのことに表情を強張《こわば》らせた。

だが――、

「今や俺と狩人と蛇《へび》と、どれが一番マシか考えろ！」

「……言葉が通じれば、蛇です」

「通じないから、次点の俺で我慢してくれ！　いくぞ！」

当然の優先順位と思うが、それでも葛藤を隠せないレムの顔から目を背け、スバルは戦い続ける狩人《かりうど》と大蛇、それらを尻目に全力で戦場から離脱する。

狩人と大蛇、どちらが勝利したとしても、おそらくスバルたちを追ってくるはずだ。決着が早いか遅いかはわからないが、できるだけ距離を取りたい。

「はぁ、はぁ――っ」

そうしてレムを抱きながら走るスバルの脳裏を、場違いにも懐かしさのような感慨が過《よぎ》る。以前にも、こうして魔獣に追われながら森を走ったことがあった。

ただし、あのとき抱きかかえていたのはレムではなく、ラムだった。

「姉様も忘れてるし、もう俺しか、はぁ、覚えてねぇことだが……」

「息が上がっています。このままだと追いつかれますよ」

「わかってるよ！　ったく、姉妹揃《そろ》って……はぁ、容赦がねぇんだから……！」

抱えている相手が違うのに、言われる辛辣さは似たり寄ったり。

その感慨に背中を押され、スバルは息切れする己を叱咤《しった》して、後ろの警戒をレムに任せながら必死になって森を走った。

とにかく、今日はずっと動きっ放しだ。

肉体的にも精神的にもボロボロで、できるなら手足を投げ出して寝転がりたい。というか、追手を撒《ま》いたら絶対にそれをする。八時間寝る。

「だから、それまでもってくれ、俺の体ぁ――っ!!」

「――っ、待ってください！」

「いたたたたっ!?　なに!?」

　奮起の声を上げるスバルの耳を、腕の中のレムが強く引っ張った。その痛みに顔をしかめるスバルへ、レムが進路から外れた方を指差し、

「水の音が聞こえます。流れる……川？　痕跡が消せるんじゃありませんか？」

「確かに助かる！　いったん川を渡っちまえば、簡単には追ってこられないはず……！」

　生憎《あいにく》、自分の心音と呼吸音がうるさくてスバルには水音は聞こえなかったが、この場でレムの聴覚を疑う理由がない。

「あっちです」と指差すレムに従い、スバルは進路を変更、川を探して駆け抜ける。

　そして、木々の群れを追い越し、草むらを飛び越え、道が開けたところで――、

「――川！　……だ、け、ど？」

　森が開かれ、視界が広がった瞬間、スバルにも豪快な水音――そう、豪快な水音がようやく聞こえるようになった。

　それもそのはず、聞こえてきた水音は大河のものだった。それも、スバルたちの眼下、十メートル近い崖下を流れている。

　ちょっと渡って痕跡を消せれば、なんて考えたのを嘲笑《あざわら》うように。

「これは、いくら何でも……」

腕の中のレムが、眼下の大河に息を詰める。

荒々しく流れる水の勢いと高さを考えれば、彼女の絶句も当然だ。自分の直感を頼りにしたせいで、ここへ導いてしまった自責もあるだろう。

だが、その後悔を責める時間も、逆に慰めるための時間もない。

「――クソ、決着がついたか⁉」

背後の森、どこか遠くで凄《すさ》まじい咆哮《ほうこう》が空へと轟《とどろ》いた。

それは何らかの感情を孕《はら》んだ大蛇の鳴き声に聞こえて、勝利にせよ敗北にせよ、生き残った方がスバルたちの方へやってくる。

「その前に、ここから……」

「――私を、置いていってください」

立ち去らなくてはと、そう考えたスバルの胸元、レムがそう言った。

そのレムの張り詰めた声に、スバルは「は」と息を吐いて、

「な、に？」

「置いていってください。私のせいで、余計な回り道をさせました。一刻の猶予もありません。何とか、相手の足止めをしてみますから……」

「ば、馬鹿なこと言うな！　お前を置いてくなんて……」

「じゃあ、どうするんですか⁉　足の動かない女と子どもを連れて、もう息も切らして膝も震えているあなたが、これ以上どうするって！」

すぐ間近で、顔を赤くしたレムがスバルにそう訴える。その勢いに気圧《けお》されたわけではないが、スバルもとっさに言い返せない。

どうすると問われ、すぐに代案が出せるほどスバルは賢くない。

だが、賢くないからこそ、賢さの必要ない答えならすぐに出せた。

「――いいや、ダメだ。お前を置いてったりしない」

「――っ、そんな強情……」

「強情なのはどっちだ！　お前の方こそ、責任を感じてるのはわかるよ！　けどな、責任感発揮するとこ間違ってんだよ！　誰が、お前を置いていけるもんか！」

「な……」

「お前がいなくちゃ意味がないんだよ！　お前が死ぬぐらいなら、俺が死んだ方がマシなんだ。どうしたらわかってくれんだよ！」

冗談抜きの本音をぶつけ、レムの意見をスバルは引っ込めようとする。

本心だ。もちろん、スバルも死にたくはない。『死に戻り』が機会を与えてくれたとしても、死にたくなんてない。だから、最悪の選択肢と最低の選択肢、どちらを選んだ方がマシなのかぐらいの話でしかない。

それでも――、

「俺もお前も、死なない方法を選ぶ」

「……背中の、その子はどうするんですか」

「囮《おとり》にしていいならするんだが、それをしてごねられるのも困る。だから今は、こいつも一緒に連れて逃げてやるさ」

とかく、スバルとレムの問題に必ず挟まってくるルイが忌々《いまいま》しい。

しかし、今ここでルイを投げ出せば、レムとの関係は修復不可能に陥るだろう。その選択肢はない。だから、憎々しくても投げ出さない。

「――――」

スバルの断固たる意志を聞いて、レムが目を見開いて押し黙る。

彼女の中ではなおも、受け入れ難い邪悪な芳香に包まれるスバルをどう判断していいのか、それを呑《の》み込めない葛藤が垣間《かいま》見《み》える。

そんな葛藤を目の端に留めながら、スバルは周囲を見回し、脱出路を探る。

しかし、そう都合よく、生存への道は見つかるものではない。レムが自分を囮に使えと言い出すのも無理からぬ状況だ。

ならばあとは――、

「――飛ぶしかない」

「な……ま、待ってください！　それこそ無謀です！　この状況ですよ!?」

「背中に括《くく》りつけた重石《おもし》と、足が動かないレム、そして指が三本折れてる上に肋骨《ろっこつ》もちょっと怪しくてくたくたの俺……」

「指のことは……とにかく！　そんな状態で無茶《むちゃ》です！　こんな高さから……飛び込んだ

瞬間、意識がなくなって溺れるだけです！」

眼下の大河を指差し、レムが現実的な反対意見を述べる。

高さは十メートル、こちらはまともに動けない二人を怪我人がフォローしなければならない状況。荒々しい水の流れに耐えながら、どうにか対岸へ辿《たど》り着かなくてはならないとあれば、それがまさしく自殺行為に思えて当然だった。

「だけど、自殺じゃない。仮にそうでも、死ぬときは一緒だぜ」

「絶対嫌です！」

「あだぁっ！」

歯を光らせたスバルの笑みが、レムの平手に豪快に打たれる。結構な威力に首をひねられ、スバルは「いてて」と打たれた頬《ほお》を赤くして、

「わかった。お前がそう言うから、死なない」

「────」

「お前の望みは俺が叶《かな》える。──俺は、お前の英雄だから」

その台詞《せりふ》を聞いたレムが瞠目《どうもく》する。

それは彼女の記憶が疼《うず》いたからではなく、目覚めてすぐに言われた不審な発言が性懲りもなく繰り返されたことへの驚きだろう。

でも、それでいい。

今のはレムに聞かせたかったわけじゃない。──レムの薄い青の瞳に映り込む、情けな

さを虚勢で押し隠した男に魔法をかけたかっただけだ。

「しっかり掴《つか》まってろ」

危険の迫る気配を感じて、スバルが息を吐きながらそう告げる。

レムはなおも抵抗しようとしたが、止めるための言葉を選ぶ間にスバルの足が崖へと前進する。落下する予感、それにレムの手がスバルの服をぎゅっと掴む。

そして——、

「——死んだら許しません！」

ああ、それじゃあ死ねないなと、そう苦笑いしながらスバルが強く崖を蹴った。

6

衝撃と水柱が上がり、猛烈な勢いに全身が呑《の》まれ、ぐるぐると回転する。

かろうじて足先から水に飛び込めたおかげで、受けたダメージは最小限で済んだ。

ただし、最小限でも十分以上の威力があり、体力ゲージがすでに真っ赤だったスバルとしては、なけなしの根性で食い縛ったという印象が拭えない。

だが、わざわざ拭う必要もなかった。

「がぼ」

そんな印象を拭うまでもなく、スバルの全身は水でずぶ濡《ぬ》れだ。まるで洗濯機の中で掻《か》き回される手拭いみたいに、押し流される勢いに翻弄されるだけ。

どうにか水面に浮上し、呼吸がしたい。だが、自由がない。手足をバタつかせて浮き上がろうにも、腕には大事なモノを抱えていてそれもできない。

「――――」

水にもみくちゃにされてはいたが、胸の内には愛情、背中には憎悪の対象をそれぞれ感じることができる。縛り付けた鞭《むち》も、強く抱いた腕も外れなかった。

「がぼがぼ」

水が鼻から口から流れ込み、目や耳からも入り込んでくる気がする。

もがく手や足は無意味に水を掻《か》いて、大河という巨大な生き物の食道を為《な》す術《すべ》なく胃袋へ運ばれている気分だ。『そこ』に辿《たど》り着けば、取り返しがつかない。

そこへ至る前に、何とかしなくては。

「がぼがぼ」

必死に水を掻いていると、色々と余計な考えが頭の中を蠢《うごめ》き回る。

エミリアは、ベアトリスは、ラムはメィリィは、無事だろうか。ユリウスやアナスタシア、エキドナは何とかやっているだろう。パトラッシュがいればみんな安心。この場にパトラッシュがいてくれたら助けてもらえたのに。助けて助けられて、その繰り返しでやってきて、その一番の相手がレムのはずなのに指を折られた。今さらだけど、ものすごい痛かったのに、よく泣き叫ばなかった。偉い。レムの前でカッコ悪いことしたくない。エミリアの前でも、ベアトリスの前でも、ペトラやガーフィールの前でもそう。オットーやクリンド、フレデリカには情けないと知られているからいいけれど。ロズワールに知られると怖いことになるから、何とか隠し通さなきゃならない。プリステラに早く戻って、困ってる人たちを助けて、王選が、明日が、みんなが――。

「がぼがぼ」

みんな、が――、

7

「――げほっ」

思い切りに手を伸ばし、何とか掴《つか》んだ枝に体を引き寄せる。枝を掴んだのは左手で、おしゃかになった三本の指が悲鳴を上げたが、気にならない。

「おえっ、ぶええっ」

咳《せ》き込み、腹の中を満たしている水を盛大に吐き出す。水面に顔を出させた。

そうしながらどうにか右腕の重みを抱き寄せ、水面に顔を出させた。ぐったりと意識のない横顔を見つめ、必死で枝を頼りに岸へ這《は》い上がる。

「げほっ、おほっ」

何とか這い上がった岸で、嘔吐感《おうとかん》に任せて大量の水を吐き出した。そして、まだ体の中に水が残っている感覚に抗《あらが》いながら、引き上げた少女を地面に寝かせる。

「――――」

口元に耳を寄せ、少女の呼吸を確かめる。反応がない。唇を噛《か》み、寝かせた少女の胸のあたりをぐっと押し込み、心肺蘇生《そせい》を行う。

しかし、息を吹き返さない。人工呼吸をするべきかと身をかがめ、顔を近付けたところで「げほっ」と水が吐き出される。顔を横へ傾け、水を出させてやる。

全身の倦怠感《けんたいかん》に耐えながら、体に括《くく》りつけた鞭《むち》を外し、背中の重石《おもし》を下ろす。最初から意識がなかったのが幸いしたのか、下ろされた重石は弱々しく呼吸していた。

つまりは、全員が、無事に――、

「ぶじ、に……」

ぐらりと頭が大きく揺れて、その場にどさりと倒れ込む。

どうにか、岸から離れて、せめて茂みに身を隠さなくてはと思うのだが、体が全く言うことを聞いてくれない。完全に体力が枯渇したのだ。

指一本動かせないまま、意識が昏々《こんこん》とした闇の中へと落ちていく。

そのまま意識が途切れる前に願うのは、狩人《かりうど》でも蛇《へび》でもない、もっと別の誰かが――、

「れ、むを……」

せめて、彼女だけでも無事に助けてほしいという、願いだけがあった。

8

「――――」。

「――――」。

「――――――――」。


「――ぁ」

ゆっくりと、意識が冷たい暗闇の底から引き上げられる。

静かに、忘れていた呼吸が思い出され、スバルは空っぽの体の中に空気を取り入れる。

もっと、もっとと、溺れていたみたいに酸素を求め、大きく口を開け――、

「――ぜえはあうるっせえぞ、てめえ」

「もがっ」

その開けた大口に、無理やり何かを突っ込まれ、罵声を浴びせられた。

何事かと目を見開くが、何も見えない。どうやら、顔に何かを巻かれ、目を塞がれているらしい。ただ、その乱暴な誰かが口に何かを突っ込んだのがわかる。

土や草の味と、大きく固い歯ごたえ――すぐに、靴だと察しがついた。

誰かがスバルの口に、自分の靴の爪先をねじ込んでいるのだと。

「おげっ！　ぶえっ！　な、何が……ごえっ！」

「てめえ、なに反抗してやがる。自分の立場がわかってねえのか？」

「げほっ、がほっ」

思わず靴を吐き出した直後、その爪先に鳩尾《みぞおち》を蹴飛ばされた。衝撃に息が詰まり、咳《せ》き込むスバルを見下ろして、その乱暴な男が唾を吐きかけてくる。

そうされながら、スバルの頭の中は大いに混乱していた。

目も見えず、意味もわからず、いきなり暴力を振るわれて。

おまけに痛む胸をさすろうにも、腕が後ろ手に縛られていてそれもできない。足も縛られているようで、立って逃げるのも無理だった。

「な、なに、が……」

「ああ？　てめえ、いつまでふざけて……」

「──まあまあ、落ち着けって！　何もわからないんだ。目隠し、外してやろう」

「ちっ」

涎《よだれ》をこぼして蹲《うずくま》るスバル、その前で二人の男が何やら言い合っている。あとから入った方が乱暴な男を説得し、舌打ちしながら荒々しい気配が遠ざかったのがわかる。

それから、「やれやれ」と穏やかな男の声がして、

「いきなり悪かったな。何がなんだかって気分だと思うが、とりあえず目隠しを外すぞ？　手足の縄は外せないから勘弁な」

「──」

スバルが答えずにいると、男がゆっくりとこちらの頭に手をかけ、きつく縛っていた目隠しを外してくれる。わずかな痛みと共に開放感があり、スバルは深呼吸して胸の痛みに耐えながら、静かに視力が戻るのを待った。

そして——、

「——なんだ、ここ」

取り戻された視界、広がっているのはいくつもの天幕と焚火《たきび》。それから、周囲を忙《せわ》しなく行き交う荒々しい雰囲気に、刀剣や甲冑《かっちゅう》を纏《まと》った男たち。

思わず言葉を失ったスバルの脳裏、その光景を表すのに一番適切なイメージは——、

「……大河ドラマで、こんなの見たことある」

直前に大河を見たから、なんて理由ではないが、スバルの頭の中を過《よぎ》ったのは大河ドラマの一幕、合戦が始まる前の準備に追われる陣地。

まるで、その再現のような——否《いな》、そうではない。

「ちょうど、水汲《みずく》みにいったところで見つかってなぁ。悪いが、お前さんは俺たちの捕虜になったんだよ」

正面に回り込んだのは、目隠しを外してくれた男だろうか。

彼が腰に手をやり、どこか人の好《よ》さそうな困り顔でスバルにそう言った。

——ナツキ・スバルは、捕虜となった。

第三章　『男はつらかったよ』

1

――捕虜。

その一言を聞いて、スバルは大いなる混乱に唾を呑《の》み込んだ。

「――――」

周囲、スバルが囚《とら》われているのは、大河ドラマなどで目にする合戦のために作られたと思《おぼ》しき野営陣地のような光景だ。いくつもの天幕が張られ、行き交うのは具足を身につけた物々しい雰囲気の、人と亜人の混成軍。

スバルは固い土の上に座らされ、風除《かざよ》けの粗末な幕が張られた場所にいる。後ろ手に縛られ、足も拘束されて自由を奪われた状態だった。

ただし、スバルにとって重要なのは自分の不自由よりも――、

「レム……俺と一緒に女の子がいたはずだ。その子はどうした？」

「お、自分が捕虜って言われてすぐ気にするのが女の子？　あの子らって、お前さんにとって大事な相手ってことでいいのかい？」

スバルの静かな問いかけに、目の前にしゃがんだ男——スバルの口に靴を突っ込んだ乱暴者を止めてくれた、明るい橙色《だいだいいろ》の髪をした若者が眉を上げた。

若者の年齢はスバルより少し上、人好きする笑みを浮かべているが、軽装と腰の刀剣から陣地の戦士の一人とわかる。——騎士ではなく、戦士だ。

騎士は華やかで、戦士は無骨——悪い意味ではない。求められるモノの違いだ。

曲がりなりにも一年以上、異世界で生活してきたスバルにはその区別がつく。

騎士には技量はもちろんのこと、人心の安堵《あんど》が得られなくてはならない。その点、見た目の清廉さは必須と言える。ラインハルトやユリウスがいい証拠だ。

一方で戦士に必要なのは戦う力と、勝利のみ。目の前の青年も、例外ではない。

「……もっぺん聞くぞ。俺と一緒にいた女の子は？」

「お前さん、強情だね。……二人とも無事だよ。ちょっと元気すぎるくらい元気」

「——っ、本当か!?　半端な答えはやめてくれ！　青い髪の子が無事ならそれでいい」

「ずいぶん薄情もんだな!?」

思わず前のめりになったスバルに、苦笑いしながら青年が頬《ほお》を掻《か》く。

掛け値なしの本音だが、詳しい事情を話しても彼には伝わるまい。とにかく、レムが無事と聞けてホッとした。あとはスバルたちの立場だ。

「捕虜にされたって話は受け入れづらいけど受け入れるとして……レム、たちは？」

「会いたいならあとで会わせてやるさ。お前さんが素直に質問に答えてくれたらな。ちなみにあの子らだが、今は牢《ろう》に入れてる」

「牢屋!?　なんでそんな真似《まね》を……ぐあ!?」

　牢と聞かされ、過酷な環境に苦しむレムの姿が頭を過《よぎ》る。だが、そのことに抗議した途端、後ろ手にされた折れた指を、眼帯の男が乱暴に踏み躙《にじ》った。

　歯を食い縛り、痛みに呻《うめ》いたスバルに眼帯男は「クソが」と舌打ちし、

「囚《とら》われの身の自覚が足りねえ奴《やつ》だな。てめえは聞かれたことに答えりゃいいんだよ！」

「ジャマル、やめろって！　また気絶しちまうだろ！」

「立場を弁《わきま》えさせてやれよ。首から上が無事ならいいだろ。何なら残った指も全部……」

「――ジャマル」

　蹲《うずくま》るスバルの手を踏み躙る男――ジャマルが邪悪な笑みを浮かべて言い放つと、不意に若者が静かな口調でその名を呼んだ。

　その呼びかけに、ジャマルは息を詰めると「わかったよ」と渋々足を引く。

「が、ぐ……っ」

「ちっ。トッドに感謝しとけ。胸糞悪《むなくそわり》ぃ」

　折れた指を解放され、呼吸できるようになるスバルにジャマルが吐き捨てる。そのままジャマルは背を向け、この場を苛立《いらだ》たしげに離れていった。

「やれやれ、短気な奴で悪いな。気が立ってるんだよ。水辺でお前さんらを見つけたのはジャマルの隊だったんだが……」

「だったん、だが……？」

「そこでお前さんの連れの子にだいぶ抵抗されたらしくてな。部隊は半壊、隊長のあいつは面目丸潰れってわけだ」

トッドと呼ばれた若者の説明に、スバルは「あぁ……」とジャマルの怒りに納得した。川に飛び込み、川岸に這《は》い上がったあとのことだろう。先に目覚めたレムが、やってきたジャマルと仲間たちを叩《たた》きのめしたと。

その連れであるスバルに、ジャマルが厳しく当たるのも理解できる話だった。

「でも、俺、あいつ、嫌い……」

「はは、奇遇だな。俺もあんまり好きじゃないよ」

気安く笑い、トッドが肩をすくめる。悪意のない受け答えだ。折れた指を痛めつけられた側としてはたまったものではないが、この場は我慢し、スバルは息を吐く。

そうして痛みを頭から追い払ってから、理性的に話のできそうなトッドを見上げた。

「トッド、さんでいいのか？」

「へえ、よく聞いてたもんだ。そうだ、トッドだよ。で、トッドさんの質問だが……」

「素直に答えたらいいんだろ。……何が聞きたいんだよ」

所詮はしがない、一介の異世界人でしかないナツキ・スバルだ。

世界を渡る術《すべ》なんて知らないし、生憎《あいにく》と異世界モノのお約束である知識チートをするほどの専門知識もない。ないないない尽くしで、突き詰めると泣けてくる。

「そんな身の上の俺に、はたして何が答えられるかな?」

「どういう方向の卑屈さなんだか。まぁ、望み薄だが、聞きたいことはひとまず一個だけだよ。——お前さん、『シュドラクの民』かい?」

「……しゅどらく?」

もったいぶったトッドの問いだが、聞き覚えのない単語だ。

だが、そうして聞き返したスバルの反応を聞いて、トッドは「ほら、やっぱりだ」と自分の額に手を当てた。

「その反応でわかった。お前さんは無関係だってな」

「おいおい、待てよ。まだ何にも答えてないだろ。いくら何でも早合点……」

「んなことないさ。士族を聞かれて偽《いつわ》る奴《やつ》はいない。聞き覚えがない奴もな。それで『シュドラクの民』なんて言われても、誰も信じやしない」

断定的な物言いだが、ハッタリには聞こえなかった。

トッドの確信を持った言い方には説得力があり、スバルも食い下がれない。

しかし、そうなると——、

「その『シュドラクの民』ってのは、なんなんだ?」

「俺たちの探し人だよ。あのでっかい森……バドハイム密林のどこかにいる」

「——バドハイム密林」

「ここいら一帯、全部が森だ。ちまちま探ってたんじゃ何年かかるやらだよ」

億劫《おっくう》そうに呟《つぶや》くトッドの視線を辿《たど》り、彼の嘆息の原因をスバルも理解する。

――そうして嘆きたくなるほどに、それは広大な広大な森だった。

スバルの捕まった陣地から見て、右も左も果てなく地平線まで緑が続いている。奥行きもそれに匹敵するとしたら、森を行く最中に何度となく思ったことだが、比喩抜きにアマゾンの大密林に匹敵するかもしれない。

広さと過酷さ、魔獣や得体の知れない動植物の生息を考えれば、まさに魔境だ。

「……ここで探し人？　控えめに言って、無理なんじゃないか？」

「お前さんもそう思う？　いや、ホントに参ったよな。帰るのが何年も遅れたら、婚約者にそっぽ向かれちまう」

戦地に送られ、恋人と離れ離れにされる兵士の悲哀。それに近いものを感じさせるトッドの発言に、スバルもいくらか同情してしまう。

が、現在進行形で離れ離れなのはスバルの方なので、その同情も長続きはしない。

「なぁ、トッドさんよ。あんたの目から見て、俺は正直に答えたと思う。だったら、あんたも約束を守ってくれると嬉《うれ》しいんだが」

「人が婚約者に会えなくて嘆いてるのに、自分は女に会わせろって？　血も涙もないな」

「怪我人の折れた指を踏む奴《やつ》の仲間に言われたくない」

「はは、そりゃ違いない」

かなり不敵なスバルの答えだったが、トッドは怒るどころか噴き出した。それから彼はスバルの足を縛る縄を緩め、歩く自由を与えてくれる。

「小股で歩くぐらいはできるだろ。牢《ろう》まで連れてってやるよ」

「ああ、いけそうだ。案内頼む」

「ふてぶてしいねえ。貴人かい、お前さんは」

苦笑したトッドに背中を叩《たた》かれ、スバルもちまちまとした歩幅で歩き出す。

そうして捕虜の天幕を出されたスバルがちまちま歩くのを、周囲の男たちが好奇の目で見ているのがわかった。――やはり、戦のための陣地に見える。

急ごしらえの木の柵で陣地を覆い、簡易的な厩には細身の地竜が繋《つな》がれている。いくつもの色違いの天幕が並んでおり、規模的に百人以上の人員がいるだろうか。

なかなかの大所帯――とはいえ、それでもあの広大な密林の全てを調べるなんて到底不可能だ。先の見えない任務だとトッドが嘆く気持ちもわかる。

と、そんな風にトッドと、その会えない婚約者に同情していたスバルへと――、

「ああ、貴人で思い出したんだが……お前さんの荷物を漁《あさ》ったら出てきたナイフ、あれはどこで手に入れたもんだ？」

ふと思い出したようなトッドの質問に、スバルは一瞬眉を寄せ、心当たりに気付いた。

森の中、覆面男からもらったナイフだ。森の障害物やレムの罠《わな》を突破するのに世話になった代物。――今さらだが、あの覆面男こそ『シュドラクの民』の可能性があった。

もしもそうだとしたら、彼の存在を話すのは恩人への裏切りになるのではないか。

「どうした？」

沈黙をトッドが訝《いぶか》しむが、スバルも内心に難しい二択を抱えている。

捕捕虜にされた状況下、トッドは比較的スバルに穏当に接してくれているが、それでも捕虜待遇には違いない。友好的、とは言いにくい相手だ。

一方で覆面男の方はもう会えない可能性が高いが、レムを探すのに効果的なアドバイスもくれた上、あのナイフを譲ってくれた。恩人レベルの高い相手だ。

つまり――、

「――。あのナイフは俺の家のもんだよ。家宝だ」

「そうなのか？　おいおい、それじゃ、お前さんちょっとしたもんじゃないか」

「え？」

色々と考えた結果、心の中で恩人を庇《かば》うことに決定。

そう思って嘘《うそ》をついたスバルに、トッドの声が驚きでわずかに上擦った。

その理由がわからずにいるスバルだが、トッドは「だって」と言葉を継いで、

「剣狼《けんろう》の国紋が入ったナイフだ。聞いた話だと、ああいうのは皇帝から臣下が直接賜るもんだって。ってことは、お前さんも名誉の家系ってことだろ？」

「――待て」

声を弾ませたトッド、彼の話を聞いていたスバルはそう息を詰めた。

受け取ったナイフの謂《いわ》れは、ひとまずのところいい。それもなかなか驚きに値するエピ

ソードがあるようだったが、いったんは置いておこう。

問題はもっと別個のところにある。――剣狼の国紋、それに皇帝だ。

「――――」

唇を結んだまま、足を止めたスバルは周囲に改めて目をやった。

いくつもの天幕、焚火《たきび》、嘲笑《ちょうしょう》を向けてくる男たちに広すぎる森――そして、ひと際大きな天幕の傍《そば》、風になびいている青い旗が見えた。

――その青い旗の中央には、剣に貫かれた狼《おおかみ》の顔が描かれている。

「嘘だろ……」

スバルも、この異世界にやってきて一年以上が過ぎた。

エミリアの一の騎士として紹介される機会も増え、いつまでも異世界人だと胡坐《あぐら》を掻《か》かないため、色々とこちらの世界の常識について勉強の真っ最中。

その勉強の成果と、剣に貫かれた狼――『剣狼』とが一致する。

それは――、

「――神聖ヴォラキア帝国」

親竜王国ルグニカの南方、国境を跨《また》いだ帝国の国紋。

王国と帝国との国境を飛び越え、自分たちが他国へ飛ばされていたことを、スバルはこのとき、初めて理解したのだった。

2

――神聖ヴォラキア帝国。

それがスバルが現在、捕虜とされた土地――否《いな》、国の名前だ。

異世界の勉強の成果としてスバルが抱いたヴォラキアへの印象は、「ゲームとかでもそうだけど、帝国ってなんか悪の巣窟みたいだよな」というものだった。

ルグニカ王国と同じ、この世界のパワーバランスを担う四大国の一つであるヴォラキア帝国は、世界図の南を支配する最も大きな国土を持つ大国だ。

肥沃な大地と温暖な気候、北のグステコや西のカララギと比べても豊かな土壌に恵まれたヴォラキアでは、当然の如《ごと》く、『弱肉強食』の仕組みが形成されたらしい。

多数の種族、民族が入り乱れ、強者が全てを手に入れ、弱者は失い虐げられる。

そんな暴挙がまかり通るのがヴォラキア帝国――つまるところ、ナツキ・スバルにとって最も相性の悪い人々の住まう地であった。


「――神聖ヴォラキア帝国」

天幕の傍《そば》で揺れる軍旗を目にして、思わずスバルの口からそれがこぼれる。

その唖然《あぜん》としたスバルの呟《つぶや》きを聞きつけ、トッドは軽く眉を上げると、

「――ヴォラキア万歳！」

「うお⁉」

突如、すぐ後ろで爆発したような声が上がり、スバルが仰天する。と、飛び跳ねて驚いたスバルの反応に、トッドは「ははは」と笑った。

「なんだなんだ、その反応。お前さんから振ったくせに」

「ヴォラキア万歳？」

「ヴォラキア万歳」

覚えのない濡《ぬ》れ衣《ぎぬ》だが、何となくわかった。

神聖ヴォラキア帝国と、そう呼びかければ「ヴォラキア万歳」と答える。それが彼らの常識であり、国民性の一端なのだ。

そして、もう一個わかったことがある。

「……俺がルグニカの人間だって、迂闊《うかつ》にばらせなくなった」

それが地味に、スバルにとっては大きな痛手であった。

現在、スバルの立場はルグニカ王国で行われる王選の候補者、エミリアの一の騎士だ。

ロズワールの後見の下、正式に騎士叙勲を受けたスバルは、実は一代限りではあるが一端のルグニカ貴族の端くれ――『騎士爵』なのである。

そうでなくとも、ルグニカ王国の中でなら王選のことを知らないものはまずいない。

故に、身分を明かせば便宜を図ってもらうこともできる。――少なくとも、レムの無事が確かめられたら、話の通じるトッドにそれを話そうとは思っていた。

だが、ここがヴォラキア帝国ならば、話は別だ。

ルグニカ王国とヴォラキア帝国との関係が悪いことは、この世界の歴史書を読んだスバルにもよくわかっていることだった。

「――――」

四百年以上前には幾度も国土を巡った大戦争を繰り返した両国は、四百年前にルグニカ王国が『神龍《しんりゅう》』と盟約を結んで以来、大きな戦いから遠ざかった。

が、その後も散発的な小さな戦いは勃発しており、今なお、両国の関係が冷戦状態にあることは疑いようもない。王選の開始が宣言される前には、この機に乗じて帝国が戦争を仕掛けてこないよう、事前の取り決めが為《な》されたとも聞く。

そんなヴォラキア帝国内で、自分がルグニカの貴族の端くれなどと話せばどうなる。

これが良識ある帝国貴族相手ならともかく、ここは戦場の端っこの陣地だ。――トッドはともかく、ジャマルのような血の気の多い輩《やから》に国賓待遇が望めるだろうか。

「絶対無理だ」

つまり、スバルは自分の身分を迂闊に明かせなくなった。

こうなってくると、同行者がそれすら忘れているレムだったことは、不幸中の幸い――本当に、不幸の不幸の不幸の中の小さな幸いだったが。

「おい、本当にどうした？　指だけじゃなく、足もダメになったのか？」

「いや、そうじゃない。ただ、ヴォラキア万歳って言葉を聞いて、胸の奥から湧き上がってくる畏敬の念の震えが堪《こら》えられなくてな……」

「ああ、なるほど。そりゃ仕方ない。それは俺の方が配慮が足りなかった」

そんな出来の悪い言い訳でトッドに納得され、スバルの頬《ほお》を渇いた愛想笑いが飾る。

なるほど、文献でしか知らなかった世界観だが、これが『帝国』なわけか。

ある種の切り札、身分を明かしてメイザース領へ帰還する術《すべ》は封じられたと見ていい。

あるいは良識的な帝国人なら、こちらの立場を尊重してくれるかもしれないが――、

「……二択に賭けるには、ちょっと分が悪すぎる」

「何をブツブツ言ってるんだ？　ほら、念願のご対面だぞ」

「――ぁ」

背中を押され、小股で進んでいたスバルの肩が叩《たた》かれる。

トッドに言われて顔を上げれば、連れてこられたのは陣地の端に設置された鉄製の檻《おり》。

整然と並べられたいくつかの檻の中、そこにぺたりと座った少女がいて――。

「レム！」

「――っ、あなたは」

探していた少女の姿を見つけ、スバルが檻へと飛びつく。こちらに気付いたレムがその
勢いに眉を顰《ひそ》め、変わらぬ敵愾心《てきがいしん》でスバルを睨《にら》んだ。

だが構わない。まずは彼女の無事が確かめられれば――、

「ああ、よかった！　何もされてないか？　どこも痛く……へぶっ！」

小股で急いだ結果、足がもつれて前のめりに倒れる。当然、体を支える手が使えなかったため、スバルは顔面から鉄の檻に激突、そのまま「くはっ」と後ろに倒れ込む。

その衝撃的な自爆を見て、さしものレムも警戒より驚きが勝った顔になる。

「ちょっ、いきなりなんですか!?」

「いや、悪《わり》ぃ……お、怯《おび》えさせるつもり、は……」

「怯えたりしません！　馬鹿にしないでください。……鼻や歯は大丈夫でしたか？」

「え!?　心配してくれたの？」

「は？　違いますけど？」

芋虫のように体を起こし、鼻を啜《すす》ったスバルにレムの答えが冷たい。

ただ、薄青の瞳に見つめられ、スバルは心持ち、嬉《うれ》しさの滲《にじ》んだ吐息をこぼした。その様子を見て、ますます檻の中のレムは頬を強張《こわば》らせたが。

「とにかく、無事ならよかった。どっかおかしいとことかないか？　逆に足が動かせるようになったとか、ずぶ濡《ぬ》れになったし、寒気がするとか何でも言ってくれ」

「そうやって、甲斐甲斐《かいがい》しいふりをして近付いてくるのをやめてください。森では仕方なく協力しましたが、あなたの怪しさは何も変わっては……」

「いや、ずっと寝てて免疫力が下がってる可能性もあるよな。おい、トッドさん！　レムが風邪を引いたら大変だ。毛布の一枚でも貸してくれないか」

「私を無視して勝手に話を進めないでください！」

レムの置かれた環境の改善を求めると、当のレムから強い勢いで抗議された。

どうやら、狩人《かりうど》と魔獣の二大脅威から逃れる過程を経ても、レムの中ではスバルへの疑いと警戒心は払拭されなかったらしい。

その事実にスバルが苦笑いして頬《ほお》を掻《か》くと、トッドがパンパンと手を叩《たた》いた。

「はいはい、感動のご対面なのはわかったけど、ちょっとすれ違ってるじゃんか。さて、それでええと、お前さんはレムさんってことでいいのかな？」

「──。さあ、どうでしょうか」

「おいおい、困ったな。強情にも限度があるだろうに」

スバルとレムのバッドコミュニケーションに、トッドが渋い顔をする。

つんと顔を背けたレムだが、彼女の塩対応はスバルに限った話ではなく、この陣地──つまりはトッド含めた帝国人に対しても一貫しているらしい。

それはそれで、内弁慶気質《きしつ》のレムらしいと言えなくもないが。

「そんな誰彼構わず噛《か》みついてると、今に狂犬なんて異名を付けられるぞ」

「言うに事欠いて、私を犬呼ばわりですか。体臭だけじゃなく、失礼な人ですね」

「体臭が礼を失してるってどういうこと？　清潔感が足りないって意味？」

坊主憎けりゃ袈裟《けさ》まで憎いという慣用句があるが、レムのスバルに対する言いようはまさにそういう代物だ。初対面の印象の悪さが実に尾を引いている。

これはレムから切り崩すのは難しいと、スバルはトッドの方に照準を定め直し、

「とにかく、この子はレムで正しい。助けてくれてありがとう……って、この檻《おり》に入れられてる状況を見ると、礼が言いづらいんだが」

「言ったろ？　ジャマルの部隊の連中がボコボコにされたんだ。このぐらいはさせてもらえないと、こっちとしても面目が立たない。まぁ、傷モノにはしないさ」

「……それ、信じていいのか？」

「帝国貴族の信任があるんだ。ジャマルだって、あれこれ言えやしないよ」

言いながら、トッドが自分の懐を探り、あのナイフを取り出した。それにスバルが目を見開くと、彼はナイフを鞘《さや》から抜いて、スバルの手と足の縄を切る。

「おお……ひょっとして、このまま解放してくれるのか？」

「ああ、この子を連れてどこへでも……と言いたいとこなんだが、そうはいかない」

「――――」

「そんな怖い目するなって。別に意地悪してるわけじゃない。見ての通り、俺たちは森にいる『シュドラクの民』と戦うために布陣してる。けど、配置されてるのは俺たちだけじゃないんだ。下手にうろちょろしてると、別の陣地の奴《やつ》らに捕まるぞ」

広大な森の攻略のため、陣地はここ以外にも点在しているという意味だろう。

もしスバルたちがうっかり他の陣地の敷地に入った場合、やはりここと同じように捕縛されたり、尋問されたりする危険があるという忠告だ。

「ジャマルだらけの陣地で、腹いっぱい靴を食わされる可能性もあるってことか」

「俺は痛いのとか嫌いだから、なるべく話し合いで解決しようとするけどな。自分で言うのもなんだけど、俺みたいなのは帝国軍人としちゃ珍しい方だよ」

「大抵の輩《やから》は、あの無礼な殿方のように居丈高だと」

「まぁ、それでお前さんのお怒りを買ったんだから自業自得だけども」

レムの硬い声は、強烈な嫌悪に満ちていた。

スバルも好感を抱きようのない相手だが、よほどジャマルとの初対面が最悪の出会い方だったのだろう。トッドのフォローもないため、味方でも擁護できないらしい。

「トッドさん、あんたが俺たちを心配してくれるのはわかった。けど、どうしたらいい？あんたも嘆いてたけど、この森の攻略が完了するまでなんてとても待てねぇぞ」

「そりゃそうだし、部外者を長々と陣地に置いてたら俺たちだってどやされるよ。心配しなくても、数日後に補給隊が近くの町に向かう。それと一緒に陣地を出ればいいさ」

「なるほど、補給隊か」

当たり前だが、大勢の人間が行動するには相当量の水と食料が必要となる。それを全て現地で賄えるはずもなく、軍隊では戦闘部隊と同じぐらい補給隊が重要だ。

この陣地にもそうした役割があり、その部隊との同行をトッドは勧めてくれたわけだ。

「じゃあ、しばらくは厄介になってもいい……のか？」

「いいんじゃないか？　そんなにすぐに戦況は動かないだろうし……ただ、ジャマルの奴《やつ》には近付かない方がいいぞ。また靴を食わされたくなかったらな」

「それは骨身に染みてるよ。……レムも、その方針でいいか？」

つん、と顔を背けたまま、レムからの返事はない。

しかし、面と向かって否定してこないということは、反論や代案はないのだろう。ただの可愛《かわい》い反抗と、そう受け止めておく。いや、可愛い可愛い反抗だ。

「しかし、お前さんたちは変わった関係だねえ。どういう二人なんだ？」

「あー、旅人とでも思ってくれ。レムは俺の大切な子で、もう一人のは知らない子だ」

「まだそんなことを言って……」

トッドへの答えを聞いて、レムの不信感がますます募る。スバルも失敗したとは思うのだが、もう一方でどうしてもルイを同行者とは認めたくない。

正直、帝国が引き取ってくれるならそうしてほしい。

「そう言えば、あいつはレムと一緒に檻《おり》に入ってないんだな。どこいったんだ？」

「――。あの子なら、治療のために連れていかれました。川に飛び込む無謀をしたときにどこかで額を切ったみたいで」

「治療……治療？」

視線を逸《そ》らしたレムの答えに、スバルは一瞬呆《ほう》けたあと、真顔になる。

そして、牢《ろう》に飛びついた。

「治療って言ったのか!?」

「な、なんですか。そうです、治療です。それとも、あなたが嫌いなあの子には、傷の治療を受けさせるのも嫌だって言うんですか？」

「それも間違ってねぇが、問題はもっと別のとこだ。おい、トッドさん！　ルイの奴《やつ》はどこで治療を受けてる？　どのテントだ⁉」

振り向いたスバルの剣幕に、トッドが「なんだ？」と驚く。しかし、事の重大さが全くわかっていない彼の肩を掴《つか》み、スバルは今一度「どこだ」と問いかけた。

「治療を受けてるなら、赤い旗のかかった天幕だ。でも、急にどうした？」

「どうもこうもねぇ、全員死ぬぞ！」

目を剥《む》くトッドの肩を押して、スバルは大急ぎで赤い旗の天幕へ向かう。

そのスバルの勢いに、思わずレムとトッドが顔を見合わせた。

「なんだ？　とにかく、追いかけるが……」

「いってください。止めないと、無茶《むちゃ》をしそうです」

「なんで俺が言われなきゃいけないいんだか……」

頭を掻《か》いたトッドが、急ぎ足に突き進むスバルを慌てて追いかけた。

そうして離れていくスバルの背中が見えなくなると、

「……なんなんですか、あの人は。ずっと、私を振り回して」

と、レムはそう、誰にも聞こえない小さな声で呟《つぶや》いた。

一方、先の話を聞いたスバルは、赤い天幕を探して視線を彷徨《さまよ》わせている。

ルイが治療を受けると聞いて、スバルの脳裏を最悪の可能性が掠《かす》めた。

どういうわけか正気を失っている状態らしきルイ、彼女が治療を受けることで正常に戻り、『暴食《ぼうしょく》』の大罪司教の一人として復活する可能性だ。

そうなった場合、スバルはもちろん、記憶のないレムにも太刀打ちできない。トッドやジャマル、陣地の帝国人が束になっても多数の犠牲者が出るだろう。

そんなことはさせない。あってはならないと、スバルの心を焦燥が満たした。

そして、目に留まった赤い天幕に向かい、ずんずんと突き進んで――、

「悪い！　ここに、金髪の恐ろしいガキが――」

「あーうーあー!!」

天幕をめくろうとした瞬間、中からものすごい勢いで金色の弾丸が飛び出す。

それは狙い違《たが》わずスバルの鼻の下――人中を直撃し、「ぐあ」と意識と上体をぐらつかせた。そのまま、スバルは後ろに尻餅をつく。

そして、とっさに左手を地面についてしまった。――指の三本折れた左手を。

「ぐぎゃあああああ――ッ!!」

「あー！　あー！　うーあー！」

壮絶な痛みに悶絶《もんぜつ》するスバル。その悶《もだ》え苦しむスバルの上に跨《また》がり、キャッキャと楽しそうにはしゃいでいる悪魔がいる。――ルイだ。

彼女は草原でスバルを目覚めさせたときと変わらず、無邪気な邪悪の顕現と言わんばか

りの笑みを浮かべ、こちらの胸にすり寄ってきている。

それを払いのけてやりたいが、痛みに焼かれる意識がそれを許さない。

「が、く、あ、ぁ……っ」

「うわ、左手ついたのか？　それはキツイ……けど、見たとこ、この子も普通そうじゃないか。おでこの傷も手当てしてもらって」

悶《もだ》えるスバルに追いついたトッドが、倒れた胸の上ではしゃいでいるルイをそっと担ぎ上げた。ルイは「あーうー」と手足をバタつかせるが、トッドは意に介さない。

そのトッドの言う通り、ルイの頭には包帯が巻かれ、額を切ったという傷の手当ては行われているようだった。ただし、魔法ではなく、シンプルな医療手段で。

「く、ぁ……そ、そうか。頭の治療って、そういう……」

てっきり、魔法で傷を治すのかと思ったので焦ったが、その方法なら治ってほしくないところに治癒が及ぶことはあるまい。スバルの懸念は杞憂《きゆう》に終わったようだ。

「こんな懐いてる子を知らない子扱いで、大切にしてる子には冷たく当たられてる。……よくわからんが、お前さん、苦労してるみたいだな」

「……それは否定しねぇよ。俺ぐらい大変な目に遭う奴《やつ》はあんまりいない」

人間が一生に体験する苦労に限度があるなら、スバルのこれは一生分の苦労が畳みかけてきているだけなのだろうか。それとも、『死に戻り』している分だけカウントがリセットされて、安らげるときは永遠にこないのか。考えただけでも恐ろしいが——、

考えただけでも恐ろしい。恐ろしいが――、

「ひとまず、生きてる。それが大事だ」

「目標が低く感じるな。……で、お前さんはどうする？　数日後の補給隊に同行するってことで進めていいのか？」

「あ、ああ、それで頼む。けど、世話になりっ放しなのは悪いな」

「うん？　それなら安心しろい。無駄飯喰《ぐ》らいを置いとくつもりはないから」

そのトッドの言葉に、胡坐《あぐら》を掻《か》いていたスバルは「え？」と顔を上げる。すると、トッドは足をバタつかせるルイを地面に下ろし、腰に手を当てた。

そして、自分の後ろに広がっている帝国の陣地を手で示すと、

「これだけの陣地だ。人手はいくらあっても足りないからな。仕事は山ほどあるし、あれこれ手伝ってもらわないとだ」

「……働かざるもの食うべからず、ってか？」

スバルがぽつりと呟《つぶや》くと、それを聞いたトッドが「働かざるもの……」と繰り返し、

「そうだな。まさにそれって感じだ。お前さん、いい言葉知ってるじゃないか」

うんうんと頷《うなず》いたトッドの横で、ルイがそれを真似《まね》るようにうんうんと頷く。

そんな二人の様子を見上げながら、スバルは首の骨を大きく鳴らした。

「……何もするなって言われたり、靴食わされるより、ずっとマシか」と。

3

「うぎぎぎぎ……！」

「ほれ、添え木でも噛《か》んどけ。痛いぞ痛いぞー」

そう言いながら、トッドがスバルの折れた指につんと臭《にお》う薬を塗布し、添え木を当てて素早くぐるぐると包帯を巻いて固定、手当てを完了した。

「あとは最後にこの水薬だ。多少なり痛みも和らぐだろうさ」

脂汗をだらだらと流したスバルに、トッドが薬の入った瓶を渡す。中身はドロッとした緑色の粘液だったが、スバルは覚悟を決め、ぐいっとそれを飲み干した。

「おぶぇっ！　まずっ！　お、重たい液体が喉に絡みつく……！」

「飲みづらさで有名な薬だからな。貴重品で効き目は抜群。傷の治りが早くなる」

スバルが飲み干し、空になった瓶を指で挟んでトッドが笑う。

口元を拭いながら、スバルはそんなトッドの言葉に「悪い」と頭を下げた。

「そんな貴重なもんを、俺みたいなわけわからん奴《やつ》に分けてもらって」

「いいってことよ。実際、これ以上放っておいたら指が腐ってもげるとこだ。剣狼《けんろう》の短剣まで頂戴する相手に恩を売ったとでも思いねえ」

カラカラと気前いいトッドの答えに、スバルは眉尻を下げて唇を噛む。

トッドの親しげな対応は、スバルをヴォラキア貴族の関係者と考えているのが原因だ。

よくしてくれている相手を騙《だま》すのは心苦しい。しくしくと胸が痛む。

「しかし、あれだな。こんなとき、治癒魔法でもあればバーッと傷も治せるのに」

だから、スバルは罪悪感を誤魔化《ごまか》すついでに話題を変えた。

何の気なしを装い、気になった疑問――ファンタジー感に欠けた治療について、だ。

「お？　これまた贅沢《ぜいたく》なことを言うもんだ。治癒魔法なんてそうお目にかかれるもんか」

「――。やっぱり、そうだった？」

「そりゃな。火やら風やら起こすのと同じ感覚で、傷も病気も治せるなんてなったら便利だろうよ。お前さんの左手だって、あっという間に治ったろうさ」

肩をすくめ、しんみりと語ったトッドにスバルは目を伏せる。

そして、自分の予想が的中したことに、不安と安堵《あんど》を同時に掻《か》き立てられていた。

――以前、まだその企《たくら》みを暴かれておらず、ただのノリのいい道化的貴族とロズワールのことを認識していた頃、治癒魔法の希少さについて話したことがあった。

魔法は才能に左右され、治癒魔法の使い手は貴重であると。

その情報に加え、陣地に準備された治療用の天幕には薬草や水薬の瓶が立ち並び、魔法ではなく、医学的な道具の数々が用意されていた。

傷を手当てしてくれると言ったトッドも、決して魔法的なものに頼らず、薬草と添え木という手段を取った。故に、間違いない。

「治癒魔法は、珍しい」

「少なくとも、俺は一度も見たことないな。聞いた話じゃ、帝都の方には使える術師が囲い込まれてるとか。なんにせよ、一般人には遠い世界の話だよ」

「――――」

「むしろ、お前さんの口から治癒魔法なんて言葉が出た方が驚いた。俺からすれば、選択肢にも上がらないような話だぞ？」

身近でないものは、そもそも思考の端っこにすら存在を主張できない。

そのぐらい、帝国では――少なくとも、トッドらにとっては治癒魔法は身近でない。

なので、そうした返答があることを予期していたスバルは「いや」と首を横に振り、

「さっきもちらっと話しただろ？　俺たちは旅人なんだ。あちこち旅して回ってて、それで治癒魔法を使う人と出くわしたこともあるんだよ」

「なるほど。確かに妙な格好をしてるとは思ったんだ。この辺りの暑さと、お前さんたちの服装がどうにも嚙《か》み合ってなかったから」

そう言ってトッドが上から下までスバルを眺める。その格好はプレアデス監視塔の攻略のため、砂海を抜ける防砂対策がされていた服のままだ。

アウグリア砂丘は砂漠のイメージと違って暑い場所ではなかったが、砂風に対抗するために肌はほとんど覆ってしまっている。そのため、湿気と気温が高めのヴォラキアでは、少々時季外れの格好と言わざるを得ない状態だった。

「それで、旅の間に治癒術師なりに出会って、その便利さに堕落したと」

「言い方が悪い！　実際、便利ではあるけども」

実際、スバルも何度か――否《いな》、かなり頻繁に治癒魔法の世話にはなっている。

それこそ異世界召喚された当初、最初の難関から生還するのにも、ベアトリスの治癒魔法がなかったら不可能だったぐらいだ。もしあのときベアトリスがいなければ、スバルは腹が裂けたまま、内臓を垂れ流して今日まで生きてこなくてはならなかった。

「自分の内臓を踏んづけて転ぶなんて経験、二度としたくないもんだぜ」

「治癒魔法、ね」

「――？　トッドさん？」

なかなか稀有《けう》な経験を回想するスバルの前で、トッドが静かに吐息をこぼす。その雰囲気の変化にスバルが眉を寄せると、彼は「いや」と片目をつむり、

「俺は治癒魔法なんて残酷なもん、身の回りになくてよかったと思うからさ」

「残酷って……なんで？　むしろ逆じゃないのか？」

トッドの見解に無理解を示すと、彼は「だってさ」と片目をつむったまま、

「傷が治るってことは、死なないってことだ。負傷して引っ込められることもない。傷を治して、また延々と戦わされる。傷が癒《い》えるってのはそういうことだ」

「――――」

「俺は怖くて仕方ないよ。最初に治癒魔法なんてものを作り出した奴《やつ》は、いったいどれだけ戦いが好きだったんだ？　それをまざまざ見せられてる気がしてね」

静謐《せいひつ》なトッドの言葉を聞いて、スバルは何も言い返せなくなる。

偏った考え方だとは思った。実際のところ、治癒魔法の活躍の場は戦いだけに留《とど》まらない。それこそ、日常の延長、事故や病気の人間を救う役目もある。

しかし、一面的にはトッドの考え方も事実だ。

戦場で負傷した相手を治療し、再び戦いへと駆り立てる。——そうした側面がないと言い切れない以上、それを恐れる彼の気持ちも否定はできない。

ただ、そんなトッドの考え方が帝国の人間の一般的な思考だとしたら、ルグニカ王国へ帰るまでの道筋、スバルが肝に銘じる事項が一つ増えた。

それは——、

「……レムが治癒魔法を使えることは、秘密にしねぇと」

スバルの考えすぎの可能性もあるが、それはかなり重篤な問題と受け止めるべきだ。

現在、レムは魔法の使い方も、おそらく角を生やす鬼化のやり方も忘れている。だが、以前の彼女にできたことが、今の彼女に絶対にできない道理はない。

何かの切っ掛けで治癒魔法を発動し、それを帝国の人間に見られてしまったら。

「少なくとも、ルグニカに帰る道のりは遠くなる」

それが善意と悪意、どちらの足止めかはわからないが、確実に引き止められる。それは避けなくてはならない。無論、命のかかった状況ではその限りではないが——、

「悪い悪い、脱線したな。そんな眉間に皺《しわ》寄《よ》せさせるつもりはなかったんだ」

押し黙ったスバルを見て、トッドが空気をリセットするように言った。スバルの方も、自分では考えなかった価値観の意見に、「大丈夫」と頷《うなず》き返す。

それから、トッドは話題を変えようと、天幕の外の方へ意識を向けた。

「けど、そうなると檻《おり》の中の嬢ちゃんも旅の連れ合いってことだろ？　それなのに、なんでお前さんはあんな噛《か》みつかれてるんだ？」

「……不慮の事故、かな。前はかなり以心伝心の仲だったんだが、今はちょっと色々あって完全に一方通行なんだ。長い目で見てほしい」

「俺はいいけど、お前さんは相当辛《つら》そうだな……。しかし、そうなると」

スバルとレムの複雑な事情に深入りせず、トッドが顎に触りながら視線を外す。

そのトッドの視線の先、スバルが意識的に無視している右腕があった。そのスバルの右腕に、先ほどからずっとしがみついているのは――、

「あー？」

と、何も考えていない顔で、間抜けな声を漏らすルイであった。

彼女はスバルの右手にしがみついたまま、何が楽しいのかニコニコしており、時折、スバルの指を弄んでは自分の髪の毛を絡めたり、やりたい放題だ。

「さすがに、お前さんたちの娘って歳《とし》じゃないよな。どういう関係なんだ？」

「何度も言ってるだろ、知らない子だよ。でも、碌《ろく》な奴《やつ》じゃないのは確か」

「塩っ辛い対応だこと。……けど、檻の嬢ちゃんはこの子を気にしてたみたいだぜ？」

「それが厄介なんだよ……」

改めてトッドに指摘され、スバルは置かれた状況のややこしさに嘆息する。

現状、スバルのレムへの想《おも》いは完全に空回りしている状態だ。記憶をなくしたレムの塩対応は、スバルがルイを蔑《ないがし》ろにすることも大きく影響している。

しかし、それがわかっていても、スバルにはルイを受け入れることができない。

当然だろう。彼女は大罪司教、決して相容《あいい》れることのできない純粋悪の一人。

「それがどうしてこうなってる？　お前、何を企《たくら》んでて、いったい何がしたいんだよ」

「うー？　あー、あーおー」

スバルの詰問にも、ルイはへらへら笑うばかりで答えは返ってこない。

どこまでも、忌々《いまいま》しい態度だ。もちろん、『記憶の回廊』で見せたような悪辣な対応をされても困るのだが、敵と断定できるだけ心は惑わずに済むだろう。

今のように、まるで赤子か幼児のような振る舞いをされて、その危険性をスバルしか認識できていない状態より、よっぽど。

「まぁ、旅の連れ合いなんだ。どこにいくにせよ、もうちょっと仲良くしとくんだな」

「――。それって、どっちに対するアドバイスだ？」

「あどば？　さて、どっちでも好きな方で受け取っておけよ」

聞き覚えのない単語に首をひねりつつ、トッドはそう言って立ち上がる。

ここは治療用の天幕、それ以外の雑談で長居するのも好まれないのだろう。スバルも、右手にルイを引っ付けたままトッドのあとに続く。

「さて、ひとまず傷の手当ても済んだし……さっそくだが、雑用を頼んでいいか？」

「ん。ああ、何にもしないで置いとかれるより罪悪感がない。何でも言いつけてくれ。靴を食う以外の仕事ならどんとこいだ」

「よっぽどジャマルが腹に据えかねたみたいだな……わかったわかった、そんな真似《まね》はさせないさ。とりあえずはそうだな」

考え込むようにしながら、トッドがちらと見たのは黒い旗のかかった天幕の群れだ。つられてその天幕を見て、スバルが「これは？」と聞くと、

「陣地用の備蓄品だ。あれこれ必要だからと集められてるんだが、どうにも細々とした片付けが苦手でね。そこで、整理整頓が得意なお前さんの出番ってわけだ」

「……俺、整理整頓が得意だなんて言ったっけ？」

「いんや？　けど、得意だといいなぁと思ったんだよ。あと、仮に得意じゃなくても、助けてもらった感謝で頑張ってくれるに違いないって」

「……いい性格してるな、トッドさん」

人のいい笑みを浮かべながら、なかなか意地の悪いことを言うトッド。彼の言葉に頬《ほお》を引きつらせ、スバルは黒い天幕の群れをざっと眺めた。

ぱっと見で天幕は二十前後あるが、これが全部備蓄品で埋まっていて、なおかつトッドの言う通り、雑な整頓しかされていないなら重労働だろう。

「一日二日じゃ終わらなそうだな……」

「なあに、補給隊の竜車が出るまでに片付いてくれたらいいさ。ははは」

「ははは……」

つまりは速やかに動け、ということだろう。

左手の傷を考えると、やや難易度は高めだが、致し方ない。

「これも今日の稼ぎのため、レムを連れてエミリアたんの下へ戻るため……」

「うー！」

ぐっと拳《こぶし》を固め、過酷な労働に挑もうとするスバルの傍《かたわ》ら、ルイが声を上げる。そのまま右腕にぶら下がられ、スバルは憎々しげに顔をしかめた。

まるでわかっていない顔で、スバルの心身共に負担をかけてくる大罪司教。その悪辣さはそのままに、扱いづらくなった印象が非常に強い難敵だ。

「なんかシャウラといい、身に覚えのない絡まれ率が高すぎるぞ……」

「あー、うー」

わかっているのかいないのか、機嫌のよさそうなルイを引きずるようにしながら、スバルは黒い天幕へと足を進める。

最終的にわかり合えたシャウラと違い、ルイとはそもそも意思疎通もできていない。わかり合うことなど、不可能なのだと思いながら。

4

「……それで、暗くなるまでずっと天幕の片付けをしていたんですか」

と、重労働を終えて戻ったスバルを、床に横座りしたレムが出迎えてくれた。

険しい表情と硬い声だが、強烈な敵意はいったん棚上げにしてくれた様子。そんなレムの姿にスバルが眉尻を下げると、彼女はじと目でこちらを睨《にら》み、

「出迎えていません」

「いや、心を読むなよ。……でも、牢《ろう》から出してもらえたんだな？」

「——。少なくとも、ここの方々に私への敵意はないようでしたので」

気まずげに目を伏せたのは、川べりであったと聞く遭遇戦——あの隻眼の男、ジャマルの一隊とレムが繰り広げたよくない初対面の罪悪感だろう。

基本、心を許していない相手に対して対応の塩辛いところがあるのがレムだ。

スバルと打ち解けてからはかなり和らいでいたものの、記憶をなくした今はその気質《きしつ》がやや復活気味。それを反省しているのだと思う。

「だけど、反省できるなんて偉いぞ、レム。花丸だ」

「……あなたは私をどんな目線から見ているんですか？　あなたに褒められても嬉《うれ》しくも何ともありません。そもそも」

微笑《ほほえ》むスバルに辛辣に言って、レムはすっと視線を上げる。

つられて顔を上げても、そこにあるのは円錐状《えんすいじょう》の天幕の細い天井だ。はて、とスバルが首を傾《かし》げる。と、レムは不機嫌そうに舌打ちして、

「どうして私たち三人が同じ天幕なんですか。贅沢《ぜいたく》を言えた立場でないことはわかっていますが、もう少し配慮してくれても……」

「いや、むしろこれは配慮の塊だと思う。トッドさんに、俺たちは同じ旅の連れ合いだって伝えたし、それでだと……いたたたたたたっ！」

「勝手なことを！」

傍《かたわ》らに腰を下ろした途端、レムの手に腰骨のあたりを強く掴《つか》まれた。そのまま腰椎を軋《きし》ませられ、苦しむスバルにレムは目を鋭くする。

しかし、そんなレムの行動を、「あー」と小さな影が割り込んで止める。

「またあなたは……」

「うー！」

スバルの腰を掴むレムの手に圧し掛かり、ルイが体ごと抗議する。

何故《なぜ》かルイに甘いレムは、その行為に対して諦めたように吐息し、仕方なくスバルへの折檻《せっかん》を中断。代わりに、ルイの体を自分の膝へ引き寄せた。

そのまま、動かしづらい足にルイの頭を乗せて、優しく体を撫《な》でてやる。

「ちっ」

「……今度はどうしてあなたが舌打ちするんですか。この子はこんなにあなたに懐いてい

るのに、そこまで非情になれる理由がわかりません」

態度の悪いスバルに、レムの反応は芳《かんば》しくない。

スバルはといえば、レムの膝を借りて寝そべるルイが、いつ本性を明らかにしても彼女を守れるよう、その動向をつぶさに観察するしかなかった。

――トッドの指示で、黒い天幕の整理を始めたスバル。

やはり最初の想定通り、天幕内の整理整頓は短時間で終えられるものではなかった。それはもちろん、スバルの左手が完調でなかったことも理由の一つだが、スバルの想定以上に帝国人に整理整頓のルールが備わっていないことと、それから――、

「こいつが、俺の仕事を片っ端から邪魔するんだよ。人がせっかく片付けても、あとからあとから崩して散らかしやがる。おかげでちっとも進まねぇ」

「何もわからないんですから、仕方ないじゃありませんか」

「それはレムも同じだろ。でも、レムはそんなことしない。以上、証明終了！　ＱＥＤ！」

「またわけのわからないことを言って！」

スバルへのレムの塩対応の原因、それがルイにあるとわかっていて、どうしてスバルがルイに対して塩対応を取らずにいられようか。

スバルとレム、そしてルイの三人しかいない天幕――ほんの数日だが、スバルたちの滞在用としてトッドが分け与えてくれたものだ。陣地を張る最中、森に入った仲間が戻ってこなかったため、家主のいなくなった天幕だから好きに使っていいと笑っていた。

「いや、笑えねぇけども」

とはいえ、余ったテントを分け与えてもらえたのは非常に助かる。

スバルはともかく、レムを男所帯の陣地に置いておくのはとても心配だ。トッドは客人として扱うと言ってくれたが、それがどこまで浸透してくれるかは不明瞭。

ましてや、レムはすでにジャマルの不興を買ってしまっている。

できれば、スバルが雑用する合間も目を離さず、傍《そば》にいてほしいのだが――、

「この嫌われてる状況じゃ、何を言っても暖簾《のれん》に腕押しだよな……」

「何をぶつくさと。私はまだ、天幕の件も納得していないんですから……」

「――なぁ、レム。お前の『記憶』の話なんだが」

「――――」

胡坐《あぐら》を掻《か》いたまま、そう切り出したスバルにレムの表情が強張《こわば》った。彼女はルイに膝枕してやったまま、薄青の瞳に激情を灯《とも》してスバルを見る。

それは、この陣地に匿《かくま》われてから久しく見せていなかった、強い怒りだ。

「……お前の不安はわかるよ。でも、お前はレムだ。まず、それは受け入れてくれ」

「――。それすら、本当なのかどうか」

「そこから疑われると、もう何の話もできやしねぇんだが……」

瞳に怒りを宿したまま、そう応じるレムにスバルは片目をつむった。

このレムの態度をただの強情と、分からず屋と切って捨てるのは簡単なことだ。だが、

スバルにそれはできない。それはレムを大切に思うからだけではない。

嘘偽《うそいつわ》りなく、レムの気持ちがスバルには理解できるからだ。

彼女は強く警戒している。スバルのもたらす欺瞞《ぎまん》に満たされることを。

「空っぽなんだから当然だよな。──空の器を、スバルのもたらす欺瞞に満たされることを。

「わかるわけありません。何もかも忘れて、空っぽになった私の気持ちが」

「いや、実は昨日とか俺も記憶喪失だったから……」

「は？　つくならもっとまともな嘘をついてください」

事実なのだが、当然のようにレムには信じてもらえなかった。もっとも、それは織り込み済みだ。ただ、スバルは測りたかった。──スバルとレムの、心の距離を。

今、スバルが知る全てを彼女に伝えて、それをレムが受け入れてくれるかどうかを。

そして、その心の距離を測って──、

「お前の、心の準備が整うのを待つよ」

「──ぁ」

そう決めたスバルの答えを聞いて、レムが鋭くしていた目を丸くする。そのレムの驚いた顔に、スバルはしてやったりとばかりに微笑《ほほえ》みかけた。

「急ぎたい気持ちとか、焦る気持ちはめちゃめちゃある。でも、それでお前の気持ちを蔑《ないがし》ろにしたり、傷付けたりしたら意味がないんだ。だから……」

「……待つって、言うんですか？　私が心変わりするまで？」

「違う違う。俺が待つのはお前の心変わりじゃなく、心の準備だよ。もちろん、俺を見る目が変わってくれるよう、頑張るつもりでいるけどさ」

自分のことで手一杯なレムに、この上、歩み寄りまで望もうとするのは傲慢《ごうまん》だ。

レムにはレムのために頑張ってもらう。その上で、埋まらない心の距離を埋めるため、スバルが自分のこの足で、魔女の臭《にお》いに負けない信頼を積み上げるしかない。

「――――」

そのスバルの決意表明を受け、レムは静かに唇を震わせると、器用に尻を滑らせ、こちらの視線から逃れるように背を向けた。

どうやら機嫌を損ねてしまったかと、スバルは口下手な己を反省し――、

「――どうぞ、食べてください」

「え？」

自戒に俯《うつむ》いたスバル、その正面に向き直ったレムが何かを突き出していた。とっさのことに驚くスバル、その視界で焦点が合うと、それが焼いた肉を刺した串だとわかる。

「えっと……これは？」

「食事だそうです。陣地の方々に配られていたので、私がもらっておきました。……少しずつでも、歩く練習をしなくてはいけませんから」

そう言って、レムが空いた方の手で自分の足をさする。

先ほどスバルが考えた通り、失われた記憶と動かない足、それらの問題に対処するので

レムは手一杯――だったら、この気遣いはなんなのか。

てっきり、さっきのやり取りでまたしても交流は断絶されたものと思っていたのに。

「……早く受け取ってくれませんか。手が疲れます」

「は、はい！　わかりました！　……えっと、レムはもう食べたのか？」

「は？　なんでこの子が食べてないのに、私が先に食べるんですか。そんな身勝手な真似《まね》ができるはずないでしょう」

思わず背筋を正すスバルに冷たく応じ、レムが天幕の端に置かれた器を目で示す。

彼女は器に被《かぶ》せた布を外すと、そこから焼き串を取り、膝の上のルイの口元に運んだ。

レムに甘やかされ、ルイはまるで餌をついばむ雛《ひな》鳥のようにちまちまと肉を齧《かじ》る。

「……まるで赤ちゃんみたいですね」

その、ちまちまと食事をついばむルイをレムは微笑《ほほえ》ましげに見ている。

それを眺めながら、スバルも渡された焼き串を躊躇《ためら》いがちに齧った。刺して焼いただけという乱暴な調理をされた肉は、いったい何肉なのかもわからない味だ。

そのゴムのような食感に苦心しながら、スバルは直前の驚きを自分の中で消化する。

「硬くて大味……エミリアたんとかベア子が作る飯とどっこいだな……」

食事当番が回ってくると、張り切るわりに空回るのがエミリアとベアトリスだ。そのやる気と未熟な技量は、アウグリア砂丘への旅路などで遺憾なく発揮されていた。

「何をブツブツと……ぁ」

「――？」

と、そんな思い出に耽《ふけ》るスバルを一瞥《いちべつ》し、レムがふと目を見開いた。

目を見張った彼女が見つめているのはスバルの顔だ。となれば、彼女が驚いた理由はスバルの顔にあるのだと思うが。

「どうした？　まさか、ちゃんと俺の顔を見たのが初めてだとか悲しいこと言うなよ？」

「そんなことは、ありませんけど……あの、涙が」

「涙？」

「……涙が、流れています。気付いていないんですか？」

おずおずと、そう切り出したレムにスバルは息を詰める。それから、おそるおそる自分の頬《ほお》に触れてみて、指先に熱い雫が当たり、驚いた。

レムの突拍子のない嘘《うそ》ではなく、本当だった。

「あれ、俺、泣いてる？」

「な、泣いています。どうしたんですか？　あの、指のケガが痛むとか……」

ほろほろと流れる涙を手で拭い、スバルは自分の感情の波に混乱する。だが、涙の原因は折られた指の痛みではない。

もっと別の、たぶん、こうしてレムと穏やかな時間を過ごしていることだ。

「――――」

まだまだ全然、状況は落ち着いたわけではない。

エミリアたちとははぐれ、連絡を取るための方法もわからず、素性がバレれば危険な目に遭いかねない土地で、記憶のないレムとは没交渉の体たらく。挙句、同行者にはこの世の邪悪を極めた大罪司教がおり、率いるは無知無能、無力無謀の揃《そろ》ったナツキ・スバル。

楽天的になれる理由なんて、一個もない。一個もないのに――、

「……お前と、こうして喋《しゃべ》って、飯を食ってる。それが、嬉《うれ》しかったんだ」

「――――」

「わ、悪い、全然わかんないよな。変なこと言ってる。気持ち悪いって思っても当然だと思う。……でも、本音なんだ」

ぎゅっと、止まらない涙を堪《こら》えることを諦めて、スバルはボロボロと涙を流しながら、鼻水を啜《すす》りながら、レムを見つめた。

「ずっと、お前とまたこうして、何でもない時間を過ごしたかったんだ」

食べかけの串を膝の上に置いて、スバルは絞り出すようにそれを伝える。

流れる涙を袖で拭い、鼻水を啜る音が静かな天幕の中に響いていて。

しばし、その気まずい音だけがしていたが――、

「……私は、あなたが何を言っているのかわかりません」

ふと、微《かす》かな吐息のような声でレムが言った。

涙を拭きながら、スバルはレムのその答えを当然だと思う。情緒不安定にも限度があるだろう。泣いたり笑ったり、どうすれば得体の知れない相手のそれを受け止められる。

心の距離が遠いことを確かめたばかりで、スバルはしくじってばかりだ。

いっそ今日の寝床も、トッドに言って別にしてもらった方が――、

「でも、あなたが涙を流すのを、笑おうとは思いません。不気味とは……思いますが、気持ち悪いとまでは」

思いがけない言葉に、スバルは「え？」と顔を上げて目を見開いた。

そんなスバルの正面、レムは膝の上のルイの頭を撫《な》でながら、スバルの方には目を向けないまま、言葉を選ぶように唇を震わせていて。

「……以上です。早く食べてください。今日は、もう疲れました」

「――ぁ」

目をつむったレムに早口で言われ、スバルはとっさに何のことか反応が遅れる。が、それが膝の上の焼き串のことと気付くと、慌てて食べかけのそれに齧《かじ》りついた。

「そ、そうだな。うん、うまいうまい。塩辛くてうまい」

「塩辛いのは、あなたの涙のせいですよ。……私は、あなたの体臭のせいで食事がおいしく感じられません。不公平です」

「それは……ええと、改善案を考えます。はい」

レムの物言いは冷たく、尖《とが》っている。しかし、彼女は出ていけとも、一緒に食べたくないとも言わないでくれた。ならば、スバルの方から対策を考える他にない。

この心休まる時間を守るためなら、スバルはどんな艱難辛苦《かんなんしんく》にも立ち向かえるから。

「優しいな、レム」

「……調子の狂うことを言わないでください。なんなんですか、あなたは」

と、変わらぬ冷たい返答に、スバルは堪《こら》え切れずに苦笑してしまった。

「……でも、不公平って話をするんなら、俺からも言いたいことはあるぞ」

「言いたいこと？　なんですか？　指のことなら……」

「──そいつだよ。その、膝の上でのうのうと寝てる奴《やつ》」

ビシッと指差して、スバルがレムの膝枕を堪能するルイに唇を曲げる。と、それを見たレムが「また始まった」とばかりに目を細めた。

「早合点すんな。レムは俺の体臭……この言い方だとかなり嫌だが、俺の臭《にお》いのことばっかり言うが、そいつだって似たような臭いがしてるだろ。それは無視するのかよ」

『死に戻り』を繰り返すたび、その臭いの濃さを増していくという魔女の残り香。

だが、これが『魔女』所縁《ゆかり》──魔女因子に関連したものであるのなら、当然のように大罪司教であるルイからも同じ悪臭が漂っているはずだ。

魔女教相手に激昂《げきこう》するレムの反応を思い返せば、それが必定のはずで──、

「──？　何を言ってるんですか。あなたとこの子を一緒にしないであげてください」

「……へ？」

「ですから、この子からあなたと同じ臭いなんてしていませんよ。苦し紛れに、おかしなことを言い出さないでください」

しかし、そう言ったスバルに対するレムの返答は予想外のものだった。

思わずじっとレムの目を見返すが、レムの表情におかしなものは見られない。嘘《うそ》でもなければ、スバルを謀《たばか》ろうとしているわけでもなさそうだった。

つまり、彼女は本当に、ルイから魔女の残り香を、瘴気《しょうき》を感じていないのだ。

「まさか、瘴気を偽装できるのか？　いや、でも、何のために？」

これまでのスバルの経験上、魔女の残り香と呼ばれる瘴気を感じ取れるものは多くない。最も大きな反応を見せるレムを除いても、ベアトリスやリューズなど、極々限られたものだけが反応したことがあった程度のモノ。

そもそも、そういったものを隠すという発想が魔女教徒にあると思えない。

奴《やつ》らは、この世界を我が物顔で蹂躙《じゅうりん》する大逆の使途たちだ。それなのに――、

「もういいですか？　食べ終わったなら、この子をそろそろ寝かせてあげたいんですが」

「あ、え、っと……あの、さっきの話は本当に？」

「くどいです」

ぴしゃりと、レムはスバルの疑問をシャットアウト。

しかし、その態度がなおさら、彼女の言葉が嘘でないことの証明に思えた。

「悪いんですが、器を片付けてもらえませんか。寝床の準備をしますので」

「あ、ああ、わかった。その、何もしないから安心してくれ」

「――。その一言があると、余計に不安になります」

またしても硬い声で言われ、スバルはすごすごと、器を片付けるために天幕を出た。

夜闇の中、陣地のあちこちに焚火《たきび》の明かりが見える。スバルたちには命じられていないが、これから夜を徹した見張りを行うものもいるのだろう。

漫画やゲームでしか知らないが、戦争の準備というものは大変なものだ。

「……早く、ここを離れたいな」

トッドは気のいい男だが、それでも戦場の空気には慣れそうにない。

できるだけ早くここを離れ、エミリアたちに合流する術《すべ》を見つけ出さなくては。

そう決めて、スバルはきゅっと器を握りしめ、気付く。

「……あれ、指が痛くねぇ。まさか、薬がもう効いたのか？」

思わず強く掴《つか》んだ器、その左手の指を見て、スバルは薬の効果に驚いた。

まだ違和感は残っているが、じんと熱の通い始めた感覚は、しっかりと左手が仕事を果たそうとし始めている証拠だった。

「治癒魔法云々《うんぬん》って言ってたけど、薬も十分以上にやるじゃんか……」

トッドの言葉を思い返し、スバルは軽く左手を振るって、歩き出す。

レムのことも、ルイのことも、自分自身のことも、考えなくてはならないことは多い。

多いが、一個ずつ、一個ずつ改善していこう。

この左手の指のように、一個ずつ、いい方向へ進めてゆけばいいのだと。

5

そうして、一個ずつ状況を改善し、問題解決へ進めていこうと心に決めた翌日――、

「……こういうことされると、結構応えるんだよなぁ」

荒れ放題のテント内を眺め、スバルは嘆息まじりに頭を掻《か》いていた。

トッドに任された雑用、黒い天幕の整理整頓の続きに取り掛かろうとしたスバルだったが、その作業は再開の段階で暗礁に乗り上げていた。

何のことはない。昨日、スバルが苦労して整頓したはずのテントを覗《のぞ》いたところ、詰め直した荷袋がひっくり返され、整理前以上に散らかされていたのだ。

「帝国人が乱暴者揃《ぞろ》いでもこうはならない……嫌がらせだろうな」

「あー」

「ああ、お前が邪悪な本性を現した可能性もあったな、大罪司教？」

「うー？」

散らばる資材を拾い直しながら、隣で手元を覗き込んでくるルイを睨《にら》む。が、ルイは自分の指を噛《か》みながら、スバルの問いかけに素知らぬ顔だ。

「……昨日のレムの話も、どう考えたらいいのやら」

今朝も、起きてからずっとスバルによちよちとついてくるルイ。

足のリハビリのために別行動中のレム、彼女の険しい視線が思い出されるが、ついてこ

られて迷惑しているのはスバルの方なので理不尽な抗議だ。

ともあれ、昨夜のレムの話、ルイから瘴気《しょうき》を感じないという話は気掛かりだった。

「大罪司教が瘴気と無関係のはずがない。でも、レムはこいつに瘴気を感じてない。それなら、お前はなんなんだよ……」

「あおー？」

思い悩むスバルの横で、ルイはとぼけた顔と声で唸《うな》っているだけだ。

そのことに嘆息しつつ、スバルは散らかされたテントの片付けに本格的に取り掛かる。

嫌がらせの犯人はルイではなく、陣地の帝国兵の誰かだろう。自分を変わり種と称したトッドの意見は正しく、多くの帝国兵はスバルたちに友好的ではないのだ。

「とはいえ、いきなり殴られたり、靴食わされたりするよりずっとマシだけども」

幸せの基準が下がっている自覚はあるが、スバルは煙たがられるのに慣れていた。

伊達《だて》に高校デビューに躓《つまず》いて、以降二年近くもクラスで浮いていたわけではないのだ。積極的なイジメこそなかったが、苦い空気扱いならば百戦錬磨。

そう考えると、かつての同級生たちは良識的だったのだと思う。

「そんな心優しいみんなが向こうで大成してくれてることを祈るぜ。わざわざ俺のところにプリント届けてくれた稲畠《いなはた》くんとか、ビッグになってくれてるといいな」

もはや顔もぼんやり状態の同級生を思い出し、スバルは作業の遅れを取り戻す。もっとも、掘った穴を埋められてまた掘り返したみたいな話なので、収支はマイナスだ。

以前、エミリアに頑張りは誰かが見てくれている、と言われたことがあったが──、

「現状、見てるのがお前ってんじゃやる気の足しにもならねぇ。せめてレムが見ててくれるんなら俺の気分もだいぶ違うんだが……」

「おー、うあー」

怒られて少しは学んだのか、今日のルイはひとまずスバルの仕事の邪魔はしなかった。

それだけでも助かると、スバルは次のテントへ移るために外へ出て──、

「──うお⁉」

ちょうど天幕を出たところで何かに足を引っかけ、盛大にすっ転んだ。

思わずとっさに地面に手をつくが、右手はともかく、左手はわずかに痛む。治りかけだが治りきっていない。そんな痛みに顔をしかめ、スバルが振り向くと、

「あんたは……」

目を丸くしたスバルの眼前、天幕の入口のすぐ脇に立つのは野卑な印象の男だ。

右目を覆う眼帯と浮いた無精髭《ぶしょうひげ》、荒くれという言葉がそのまま具現化したような風貌の人物で、この陣地でスバルに靴を食わせた張本人。

「確かジャマルって呼ばれて……がぁっ⁉」

「ジャマルさん、だ。連れの女共々、躾《しつけ》のなってやがらねえ奴《やつ》だな、オイ」

呼び捨てたとそう判断した瞬間、男──ジャマルが直接的な行動に出た。

ジャマルは転んで地べたに倒れるスバルの左手、添え木と包帯を巻いたままの指を踏み

つけにして、じりじりと踵《かかと》で躙《にじ》ってきたのだ。

「あーうー！」

　その、スバルの手を踏みつけにするジャマルの足に、喚《わめ》きながらルイがしがみついた。だが少女の体重は軽く、鍛えられた体格のジャマルは小揺るぎもしない。

　そのままジャマルはしがみつくルイの長い髪を掴《つか》み、無理やり引き剥《は》がす。

　それを見て、スバルは思わずカッとなる。

「おい、子どもだぞ！」

「ガキだからなんだってんだ？　大体、聞いた話じゃ、てめえはこのガキにはやけに冷たく当たってるってな？　それがいきなり宗旨替えか？」

「ちが……そいつを刺激しすぎると、あんたの方が後悔することになるぞ」

「言うに事欠いてくだらねえ。もっとマシな言い訳を作れよ」

　鼻を鳴らし、ジャマルが腕を振るってルイを地べたに投げ飛ばす。転がったルイは掴まれた髪を引き寄せ、頭を抱えて「うーっ」と涙目でジャマルを睨《にら》んでいた。

「躾のなってねえガキだ。てめえもあの女も、一人残らず気に入らねえよ！」

「ぐおっ！」

　喋《しゃべ》りながら怒りが込み上げたのか、ジャマルがスバルの横っ面を蹴り飛ばす。思わぬ一発に口を開けていて、歯で盛大に口内が切れた。血が、ぼたぼたと溢《あふ》れ出す。

「んべっ……一応、俺たちはトッドさんに身元は保証されてるっつーか、ここで過ごしていいって言われてるんだが……」

「は、トッドさんね。生憎《あいにく》、あいつより俺の方が階級は上だ。頼み事を聞いてやらないわけじゃねえが、言いなりにならなきゃならねえ理由なんかねえよ」

荒々しい声で言って、ジャマルがスバルへ再び踏み込む。とっさに体を丸めて頭を守ったが、今度の蹴りはスバルの腹へねじ込まれた。

爪先に胃袋を掻《か》き混ぜられ、衝撃に呻《うめ》くスバルへ、執拗《しつよう》に蹴りが及ぶ。

「最初、川べりじゃてめえの女に部下が二人もやられてんだ。使い物にならなくなったあいつらは送り返さなきゃならねえ。とんだケチがついた。この落とし前は付けてもらわなきゃならねえってのに……トッドの野郎、余計なモノ見つけやがって」

「――ッ」

「あのナイフがなきゃ八つ裂きにしてしまいだったんだ。軍人ってのは辛《つら》いぜ、なぁ？」

執拗な蹴りと、こちらの神経を逆撫《さかな》でする発言。

見下ろしてくるジャマルの隻眼を見上げるまでもなく、相手の狙いは明白だ。

ジャマルの狙いはスバルを痛めつけることではない。その先にある。

大方、スバルを挑発して反撃させ、無礼討ちにでもするのが目的なのだろう。

トッドの言葉になど耳を貸さないと言ったジャマルだが、完全にそれを無視できない関係なのは、最初に靴を食わされたときのやり取りからも窺《うかが》えた。

だから、ジャマルは理由が欲しいのだ。スバルを殺せる理由を。

ひいてはそれは、レムに対して報復を行うための理由でもある。

だったら、スバルは挑発に乗ってなどやらない。

ジャマルの下種《げす》な悪意をレムに向かせないためならば、スバルの左手の指が再び折られても、残りの指が折られたとしても、スバルの勝ちだ。

そのためにも、耐えて耐えて耐えて、耐えて――、

「――おい、そこで何してる？」

そうしてスバルが耐え忍ぶのを続ける最中《さなか》、ジャマルとは別の声が飛んでくる。途端、「ちっ」と舌打ちしたジャマルが足を引いて、ゆっくりと後ずさった。

すると、そこへ足音を立てながらやってきたのは、橙色《だいだいいろ》の髪の青年――トッドだ。

「用もないのにこっちに向かったって聞いてきてみたら、やっぱりお前さんか」

「トッドか。やけに過保護じゃねえか。帝都所縁《ゆかり》の短剣がそんなにお気に入りか？　こんな腰抜けに媚《こ》び売ってまで、よ」

ジャマルの嘲笑《ちょうしょう》に、トッドも険しい顔になる。両者の間にいくらか険悪な雰囲気が流れ、しかし、その雰囲気は「やめだ」とジャマルが言うことで断ち切られる。

「これに懲りたら、俺の目の届く範囲じゃ足下に気を付けるんだな。また、今みたいにすっ転んでも知らんぜ？　はははは」

そう、スバルへ振るった暴力などなかったと念押しし、トッドの横を抜けていく。

スバルも、それを止める言葉を持たない。ここで被害を訴えれば、それはジャマルの挑

発に乗ったのと同じことだ。

そのまま、ジャマルの背中が完全に見えなくなってからスバルは体を起こした。

「ああ、クソ……痛《いて》ぇな……。あの野郎、やることが陰湿なんだよ……」

「お前さん、平気か？　ジャマルに絡まれて災難だったな」

ふらふら状態のスバルに、トッドが顔をしかめながら声をかけてくる。彼がきてくれなければ、なおもジャマルの暴行は続いていただろう。

それを中断させてくれて感謝だ。だが、それよりも――、

「俺はいい。それより、レムの方を……」

「あの嬢ちゃんなら、炊事を手伝ってるよ。椅子に座らせておけば手際はいい。ジャマルも、人目があるとこでは何もしない……と、思うぞ？」

確証に欠けた物言いでは、スバルを安心させることはできない。

口元の血を拭い、スバルは自分の左手を見た。添え木が外れ、包帯が解《ほど》けている。一時は治りかけたはずの指は、再び嫌な色に変色し始めていた。

「あちゃ……それだと、また手当てしなきゃダメそうだ。まったく、ジャマルめ」

「……あいつ、どんな奴《やつ》なんだ？」

「ジャマルか？　俺とは軍人になった同期で、出世頭だよ。下級貴族の出で、三将への昇格も夢じゃないって……あー、三将ってわかるか？」

「いや、知らない。階級？」

スバルが首を横に振ると、トッドが「そうだ」と指を立てて頷《うなず》いた。

彼の説明によると、ヴォラキア帝国の軍人には『将』と呼ばれる階級制度があるとのことだ。兵卒、上等兵、三将、二将と上がり――、

「一将となると、帝国にも九人しかいない別格。皇帝直属の武人で、『九神将』って呼ばれてる。まぁ、そこまでいくともう家柄とか功績の問題じゃない」

「才能ってことか」

「そういうこと。だから、俺たちみたいな凡人は三将あたりを目指すのさ」

悲惨さのないトッドの話を聞いて、スバルは先のジャマルの態度を思い返す。

『将』とはつまり、軍隊における士官の役割だと思われるが、ジャマルにその器があるとはとても思えなかった。自分本位で共感性が低い。無能な上官タイプだ。

「戦場だと、後ろから流れ矢に当たって死ぬ兵士が結構いるらしいって、トッドさんの口からあいつに伝えておいてくれ」

「おっかないことを。それで、手当てはどうする？」

「お願いできるか？　……先に、レムの顔を見てからで」

「やれやれ、べた惚《ぼ》れだねえ。……こっちの嬢ちゃんは可哀想《かわいそう》に」

指の痛みを押してでも、レムの無事の確認が最優先。そんなスバルの姿勢に、肩をすくめたトッドが水を向けたのは、テント前で丸まっているルイだ。

ジャマルに引っ張られた髪の毛を指に絡め、獣みたいに低く唸《うな》っている。

「やられっ放しは性に合わないって顔だ。負けん気の強い子は好きだね」

「あー！　うー、あー！」

トッドの笑みを向けられ、それに応えるみたいにルイが吠《ほ》える。

気に入ったなら、いっそ引き取ってくれないかと口にしかけ、それがレムに伝わってまた怒られるのは御免だと、スバルはお口にチャックした。

6

「——その臭《にお》い、またケガを増やしたんですか？」

「う……わかる？」

「わかります。子どもが見てるんですから、弁《わきま》えた行動を心がけてください」

とは、昼食時に同じテーブルを囲んだレムの忠告だった。

その内容には頷《うなず》けない部分がありつつも、逆らうメリットがないので頷いておく。そのスバルの横で、それを真似《まね》したルイが頷いていた。

陣地での昼食は配給制に近いもので、配給所から食事を受け取り、適当な人員で固まって順次それを片付けていくシステムだ。給仕を手伝っていたレムが食事に取り掛かれるのは最後の方だったため、必然、スバルたちも昼食は遅い時間となった。

もちろん余所者《よそもの》の遠慮ということで、食事自体も残り物のようなものだ。

「まぁ、贅沢《ぜいたく》は言えた立場じゃない。食えるもんがあるだけ御の字御の字」

と、スバルは自分とレムの分を持ってきて、端っこの小さなテーブルにそれを並べる。

ルイも、生意気にスバルと同じように自分の分は確保していた。

「昼までどうしてた？　なんか苦労はなかったか？」

「特にはありません。足のことも気遣っていただきましたし……私がお手伝いしたことなんて、ちょっとした炊事のことだけです。それも教わりながらですし」

「教わりながら……こう、体が覚えてたりとかは？」

「……それを期待していなかったと言えば、嘘《うそ》になります」

矢継ぎ早なスバルの質問に、レムが薄青の瞳を細めて唇を結ぶ。

その反応に突っ込みすぎたかとスバルは焦ったが、レムはゆるゆると首を横に振り、

「あれこれと試してみれば、何かしら手に馴染《なじ》むものがあるかもしれないと思っていました。でも、そんなの都合が良すぎましたね」

そっと自分の手を見下ろして、レムが自分の浅慮を恥じるように呟《つぶや》く。

だが、レムの抱いた期待を浅慮なものと、いったいどこの誰に罵れるだろうか。自分を構成する要素が思い出せない状況で、答えに縋《すが》るレムの姿勢を、誰が。

「……どうして、あなたの方が辛《つら》そうな顔をするんです」

「どうしてって、それは……」

「──。私の準備が整うのを待つと、昨日はそう言っていたじゃありませんか」

目を伏せたスバルを見つめて、そう言ったレムに驚かされる。

それはレムの方から、初めて歩み寄ってくれたように感じさせる言葉だった。思わず、わかってくれたのかとスバルの胸に希望が芽生えるほどの。

しかし——、

「昨日も言った通り、あなたに何度、『レム』と呼びかけられても、それが私の名前であると受け入れることができません。それは何を言われても、でしょう」

「うぐ……」

「もしかしたら、この子が話してくれるなら別かもしれませんが」

言いながら、目尻を下げたレムが傍《かたわ》らのルイの頭を撫《な》でる。ルイは撫でられるがまま、目の前の自分の取り分の食事を片付けるのに夢中だ。

その薄情な姿勢もだが、生憎《あいにく》とルイにまともな自意識があったとしても、彼女の口からレムのことが語られることはない。仮に語る口があったとしても、スバルが語らせない。どうあっても、消えない敵意がそうさせる。

「なんだなんだ、しかめっ面して。湿っぽい食卓じゃないか」

そんな三人の食事の席へ、気安い調子でトッドが割り込んでくる。

気まずい空気を変えてくれる予感に、スバルは「トッドさんか」と隣に腰掛ける男を歓迎する。さっきの一件といい、彼には助けられっ放しだ。

「気にかけてくれるのはすげぇありがたいけど、仲間と食わなくていいのか？」

「うん？　まぁ、付き合いの長い連中だし、今さら一日二日、一緒に飯食わなかったぐらいで関係は変わらんよ。それより、お前さんたちに顔を売っておくさ」

「売られても持ち合わせがないんだよなぁ」

「そこは出世払いって考え方だよ。先行投資と思っておけばいいさ」

軽妙な語り口で場の空気を変えるトッド、彼は「それにしても」とスバルの肩に腕を回すと、耳元に囁《ささや》くようにして、

「昨日と比べたらちゃんと話せてるみたいじゃないか。仲直りできたのか？」

「仲直り……どうだろ。俺の誠意がちょっとは届いたと思いたいけど」

「──。聞こえていますよ。打ち解けたと思っているなら勘違いです」

「うー！」

つんとした様子で、男二人の会話に不満を表明するレム。ルイもレムの味方のつもりなのか、口を拭いてくれる彼女に協調している様子だ。

その二人の親しげな様子に複雑な思いを味わい、スバルの表情が目に見えて沈む。

「そう落ち込むなって。こうして喋《しゃべ》れる距離と場所にいてくれる。それだけで、俺と比べたらずっと上等ってもんだろう」

「あー、そういやトッドさん、婚約者と離れ離れって言ってたっけ」

「ああ。婚約者は帝都住まいでね。この任務を片付けなきゃならんのもそうだが、そもそも別離の時間が長すぎる。いやはや、寂しくて困ったもんだ。なぁ？」

「その寂しさが、俺らに構ってくれてる理由ってこと？」

「そういうことだ。だから、せいぜい俺に利用されてくれ。拾った甲斐《かい》がある」

こちらに気負わせないためか、トッドの気遣いにスバルは内心で感謝する。直接、礼を言うのも無粋な話だろう。彼も、それを汲《く》んでくれた様子だ。

そんな調子で、四人での食事が進むのだが――、

「実際、俺たちは補給隊の車に乗せてもらえるって話だったけど、トッドさんたちは任務にどのぐらいかかりそうなんだ？」

「言っただろ？　森に隠れてる『シュドラクの民』を見つけるまで……それが見つからなきゃ何年だって置いとかれる可能性がある。宮仕えも楽じゃないのさ」

「『シュドラクの民』……」

木の匙《さじ》をくわえ、渋い顔で答えたトッドにスバルは思案する。

『シュドラクの民』――最初、この陣地でトッドに話を聞かれたとき、スバルはそう呼ばれている相手が森で出会った覆面の男ではないかと推察した。

彼にはナイフを譲ってもらった恩義がある。だから、トッドにもその存在を伝えなかったのだが、今になってそれが不義理にも思えてきた。

恩義という意味では、覆面男に負けないぐらいトッドにも助けられている。

ならば、覆面男に仁義を通し、トッドの方に通さない理由はなんだろうか。

「トッドさんたちは、その『シュドラクの民』を見つけて、どうする気なんだ？　こう

やって陣地を張ってるくらいだし、戦う……のか？」

できるだけ、何気ない雰囲気を装って尋ねる。しかし、それでも緊迫感は隠し切れなかった。事実、話には入ってこないものの、その話を聞いたレムの表情にも変化がある。意識しないようにしても、『戦い』という単語を忌避する反応が。

そして、問いかけられたトッドはそんなスバルの言葉に片目をつむり、

「できれば戦いたくないってのが『将』たちの考えみたいだ。『シュドラクの民』ってのはなかなか強力な部族らしくてな。戦ったら苦戦は必至、今回も交渉が目的らしい」

「交渉？　森の部族と、何の交渉を？」

「あんまり下っ端にあれこれ聞くなよ!?　……よくわからんが、たぶん帝都とか、ひいては皇帝閣下への臣従を誓えって話じゃないか？」

「『シュドラクの民』は、ヴォラキア帝国の皇帝に従ってないってことか？」

「従わないのもいる。それも、ヴォラキア流だろ？」

武人らしい笑みを浮かべたトッドに、スバルは「ヴォラキア万歳」とだけ応じる。

トッドの話通りなら、『シュドラクの民』への攻撃は帝国軍も避けたいようだ。ならばむしろ、スバルが情報提供をした方が無駄な流血を避けられるのではないか。

とはいえ、スバルの持っている情報も大した情報ではないし、それを隠していた事情を明かそうとすると、素性を偽《いつわ》っていたことを話さなくてはならないのだが。

「うぐぐ、難しい。あちらを立てればこちらが立たず……」

「……なんだか、いつ見ても眉間に皺《しわ》を寄せていますね。ただでさえあまりいい人相とは言えないんですから、せめて笑っていた方がいいんじゃありませんか？」

「手痛い指摘！　……俺がいつもニコニコしてたらもうちょっと優しくしてくれる？」

「はぁ？」

本気で怪訝《けげん》そうなレムの応答にスバルの心が早々と折られた。

ひくついた笑顔での応対を投げ出し、肩を落としたスバルにトッドが笑う。

笑われるのも心外だが、トッドのこうした対応に救われているのは事実。この非常事態であまり重くなりすぎないでいられるのも、紛れもなく彼のおかげだ。

だからこそ、せめて彼らの目的が早々に果たされることを望みたいが。

「実際の森の攻略はどれぐらいから始めるんだ？」

「他の陣地の展開が済んだら、一斉に取り掛かるって話だな。森は大きいし深い。一日かけても進める量はたかが知れてるが……」

「そうか。まぁ、サクサクと進めるわけにもいかないよな。森の中に何があるかわからないし、でかい魔獣もうろついてるような場所だ」

スバルが『シュドラクの民』ではないかと疑っている覆面男。あるいは、こっちが『シュドラクの民』の可能性もある狩人《かりうど》。そして、狩人との遭遇戦の最中《さなか》に出くわした巨大な蛇《へび》の魔獣、あの辺りにはレムが仕掛けた罠《わな》も残されている。

そう考えると、今後森に入っていくトッドたちの苦労は推して知るべしだ。

事情を話せないまでも、レムの仕掛けた罠についてぐらいは話しておかないと、無用な混乱が生まれかねない気が――、

「――魔獣？」

しかし、そう考えるスバルの横で、水を飲んでいたトッドが目を見開いた。彼は口の端を伝う水を袖で拭い、驚いた目でスバルを見つめる。

「今、魔獣って言ったのか？　あの森に魔獣がいるって？」

「え？　いや、えっと、そう言ったけど……俺、なんか変なこと言った？」

「それはそうだろ。魔獣なんて、そうそう出くわすもんじゃない。魔獣大国のルグニカならともかく、王国との国境線でもないところなんだぞ」

「――――」

「冗談じゃ、ないのか。おい、嬢ちゃん」

真剣味を増したトッドの言葉に、スバルは困惑したまま何も言えない。すると、トッドは質問の矛先をレムの方へと変えた。

「答えてくれ。嬢ちゃんも、魔獣を見たのか？　このバドハイムの密林で」

「その魔獣というのが、緑色の肌をした大きな生き物のことなら、見かけましたが」

「頭に角は？」

「角ですか？　……確か、白くて歪《いびつ》なものが」

その答えを聞いた途端、トッドが再びスバルの方へ振り向いた。

「どんな魔獣だった？　姿かたちは？」

「へ、蛇《へび》だ。でかい蛇。十メートル近くある、どでかい奴《やつ》が一匹」

「一匹、一匹か……クソ、このでかい森だと本当に一匹かわからんじゃないか。だが、嘘《うそ》をついてる風でもない。事情が変わった！」

ガシガシと乱暴に頭を掻《か》いて、血相を変えたトッドがスバルたちに背を向ける。が、彼は飛び出す前に「あ」と声を上げ、スバルたちに振り返ると、

「貴重な情報だった。それがなきゃヤバいことになってたかもしれん。助かった」

「——お」

「部隊長たちは集合！『将』のところにいく！　大事な話だ！」

険しさの中で笑ったあと、トッドは手を叩《たた》いて周囲の注目を集めると、陣地の奥にある天幕——おそらく軍議などが行われる、指揮官のテントへ向かっていった。

その猛烈な勢いを、半ば呆然《ぼうぜん》としながら見送って、

「……ずいぶんな反応でしたね。あの生き物……魔獣がそんなに重要なんですか？　もちろん、危険な生き物なのはわかりますが」

「——。いや、実は俺もあんまり正しくそれを認識できてなかったかもしれねぇ」

「はぁ……」

胡乱《うろん》げ、という表現が相応《ふさわ》しいレムの反応だが、スバルもまだ頭の中身をきっちりと整理し切れていない。それぐらい、スバルにとっては寝耳に水の反応だった。

「帝国じゃ、魔獣が珍しい……」

それは完全に想定外というか、想像もしたことのない事情だった。

そも、スバルにとって異世界生活と魔獣の存在は切っても切り離せない繋《つな》がりだ。召喚初日の王都はともかく、以降の出来事の大部分には魔獣の存在があった。

メィリィがやらかした魔獣騒動ではウルガルムが、ヴィルヘルムが悲願を成し遂げるために必要だった白鯨《はくげい》戦、そして『聖域』を喰《く》らい尽くさんとした大兎《おおうさぎ》。

プリステラでは魔獣の存在こそなかったものの、その問題解決のために向かったアウグリア砂丘とプレアデス監視塔は、魔獣の総本山と言っても過言ではない。

もちろん、スバルにとって最も思い出深い魔獣は、『紅蠍《べにさそり》』ということになるが。

「……ちょっとしんみりしちまったが、魔獣が珍しいなんて考えたこともなかった」

てっきり、テレビゲームのＲＰＧに登場するモンスターのように、世界中のどこにいても出没するのが魔獣だと思っていた。だが、そうではないらしい。

考えてみれば、元の世界だって世界中のどこにでもライオンやキリンがいるわけではないのだから、ある意味では当然だったのかもしれないが。

「ルグニカが魔獣大国とか呼ばれてるのも初めて知ったぜ……」

強大な存在とはいえ、魔獣が一匹出ただけでトッドが血相を変えたのだ。その常識に照らし合わせれば、ルグニカが魔獣大国と呼ばれても不思議はない。

『魔獣使い』のメィリィなんて、もはやおとぎ話の存在みたいなものだろう。

「じゃあ、あいつってもしかして、魔獣があんまりいない国とか地方にいったら、普通の子みたいに暮らせんのかな……」

「あの、すみません」

はぐれてしまったメィリィ、彼女の将来のことを考えていると、ふと思案する横顔にレムの声がかけられた。

何事か、とそちらを見ると、彼女はテーブルの上を手で示す。するとそこには、自分の食事を空っぽにして、テーブルで寝息を立てているルイの姿があった。

「満腹になって満足したみたいで……業腹《ごうはら》ですが、運ぶのをお願いできませんか？」

「業腹とまで言うか……」

レムの物言いに苦笑しつつ、スバルは嫌々ルイの体を抱き上げる。

たまにしがみついてくるのでわかるが、軽い。見た目はただの少女だ。本当に、見た目だけはただの少女なのだ。

「レムは大丈夫なのか？　俺の背中が空いてるけど……」

「どんな不格好を要求するんですか。自分の面倒くらい、自分で見られます」

そう言って、レムが手に取ったのはテーブルに立てかけていた木製の杖《つえ》――とは名ばかりの、どこかで拾ったような樹木の太い枝だ。持ち手の部分に布を巻いた、簡易で即席の杖。それをついて、レムが立ち上がった。

その足取りはまだいくらか頼りないが――、

「――大丈夫、です」

「……本当にそうか？　意地張らないで、困ったら頼ってくれても」

「頼りません。このぐらい平気です。あなたはその子を落とさないように」

「はぁ、わかったよ。でも、これだけは覚えておいてくれ。俺がこいつをこうして抱き上げてるのは、俺がこうしたいからじゃなく、お前のためなんだってことを」

「いったい、何がそこまであなたに言わせてるんですか……」

どうしても自発的にルイに良くしたと思われたくないスバル、その発言に呆《あき》れながら、レムが杖をついて、たどたどしい足取りでスバルへついてくる。

ひとまず、レムとルイを貸し出されているテントへ戻し、スバルは天幕の片付けを続けることとなるだろう。――トッドたちがどうするか、気にはなるが。

「――。あの方たちが気掛かりなんですか？」

「……え？　あ、ああ、そんな感じ。いや、我ながら恩人相手に不義理な真似《まね》をしてるって自覚はあるからさ。魔獣の話も不用意だったかもだし」

「――恩人、ですか」

自分が嘘《うそ》ばかりついている悪党に思えてきて、何となく沈んだ気持ちになっていくスバル。しかし、そんなスバルの話を聞きながら、レムはどこか意味深に呟《つぶや》いた。

「レム？」

「――。いいえ、何でもありません。気にしないでください」

「いや、今の流れで気にするなは無理じゃねぇかな……」

「そうですか。では、話しかけないでください」

「もっと距離が遠ざかってる！　言いかけたんなら言えよ！　気になる！」

レムに合わせて歩いているので、二人の進みは遅々としたものだ。そうして歩調を合わされていることへの苛立《いらだ》ちもあるのか、レムは小さく吐息をついた。

「あの、トッドさんでしたか。……私は、あまりいい印象を抱いていません」

「は？　なんでだよ。何の頼りもない俺たちを陣地に置いててくれて、意地の悪い怪人『靴食わせ』からも守ってくれてる。これに恩を感じないのはいくら何でも」

「恩を感じないとは言いません。感謝はもちろんしています。ただ……」

そこで言葉を切ったレムが、その先の言葉に躊躇《ためら》いを見せる。しかし、生じた沈黙はほんの二秒、彼女は深く息を吐くのと合わせ、言った。

「──相手の名前を聞こうとしない人を、信用するのは難しいと思います」

そうレムに言われ、スバルは思わず息を詰めた。

そして、何を言っているのかと言い返そうとして、ふとこれまでのことを振り返る。

──相手の名前を聞こうとしない、とレムはそう言った。

そのことを念頭に振り返ると、確かにそうだ。

トッドはこれまで一度も、スバルのことを名前で呼んだことがない。ずっと『お前さん』と呼び続けている。名前を知らなければ、それも当然だろう。

「で、でも、たまたまじゃないか？　レムだって、俺のことを名前で呼んじゃ――」

「――ナツキ・スバルでしょう。知っていて呼ばないのと、最初から知ろうとしていないのとでは意味が違うと思います。ただ、それだけですよ」

「――」

「私の意見は以上です。どのみち、あの方たちに頼るしかありませんから」

そう言いながら、レムは足を止めたスバルを追い越し、前を行く。

そのままちょっとずつ先に進むレムの背を見て、スバルは何も言えなくなっていた。

残念ながら、レムの頑《かたく》なな心を解きほぐす術《すべ》がスバルにはない。

魔獣の一件で明らかになった通り、スバルはこの世界の常識にあまりに疎い。王国も満足ではないのに、帝国なんて未知の土地もいいところだ。

ひょっとしたら、帝国では相手の名前を聞く聞かないということに特別な意味合いがあるのかもしれない。名乗る前に尋ねるのは失礼なことだとか。

でも、そんなルールがあったとしても、スバルはそれをレムに語れないのだ。自分の無知と無教養が、どこまでも嫌になる。

「……いつまで立ち止まってるんですか」

「あ……」

ふと、声に顔を上げれば、レムが少し先で振り返っていた。

彼女はわずかに焦《じ》れた顔をしながら、杖《つえ》に両手を乗せてスバルを睨《にら》んでいる。その、スバルを待ってくれている様子を見た途端、胸が詰まる感覚があった。

「ぐ……っ」

「な……ど、どうしたんですか⁉　まさか、指が……」

「いや、レムが俺を待ってくれてると思って、つい……」

「……何とは言いませんが、損しました」

白けた顔と声で言って、レムが今度こそスバルに背を向ける。

その背を慌てて追いかけながら、スバルはレムへの謝罪と、彼女が直前に話してくれた言葉を思い返し、目を細める。

レムの考えすぎだろうと、そう自分に言い聞かせながら。

7

――そうして、スバルの胸の奥でわだかまった疑問、その解消は翌日となった。


「――おい、起きろ起きろ。いつまで寝てんだ、お前さんよ」

「んあ?」

肩を揺すられ、眠っていたスバルが誰かに揺り起こされる。

寝起きの良さはスバルの数少ない美点の一つだが、自力で起きたときと、誰かに起こされたときとではやはり勝手が違う。いくらか鈍い思考を動かしながら目を開けると、地べたに寝そべるスバルの視界、映り込んだのはトッドの顔だった。

「……トッドさん？」

「ああ、お疲れみたいだな。慣れない仕事をさせられてりゃ無理もないか。ともあれ、お前さんのおかげで……」

「──ナツキ・スバル」

「うん？」

ゆっくりと体を起こしたスバルに、早口に話しかけてくるトッド。その彼が、急に自分の名前を名乗ったスバルに目を丸くする。

一瞬、彼はそれが何を意味するものなのかわからない様子だったが。

「ナツキ・スバル、それが俺の名前だ」

「ん……あー、もしかして、お前さんって呼ばれるの気にしてたのか？」

「あいや、気にしてたってほどでもないんだけど……名乗ってなかったから、ものすごい失礼なことしてたかもって」

「はは、そりゃ考えすぎだ。けど、ナツキ・スバルな、覚えた覚えた」

小さく笑い、気まずさに目を伏せるスバルの肩をトッドが叩《たた》いた。その調子が変わらないのを見て、スバルはいくらか安堵《あんど》を覚える。

どうやら、昨日のレムの懸念は考えすぎで、スバルのもやもやも杞憂《きゆう》だったようだ。

トッドは本気でそこが抜けていたらしく、「失敗失敗」と呟《つぶや》いてから、

「とと、その話も大事なんだが、もっと大事な話があるんだよ。昨日のお前さんの話のおかげで、『将』たちの方針が変わったんだ」

「方針が変わった……って、森の攻略の？」

「そうそう。なんせ、未知の森の開拓に加えて、魔獣まで生息してるとなると、話がだいぶ違ってくるからな。こっちの犠牲も馬鹿にならない。だから」

そこで言葉を切り、トッドはにんまりと満面の笑みを浮かべた。そして、まだ意識の目覚め切っていないスバルの顔を両手で挟むと、

「さくっと作戦を切り上げることになったんだよ」

「さくっと？　じゃあ、もしかしてトッドさん、婚約者のとこ戻れるってことか？」

「はは、そうなんだよ！」

大きく頷《うなず》いたトッドに、スバルも「おおー！」と喜びを共有する。

年単位での出兵計画が変更され、地元に帰れるとなればトッドの喜びも一入《ひとしお》だろう。大喜びの彼と手を合わせ、二人で一緒にテントの中で踊る。

すると、当然ながら――、

「……あの、もうちょっと静かにしてくれませんか」

「あ、悪い、レム」

自分の寝床から体を起こし、不機嫌な顔をしたレムに男二人で睨《にら》まれる。

それから、彼女は軽く頭を振り、「まったく……」と呟いたあと、

「――？　なんだか、変な臭《にお》いがしませんか？」

「臭い？」

「はい。あなたの体臭とは別に」

すんすんと鼻を鳴らして、レムが臭《くさ》いものを払うみたいにスバルに手振りする。その仕草にいくらか傷付くスバルだが、すぐにトッドが「悪い悪い」と謝罪した。

「距離があるから大丈夫だと思ったんだが、鼻がいいとわかるよな。けど、決まったことはさっさとやらないと据わりが悪いだろ？」

「トッドさん？」

そう言いながら、トッドはスバルたちの天幕の入口を開く。そして、スバルたちに出てくるよう手招きした。

なので、スバルはレムと顔を見合わせ、彼女に杖《つえ》を手渡して入口へ。

それからトッドの横に並んで、見た。

「――へ？」

それは、朦々《もうもう》とすさまじい勢いで噴き上がる黒煙と、強烈な焦げ臭い香り。

そして見渡す限りの視界、遠目に右も左も埋め尽くすようだった大密林――『バドハイム密林』が、真っ赤な炎に包まれ、燃え盛っている光景だった。

「これは……」

立ち尽くすスバルの隣、同じ光景を目の当たりにしたレムが絶句する。

スバルとレムの二人は棒立ちになり、まるで悪夢のように赤々と燃えていく森を、焼き尽くされる密林を、終わっていく世界を、見つめていた。

「魔獣が潜んでるとなると、いったいどれだけこっち側に被害が出るか知れたもんじゃない。そう主張したら、指揮してるズィクル二将もわかってくれたよ」

「――――」

「お前さんがくれた情報のおかげで、味方の被害が出ないで済んだ。大助かりさ」

そう言って笑い、トッドがスバルの背中を掌《てのひら》で叩《たた》いた。その気安い衝撃に打たれ、スバルは唇を震わせた。肺が震え、喉が震え、声も震える。

この、トッドの変わらぬ友好的な態度に、スバルの震える声が紡ぐのは――、

「な、なんで……？」

「なんでって、何が？」

「だって、森の『シュドラクの民』とは戦いたくないって、言ってたよ、な？」

戦いになれば苦戦は必至、皇帝への臣従を誓わせるために交渉が望みだと。

昨日、食事の席でトッドはスバルにそう話してくれた。

だったら戦いは起こらないのだと、スバルは内心でそう安堵《あんど》していたのに。

「これじゃ、戦う以上に……っ」

「ああ、戦いたくなかったよ。こっちに犠牲がいくら出るかわからない。俺も死ぬかもし

れなかったしな。けど、『将』の説得材料ができたおかげで問題は片付けられた。『シュドラクの民』も、皇帝閣下に敵対できなくなる」

「――ッ」

「俺も早く婚約者のところに帰れるしな。いやいや、お前さんは拾い物だったよ。ちゃんと『将』にも話してあるから、きっと褒章がもらえるぞ」

二本目の短剣がもらえるかもな、なんて冗談めかして言ってから、トッドはもう一度スバルの背中を叩《たた》いた。そして、彼は「おっと」と何か思い出したように呟《つぶや》いて、

「お前さんに戦果を見せてやったら戻れって言われてたんだった。それと、もう天幕の片付けもしなくていいぞ。しばらくしたら陣地は引き払うからな」

「――ぁ、え?」

「やれやれ、しっかりしてくれ。――嬢ちゃんを不安がらせるなよ」

最後の言葉は耳打ちする形で、本当に善意の笑みを残してトッドがその場を去る。

結局、遠ざかる背中にスバルは何も言えず、押し黙っているしかなかった。

だが、スバルが黙っていようと、心中の混乱に苛《さいな》まれていようと、遠く、目の前で燃え盛る森の光景が変わることはない。

燃え上がる炎は何もかもを呑《の》み込み、あの地で生きる全てを焼き尽くすだろう。

それはあの大蛇の魔獣も、あるいは森の中で過ごす覆面男や、スバルたちをつけ狙った狩人《かりうど》も例外ではない。――何もかも、灰燼《かいじん》と帰す。

「──っ」

ふと、その衝撃に歯を噛《か》んだスバルの隣で、レムの体がふらついた。

とっさにその細い体を手で支えると、触れた途端にレムの体が強張《こわば》った。そして、スバルを見上げるレムの表情に恐怖と、拒絶感が溢《あふ》れ出す。

「あ……」

「あなたが、悪いわけじゃない……それは、わかってます。でも」

「──」

「触らないで、ください」

一瞬、自身を呑み込みかけた恐怖を噛み殺し、レムがスバルの手をゆっくり押しのける。振り払うでも、へし折るでもなく、押しのけた。

彼女の言葉は本音なのだろう。スバルが狙って引き起こした事態ではないと、レムもわかってくれてはいる。しかし、それがもたらす慰めは些少《さしょう》だ。

こうして、実際に起きてしまった出来事を前にしては、あまりにも些少──。

「……あの子が、起きたみたいですね」

そう言って、レムはスバルから視線を逸《そ》らし、燃え盛る森から視線を逸らし、見たくないものから視線を逸らすように、テントの中のルイの方へ振り向く。

そのレムの背中に、スバルはとっさに声をかけられない。

スバルの中でも、起きてしまった出来事の整理がつかない。何を言っても正解ではない選択肢しか、今はスバルの頭に浮かんでいなかった。

だから、たどたどしく、赤子が這《は》うような速度で離れるレムを止められない。

止めることができなくて──、

「──お？」

唇を噛《か》み、拒絶されたレムの小さな背中を見つめるスバル。それがふと、背中に当たった小さな感触に気付いて声を漏らした。

何があったと後ろを振り向くと、しかし、そこにスバルの背に触れたものや人は見当たらない。ただ、振り向いた瞬間、視界の端を何かが掠《かす》めたのは見えた。

それはまるで、振り向くスバルに合わせて後ろに回り込んだみたいに──、

「うーっ!!」

直後、子どもが癇癪《かんしゃく》を爆発させたみたいに、テントの中のルイが声を上げた。

起きた途端にやかましい大罪司教だが、今は幼児同然の大罪司教よりも、もっと優先すべき事態が目の前にある。もっとも、何ができるわけでもないのだが。

「うあ、あーあー!!」

「──っ、うるせぇな！　今、大変なんだよ！　お前に構ってる暇は」

ない、と喚《わめ》き散らすルイへ怒鳴ろうとして、スバルは眉を寄せた。

地べたに座り、ジタバタと身をよじるルイを後ろから抱いているレム、彼女の表情がまた激変していたからだ。

先ほどの恐怖や拒絶感とは異なる、純粋な何故《なぜ》という驚愕《きようがく》。見開かれた青い瞳が見つめているのは、スバル――否《いな》、正確にはスバルではなく、

「……背中？」

微妙な視線の角度から、スバルは彼女の視線が注視する対象を見極める。それに倣って首をひねり、スバルは自分の背中を覗《のぞ》き込んだ。

そして、遅れて気付く。――先ほど、スバルの背中に回り込んだモノの正体を。

「――矢羽根」

それが、スバルの視界を掠めたものの正体だ。そして当然だが、矢羽根には矢の本体が付属していて、それがスバルの背中で揺れているということは――、

「――ぁ」

放たれた矢が、スバルの背中に命中しているということに他ならない。

ぐらっと頭が揺れて、スバルは立っていられなくなり、その場にひっくり返る。とっさに手がテントの入口を掴《つか》み、倒れる勢いで天幕が傾いた。

だが、それを気にする余裕もなく、スバルの体はどうと横倒しになった。

「きゃあああああ――っ！」

それを見て、レムが甲高い悲鳴を上げる。

ぐるぐると思考が回り、レムの普通の悲鳴なんて初めて聞いたと、そんな益体もない場違いな感想が頭の中に溢《あふ》れ、耳からこぼれ落ちていく。

「あー、うあー！」

どたどたと四つん這《ば》いで、ルイが倒れるスバルへ近寄ってくる。そのまま乱暴にスバルの体を揺すってくるが、それを咎《とが》める声も、抵抗する力も出ない。

矢の一本で、なんて様《ざま》なのか。

「誰か！　誰かきてください！　……だ、大丈夫ですよ！　こんな矢傷くらいで……っ」

杖《つえ》を捨てて、倒れ込むようにして近付いてきたレムが、スバルの背中の傷を見ながらそう必死に呼びかけてくる。

ああ、レムは本当に優しいなと思った。瘴気《しょうき》のせいでスバルのことを信じられなくても、不用意な一言であんな燃える世界を生み出しても、それでも目の前でスバルが倒れていたのなら、こうして助けようと声を上げてくれる。

このレムの前で、弱いところを見せたくないなと思う。

矢傷くらいなんだと、余裕綽々《よゆうしゃくしゃく》に立ち上がって見せたらどうだ、ナツキ・スバル。

よく大河ドラマや時代劇を見るとき、あんな細い矢が刺さったくらいで死ぬとか動けなくなるなんて、根性が足りないとか思っていたじゃないか。

まぁ、でかい矢で胸をぶち抜かれたりした場合は話は別にしても、レムの言う通り、背中に刺さった矢は大した威力じゃなかった。実際、あんまり柔らかく当たったもんだから背中を撫《な》でられたのかと思ったぐらいだった。

それが、どうしてこんな風に——、

「――げっ、ぶ、うえぇっ」

「――っ、まさか、毒？」

込み上げてくる灼熱感《しやくねつかん》を吐き出したところで、レムがスバルと同じ結論に達した。

矢の、威力で殺されるわけじゃない。矢に塗られた毒が、蝕《むしば》んでいるのだ。

手足が動かなくなり、まるで高熱に魘《うな》されているみたいに頭が働かない。目から鼻から耳からだくだくと何かが溢《あふ》れ、スバルの全身がガタガタと震え始めた。

ガンガンと、耳鳴りがうるさくなり始め、スバルを心配するレムの声が聞こえない。ルイの、耳障りな喚《わめ》き声も聞こえない。聞こえなくなる。

毒、毒が、毒を、誰が、どうして、矢が、狩人《かりうど》、森の、焼けて、燃えて燃えて、スバルが不用意に、魔獣を、トッド、燃えて、レム、レム、レム、レム――。

意識が混迷を極め、スバルはブクブクと血泡を噴きながら呻《うめ》き声を漏らす。そして、血走った目を見開いて、どうにかレムの顔を見ようとして、気付く。

――それはテントから三十メートルほどの距離、走れば十秒とかからない位置からこちらを睨《にら》みつけている、小さな、小さな人影だった。

「――――」

子どもだ。ルイと、そう変わらないような小さな子ども。

目つきの悪い小さな子どもだった。――否《いな》、違う。目つきが悪いのではない。スバルを睨んでいるのだ。憎悪に濁った瞳で、殺意を込めてスバルを睨んでいるのだ。

髪や顔を煤《すす》で汚して、憎悪に濁った瞳で半弓のようなものを握った少女だ。

それが、あの指で、手で、意思で、スバルを毒矢で射《う》ったのだろう。

「――――」

憎まれるのも当然だった。

殺したいと思われるのも当然だった。

スバルがもたらした結果が、少女を憎悪へと駆り立てる運命へと誘《いざな》った。

ならばこれは、スバルの下に訪れた報いは――、

「――ダメ！　待って！　待ってください。待って……」

必死な声が、耳元で聞こえる。

待ってやりたい。立ち止まってやりたい。手を引いて、笑いかけてやりたい。

その何一つ、できない。

その何一つ、できないまま。

ブクブク、ブクブクと血泡を噴いて、痙攣《けいれん》して、白目を剥《む》いて、失禁して嘔吐《おうと》してグズグズに溶けた内臓を吐き出しながら、闇へ落ちる。

「待ってぇ……っ」

無様で汚い、考えなしの愚か者が、闇の中へ落ちていく。

落ちてい――、

第四章　『帝国の流儀』

1

全身をじわじわと蝕《むしば》む脅威、流れる血がマグマとなったような苦しみが、ナツキ・スバルの存在を一枚一枚引き剥《は》がし、飾りのない自分を剥き出そうとしてくる。

治りきっていないカサブタを剥がし、生々しい傷を冷たい空気に当てるような、そんな残虐な行いの延長戦。――魂が、守られることのない現実に触れる。

訪れるのは痛みか、嘆きか、悲しみか。

あるいはもっと全く異なる何かなのか、それすらもスバルにはわからない。

わかることがあるとすれば、救いがあるとすれば、たった一つだけ。

その、絶望的な感覚は答えに行き着く前に途切れ、嘘《うそ》みたいな開放感が――、

「――ぜえはあうるっせえぞ、てめえ」

「がもがっ」

直前の苦しみから解放され、血泡を噴くはずの口を大きく開ける。

肺に穴が開いたみたいに空っぽだった体が酸素を求め、思うさまに無味無臭のそれを味わおうとしたところへ、何かが無理やり口へ突っ込まれた。

思わぬ衝撃にのけ反り、咳《せ》き込むスバルに罵声が浴びせられる。

だが、何があったのかがわからない。正確には見えない。顔に感じる締め付けは、目元に何かを巻かれている証《あかし》だ。顔を縛られている。

――否《いな》、縛られているのは顔だけではない。手足も同様に拘束されていた。

その状態で、誰かに何かを口の中に突っ込まれたのだ。

「ごほっ！　げほっ！　な、なんで、縛られ……ごぁっ⁉」

「てめえ、なに反抗してやがる。自分の立場がわかってねえのか？」

「あ、がく……ッ」

その口の中のモノを吐き出した直後、乱暴な相手に鳩尾《みぞおち》を蹴飛ばされた。衝撃に息が詰まり、横倒しになるスバルへと相手の唾が吐きかけられる。

唾を浴びせられた屈辱も、胸を貫く痛みの前には気にならない。ただ、閉ざされた視界が痛みで赤く明滅する中、スバルの頭は混乱の海に呑《の》まれていた。

――ほんの十数秒前の出来事が、スバルの頭を掻《か》き回している。

「――――」

トッドに起こされ、連れ出されたテントの外では森が火の手に包まれていた。

それがスバルの失言を理由に起きたと知った直後、背中に毒矢を浴び、倒れた。矢を放ったのは幼く見える少女で、見る間に体から力が抜け、全身が痙攣《けいれん》して。

　血泡を噴きながら苦しんで、必死に呼びかけてくれるレムの声を聞きながら、途切れそうになる意識を繫《つな》ぎ止めようとして――、

「ここ、に……」

「ああ？　てめえ、いつまでふざけて……」

「――まあまあ、落ち着けって！　何もわからないんだ。目隠し、外してやろう」

「――ぁ」

　混沌《こんとん》の渦に呑まれていた思考が、頭上で交わされる会話に現実に引き戻される。

　聞こえてきたのは二人の男の会話だ。片方は粗野と乱暴が具現化したような荒っぽい男の声であり、もう片方はそれをとりなす人の好《よ》い印象の柔らかい声。

　――その声の主の両方の顔まで、スバルの頭には自然と浮かび上がった。

「ちっ」と舌打ちと足音がして、スバルを蹴りつけた男が遠ざかる。それからすぐに、

「やれやれ」と呆《あき》れと苦笑の入り混じった嘆息が聞こえて、

「いきなり悪かったな。何がなんだかって気分だと思うが、とりあえず目隠しを外すぞ？手足の縄は外せないから勘弁な」

「――――」

　そう言いながら、歩み寄る男がスバルの頭に巻いた目隠しを外す。

　わずかな痛みと共に訪れる開放感、それを堪能するより前にスバルは深呼吸、それを一

度、二度と繰り返し、最後に軽く息を止める。

それから、ゆっくりと視力が戻るのを待って、瞼《まぶた》を開いた。

そして——、

「……やっぱり」

ぼやけた視界が徐々に鮮明になると、スバルの前に広がっていたのは天幕と焚火《たきび》、忙《せわ》しなく行き交う帝国兵たちの姿だ。見慣れたというほどではないが、見知った帝国の野営陣地——スバルが雑用のために東奔西走した、借り暮らしの土地である。

「……死んだ、のか」

——『死に戻り』したと、そう考えるのが一番自然な状況だ。

そして、それを確かめる方法は皮肉にもあっさりと思いついた。ただ首をひねり、陣地の向こうにある緑の森を視界に入れるだけでいい。

スバルが自ら失言し、結果、帝国兵の暴挙を許して焼失した密林。

業火に焼かれ、黒煙を上げていたはずの森は、しかしてそこにあった。右へ左へ、地平線を埋め尽くすほどの緑の密林、健在なりと。

それを確かめたことで、スバルの脳裏にはっきりとそれが浮かび上がる。

矢傷に倒れ、血泡を噴くスバルの下へ転がるように這《は》い寄り、必死になって死ぬなと呼びかけていたレムの声を、存在を、歎願《たんがん》を。

だが、スバルはそれを裏切った。彼女の前で、無残にも死んでしまった。

未知の土地で、嫌っていたとはいえ自分を知る男が死んでしまい、記憶喪失のレムがどれほどの不安と恐怖を味わったことか、想像するだけで胸が張り裂ける。

そして、同時に思った。――もう絶対に、彼女にそんな思いを味わわせたくないと。

「ちょうど、水汲《みずく》みにいったところで見つかってなぁ。悪いが、お前さんは俺たちの捕虜になったんだよ」

そう、強い思いを胸に抱いたスバルの前に、一人の男がしゃがみ込んだ。

柔らかい笑みを浮かべ、目尻を下げたその人物を知っている。――トッドだ。

この帝国兵だらけの陣地の中、唯一、スバルやレムに友好的に接してくれた人物。

帝国についてあまりに無知なスバルに根気強く付き合ってくれた男で、スバルとしても最初に彼に拾われたのは幸運だと思っていた。

彼が、スバルの言葉を理由に森を焼き払う選択を後押しするまでは。

「――――」

体感では十分も経過していないが、森を焼いた彼の屈託のない報告には背筋が凍った。

神聖ヴォラキア帝国では強者が尊ばれ、弱者は虐げられる。

剣に貫かれた狼《おおかみ》をシンボルに、『剣狼《けんろう》』のみに生きる資格があると教える大国。トッドのようなメンタリティは、帝国では珍しいものではないのかもしれない。

魔獣がいると聞いて、森に火を放つ作戦が決行されたのも頷《うなず》ける在り方だ。

ただし、スバルはもちろん、ルグニカ王国の人々の誰とも相容《あいい》れないだろう。せいぜいが、合理主義の塊であるロズワールぐらいだろうか。

いずれにせよ、今度は森を焼け野原にさせてはならない。

「――――」

ごく、と唾を呑《の》み込み、スバルは前回の出来事を失敗と捉える。

スバルが殺されてしまったこともそうだが、たとえ帝国兵が安全策を取るためだったとしても、森を焼き払うなんてことはやりすぎだ。

スバルの失言がなければ、トッドたちと『シュドラクの民』は穏便に話し合いの場を作り、血を流さずに交渉を結実させた可能性だってあった。

その可能性を奪い、森にいた人々を危険に晒《さら》した――否《いな》、責任逃れはやめよう。あの大火で被害者がいなかったなど、絶対にありえない。

ナツキ・スバルは自分の失言で、森で暮らす人々の命を奪ったのだ。

『死に戻り』によって、その世界線の出来事に干渉できなくなったとしても、その事実からは逃れられない。――スバルは、それを決して忘れないのだから。

「――――」

故に、スバルは同じ轍《てつ》を踏むまいと覚悟を決める。

『死』は重く、自分のモノも他者のモノも、決して繰り返させてはならない。そう考えれば、ここでトッドやジャマルと初対面をやり直せるのは不幸中の幸いだ。

ここからトッドと、可能であればジャマルとも友好的な関係を築き、彼らを森の『シュドラクの民』と決裂させない形で交渉へ臨ませる。

そのために――、

「聞いてるかい？　いきなり捕虜なんて言われて混乱してるのもわかるんだが……」

「――。いや、そう、だな。混乱はしてる。混乱はしてるんだが、ええと……」

押し黙ったスバルの前にしゃがみ、トッドがこちらの心情を慮《おもんぱか》る。彼のその姿勢を受け止めながら、スバルは次の言葉を選ぶために考え込んだ。

前回、トッドとの関係は良好だった。あの関係性は維持しつつ、スバルやレムに便宜を図ってもらう路線は継続すべきだろう。

その上で、彼の極端な行動を抑制するべく、慎重に情報を選ばなくては。

「驚いたけど、捕虜になったってのはわかった。川に飛び込んだことも覚えてる。そこから助けてもらったんなら、あんたたちは命の恩人――」

「――待て」

「え？」

冷静に、川から引き上げられた人間の態度を演出しようとするスバル。だが、そんなスバルの言葉を遮り、トッドがこちらの顔に掌《てのひら》を突き出した。

広げられた五指と掌に視界を塞がれ、スバルはとっさに息を詰まらせる。

そして――、

「――お前さん、なんで今、そんな目で俺を見たんだ？」

と、冷たく硬いトッドの声が聞こえた直後、スバルの右肩に鋭い感触が侵入する。

視界を遮られ、相手の動作への反応が遅れたスバルは、自分の右肩に起こった違和感の方へ目をやり、何があったのかを理解した。

——スバルの右肩に、ナイフの鋭い先端が突き立てられていたのだ。

2

「——ッッ⁉」

何があったのかを視認した瞬間、スバルの喉が声にならない声を上げた。

凄《すさ》まじい灼熱感《しやくねつかん》が右肩を中心に爆発し、スバルの全身が鋭い痛みに痺《しび》れて伸びる。

それほどに、予期しない刺し傷の衝撃は絶大なものだった。

「ぎ、があぁぁぁぁ——ッ‼」

声にならない声に遅れて、数秒後に明確に痛みに引き出された絶叫が上がる。

身をよじり、抉《えぐ》られた肩をさすったり、押さえたり、とにかく痛みを押さえるための何らかのアクションを起こしたい。しかし、スバルの手足は拘束され、突き立てられたナイフを引き抜くアクションすら起こせない。痛い、痛い、痛い、痛い。

「お、おい！　なんだ、今の悲鳴！」

苦痛に悶《もだ》え、絶叫を何度も上げるスバル。そのただならぬ声を聞きつけ、慌てた様子で戻ってきたのは眼帯をした粗野な外見の男、ジャマルだった。

　直前までスバルを蹴りつけ、暴力を振るっていた側だったジャマルは、右肩にナイフを生やして血を吐くような悲鳴を上げ続けるスバルの姿に目を見開く。

　そして——、

「トッド、話が違うじゃねえか！　貴族のナイフを持ってやがったから、こいつらには手を出すなって言ってたのはお前だっただろうが！」

「ああ、こいつらの素性がわからないうちはそのつもりだった。それに関しちゃ、話が違うってお前が怒るのはわかるよ。失敗失敗」

「……ってことは、こいつがどこの誰なのかわかったのか？」

　声を荒らげたジャマルが、立ち上がったトッドの答えを聞いて落ち着きを取り戻す。しかし、そのジャマルの問いかけにトッドは「さあ？」と首を傾《かし》げた。

　そのまま、トッドは横倒しになって苦鳴を上げるスバルの体に足を乗せ、

「どこのどなたなのかは聞いてないからさっぱりわからん。ただ、俺たちの敵である可能性は高い。だから、先制攻撃だ」

「ぐ、ぎゃあああ——ッ」

「おお、痛そうだな。あんまり苦しませても仕方ないんだが、お前さん、痛みには強い方かね。そこんところ、どんな自己評価だ？」

　スバルの体に乗せた足に体重をかけ、トッドが平然とそう聞いてくる。

だが、地べたに倒れるスバルはトッドに体重をかけられると、肩のナイフが傷口へ深く押し込まれる形になり、耐え難い苦痛の再演に答える余裕がなかった。

「答えない。反抗的だな。やっぱり敵だ」

「……そんな転がしてたら、答えられるもんも答えられねえだろうよ」

「ん？　そうなのか？　しまったな。自分が痛みに鈍いと、どうしてもこういうところで下手をやらかしちまう。失敗失敗」

言いながら、トッドがようやくスバルの体から足をどける。

追加される痛みは消えたが、断続的な痛みはなおもスバルを刺し続けており、耐え難い苦痛に噛《か》みしめた口の中からは血が、眦《まなじり》からは涙が溢《あふ》れ出していた。

「お前……これでよく、俺の素行が悪いなんて注意できるもんだな……」

「――？　お前さんが捕虜とか部下を殴るのは憂さ晴らしだろう？　それでお上品ぶるなんて冗談はよしてくれよ。俺は必要なことをしてるだけさ」

一方で、そんなスバルの醜態を無視し、男たちは頭上で会話を続けていた。

スバルへの刃傷沙汰《にんじょうざた》をさし、ジャマルがトッドを宥《なだ》めているという、少し前なら考えられなかったような光景が展開されていた。

これは、いったい、何が起きているのか。

痛みに耐えるためにリソースが割かれているとはいえ、考えがまとまらなすぎる。

あれだけスバルたちに良くしてくれたトッドが、何故《なぜ》、こんな真似《まね》を――、

「で、なんで刺したんだ」

「目隠しを外して俺を見たとき、俺を操ろうとする目をした。不安とか緊張ならわかる。怯《おび》えたり泣いてもいい。――でも、操ろうとするのはおかしいだろう」

「操る、ねえ」

「意識のない奴《やつ》が蹴り起こされて目隠し外されて、最初に見た顔を利用してやろうなんて目をするかね？　そりゃそういう奴もいるのかもしれないが、そんな奴は怖くてとても対応できんよ。さっさと殺した方がいい」

思案気なジャマルに対して、トッドはあくまで理路整然と自分の考えを述べる。

スバルを刺した理由は、トッドがスバルを危険だと判断したから。そして、危険な相手への最善の対処として、その無力化を図ったのだと。

自らの安全を確保するため、トッドは即座にその判断を下し、実行したに過ぎない。

――過ぎないって、なんだ。

「起きてすぐにそんなこと考えたのかはわからねえじゃねえか。運ばれてる最中に目が覚めてて、ずっとこっちの話に聞き耳立ててたのかも……」

「それはない。寝たふりしてないかはずっと見てた。どこかで意識が戻ったら、そういう生理的な反応をしたはずだ。もしも、寝たふりを俺が見落としたんだとしたら……」

「したら？」

「寝たふりでこっちを騙《だま》しながら、計画的に俺を操ろうとしたってことじゃないか。こっちの方がもっと怖い。やっぱり殺しておくのが正解だろう」

その話を聞いていて、痛みと戦いながらスバルは戦慄に息を呑《の》んだ。

トッドの説明を聞きながら、ジャマルは徐々にその語気が弱まっていく。最初はスバルを刺した事実に驚きと怒りがあったはずが、少しずつ激情を解体されていた。

トッドは相手に寄り添い、理解を示し、その上で相手にとってもメリットのある魅力的な提案を差し出す。最初の勢いを殺され、頭の柔らかくなった相手はその差し出された提案を吟味し、ついつい味わいたくなってしまう。

今、目の前でジャマルの身に起きていることがまさにそれだ。

そしてそれは、『死に戻り』する直前でスバルの身に起こったことでもあった。

「連れのお嬢ちゃんたちも得体が知れないが、あっちの二人は単純で接しやすい。何か面倒がある前に、病巣は取り除いておこう」

「まぁ、そりゃ構わねえが……」

「それとも、お前さんがやるか？　青い髪の嬢ちゃんに部下がやられて怒り狂ってたのを止めたし、憂さ晴らしする相手は必要だろう」

「――それもそうだな」

平然としたトッドの提案に、ジャマルが下卑た笑みを浮かべた。

そのままジャマルが舌なめずりし、暴力の気配を漂わせながらやってくる。だが、それ以上にスバルの身を竦《すく》ませたのはトッドの発言の方だった。

ジャマルのための憂さ晴らしにスバルを差し出したこともそうだが、トッドはここでスバルを排除しても、別の方法でこちらの思惑を探る気でいる。

そのために利用されるのがレムと、一応ルイだ。

だが、何を聞かれてもあの二人は答えられない。どんな過酷な拷問にかけられても、レムが明かせる情報は何一つないのだ。

「――ッ」

奥歯を噛《か》みしめ、スバルは口内の血の味を起爆剤にレムを救う手立てを探す。

あと数秒ののち、ジャマルの暴力が再開され、手加減を無用とされた野蛮な攻撃によってスバルは殺されるか、半死半生の状態にされるだろう。もしもジャマルに良心が備わっていたとしても、トッドの方がスバルを生かしておかない。

森に火を放つことができるトッドは、スバルの命を消すのも頓着しないだろう。

一歩、二歩と、ジャマルが近付いてくる。

その間、スバルは極限まで思考を加熱させ、必要な答えを己の内に探し求めた。この状況を打開する、何らかの方策を、可能性を、拾うべき奇跡を――、

「せいぜい、俺の憂さ晴らしとしていい声で喚《わめ》け、クソガキ。てめえの女の分も、てめえが体でツケを払ってもら――」

「――『シュドラクの民』」

荒くれもののお決まりの暴言を吐いて、ジャマルがスバルへ暴力を叩《たた》き付けようとする

寸前――スバルの唇が、その単語を紡いでいた。

途端、ジャマルの動きが止まり、彼の背後にいるトッドの表情も変化する。ジャマルは明確な驚きを浮かべ、トッドは片眉を上げてから、「へえ」と笑ったのだ。

「お前さん、なかなか賭け事のやり方を弁《わきま》えてるみたいじゃないか」

「トッド、このガキの言い分なんぞ……」

「まあ待てまあ待て、ジャマル。殴るのも蹴るのもあとでもできる。けど、舌やら喉やら潰した相手の声は聞き取りづらい。ここは聞くのが一番だ」

「クソ！」

怒りのやり場がなくなり、ジャマルが手近な木の柵を乱暴に蹴りつける。

その文字通りの憂さ晴らしを横目に、トッドがスバルの方へと向き直った。その顔に貼り付いた笑みは、恐ろしいことにスバルの知るそれと何も変わらない。

スバルの指の治療をし、スバルを食事に誘い、森を焼くことへのスバルの貢献を称賛したときと同じように、トッドは生死の瀬戸際にあるスバルに笑いかけていた。

「それで、『シュドラクの民』の名前を出したんだ。お前さんから、何かこっちにとって嬉《うれ》しい話が聞けると思って期待していいのかな？」

「……ああ。森にいる『シュドラクの民』の、居場所を知ってる」

「――！　へえ、そいつはいい！」

笑みに喜悦を滲《にじ》ませ、トッドが胸の前で手を叩《たた》いた。

その反応に、スバルは自分の中から引っ張り出した『奇跡』が役立ったと確信する。

ただ、同時にこれはスバルにとっても諸刃《もろは》の剣だ。

なにせ、スバルは『シュドラクの民』の居場所なんて知らない。

ナイフを譲ってくれた覆面男と、スバルを狙った弓矢を使う狩人《かりうど》――おそらく、このどちらか、ないしは両方が『シュドラクの民』の関係者と考えているが、こちらから彼らと接触する術《すべ》や、具体的な居場所の心当たりなどないのだ。

――つまり、これはスバルの命を賭けた大博打《おおばくち》だった。

「お前さんは、どうして『シュドラクの民』の居場所を？」

「……俺が『シュドラクの民』の一人だから」

「なるほど、やっぱりそうか。肌の色はともかく、黒髪だろう？　だから、そうじゃないかとは思ってたんだ。シュドラクが黒髪なのは有名な話だから」

「――――」

全く知らない情報を後出しで出され、運に助けられたスバルは大きく安堵《あんど》した。

全身に脂汗を浮かせ、スバルはこの話し合いの緊張感に冷や汗を追加する。肩の痛みはなおも増しており、それにつられて左手の指も苦痛を訴え始めている。

その上、肉体はプレアデス監視塔での騒動と、その後の森でのレムとの一悶着《ひともんちゃく》や大河への逃避行の負担を回復していない状態だ。

ふらつく意識と途切れそうな精神を繋《つな》いで、過てば死という一問一答へ臨み続けなくてはならない。――全ては、生き延び、レムを救い出すために。

エミリアやベアトリスたちの下へ帰り、ラムとレムを再会させるために。

「そうすると、お前さんの立場は斥候ってところか。服装とあのナイフも、こっちに溶け込むために用意したとか」

「――。ナイフは旅人のを奪った。服も同じだ。そして……」

「こっちの内情を探ろうとしたと。なかなか大胆な作戦だ。溺れてたのは本当みたいで、ナイフに気付かれない可能性もあったのに……」

「でも、その方が真実味《しんじつみ》は増しただろ？」

杜撰《ずさん》な計画だと指摘されれば、スバルはそれはあえてだと強気に笑った。

口の端を歪《ゆが》め、歯を見せて悪い目つきをもっと悪くする。そうすることで、自分の発言に説得力を持たせる。実際、それを聞いたトッドは発言の真意を吟味した。

「――――」

その沈黙が重く、スバルの命を真綿で締め上げていく。

正直、自分の発言に説得力があるのか、その説得力を後押しするだけの表情や喋《しゃべ》り方ができているのか、痛みと負荷が辛《つら》くて全く顧みられない。

次の瞬間、馬鹿馬鹿しいと一蹴され、鼻で嗤《わら》われた挙句に頭を割られても不思議はない滑稽な言い訳をしているようにも思える。

トッドのスタンスが量れないことも、その緊迫感に拍車をかけていた。

そしてしばらくして――、

「――お前さん、命乞いのために部族を売るのかい？」

片目をつむったトッドに問われ、スバルは唾《つ》を呑み込んだ。

引き出したい言葉を引き出した。あとは、答えを過たないことだ。

命乞いのために部族を売る。

スバルは自分が『シュドラクの民』だと発言した上で、『シュドラクの民』を売る。

これがハッタリだと気付かれてはならない。その上で、必要な顔と声を作れ。

――自分の部族を売り、命乞いをする惨めで卑屈な男の顔と声を。

「……あ、ああ、そうだ。身内を売る」

「――――」

「頼む、何でもする。何なら、あいつらを誘《おび》き出してもいい。何でも、何でもだ！」

目が泳ぎ、頬《ほお》をひくつかせ、冷や汗に塗《まみ》れながらスバルは命乞いをする。

自分の命に執着し、他者の命を蔑《ないがし》ろにして、決して相手に好意的に受け入れられること
なんてない、自分本位な存在と化せばいい。

なんてことはない。

そうした人間性のモデルなら、この世界で過ごした日々で幾度も見た。

あの、人間性最悪の大罪司教共をモデルとする日がくるなど、思いもしなかったが。

「見下げ果てた野郎だ。気に入らねえ目ぇしやがって」

そのスバルの命乞いを聞いて、ジャマルが心底からの軽蔑と怒りを吐き捨てた。

少なくとも、スバルの言動はジャマルに対しては悪い方向へ舵《かじ》を切ったらしい。だが、悪いがジャマルに取り合っている余裕はない。

今、この場でスバルの処遇を決める権利を有するのはトッドだ。

実際の役職や立場なんて、この場においては何の意味も持たない。強者が弱者を虐げる帝国流——まさに、その帝国流のしきたりに従うのだ。

「——。その必死さ、嘘《うそ》はついてないみたいじゃないか」

そして、不断の努力で卑屈な表情を作ったスバルに、トッドがついにそう言った。

それを聞いて、スバルはぬか喜びを恐れながらも首の皮が繋《つな》がった感覚を得る。

「トッド、本気か⁉ 自分のために部族を売るようなクズの言い分を……」

「おいおい、ジャマル、自分のために部族を売るぐらい卑屈な奴《やつ》なんだぞ？ それはもう、必死で俺たちに利得を示すさ。そうじゃなきゃ、大事な命が拾えないんだから」

激昂《げきこう》したジャマルが、そのトッドの言葉に「ぐっ」と言葉を封じられる。

まさしく、それはスバルがトッドに抱いてほしかった卑屈な男への正当な評価だ。

自分が助かるためなら仲間の命も売るような男。もたらす情報に価値があると信じさせるためには、スバルの評価を最低まで貶《おとし》める必要があった。

その点、肩を刺されて無様に喚《わめ》き散らしたのも、前向きに働いたはずだ。

そう自分を慰めるには、この痛みは代償として大きすぎる気がしたが。

「俺はどうなっても知らねえぞ！」

結局、スバルの目論見《もくろみ》通り、ジャマルがトッドにそう説得される。

それを窘《たしな》めながら、トッドは「信じろ信じろ」と彼の肩を叩《たた》いて、

「命に執着してるのは間違いない。——自分のかはともかく、さ」

と、卑屈に頭を下げるスバルを見ながら言ったのだった。

3

「——っ！　待ちなさい！　その人をどうするんです⁉」

そう言って、鉄の檻《おり》の格子を掴《つか》んだレムが、目を怒らせてそう怒鳴っていた。

場所は帝国兵の野営陣地、スバルの卑屈な訴えを聞き届けたトッドとジャマルが、そのままスバルを連行し、野営地を離れようとしているところだった。

鉄の檻の中、連行されるスバルを見つけた囚《とら》われのレムが視線を鋭くする。

レムに睨《にら》まれるスバルは、それはもうボロボロの風体だった。

川に飛び込んだことによる打ち身と、右肩の刺された傷は最低限の手当てのみ。左手の折れた指はそのままで、足枷《あしかせ》は外されたが、手枷は嵌《は》められたままの状態だ。

まさしく奴隷も同然の姿で、野営地の外へ連れ出されるナツキ・スバル。

それを見たレムの心情たるや、混乱と驚きでしっちゃかめっちゃかだろう。もちろん、

スバルは彼女に事情を説明できない。『死に戻り』したことで、スバルとレムのわずかに歩み寄れたかもしれないと期待した関係もリセットされ、全てはやり直しだ。

レムはスバルを魔女の残り香を理由に敵視し、スバルはその誤解を解くための時間や機会を与えられておらず、その上――、

「――っ!? さっきよりも臭《にお》いがひどくなって……なんなんですか、これは」

『死に戻り』を重ねるたびに色濃くなる瘴気《しょうき》を嗅ぎ取り、レムの警戒レベルがまた一段階引き上げられてしまった。

彼女からすれば、ナツキ・スバルは邪悪の申し子そのものといったところか。

そして、その認識を訂正する意義が、スバルの心が傷付く以外に見出《みいだ》せない以上、ここで誤解を解くアクションは一切起こせない。

「……ずいぶんとややこしい関係なんだな? あのお嬢ちゃん、お前さんの連れのはずだったのにあの調子だよ」

「あの子……いや、一緒にいた二人は」

「二人は?」

「――。どっちも、あんたたちに接触する小道具として買ったんだ」

一瞬、どう返答すべきか迷いつつも、スバルは酷薄を装ってそう言い切った。

今のスバルは、自分の命可愛《かわい》さに仲間を売り渡す冷血漢なのだ。当然、レムとルイの二人に関しても情など一切ない、我が身可愛さ百パーセントの必要がある。

二人を——とにかくレムを、人質にされるようなことは防がなくてはならないのだ。

「何も知らない二人だよ。あれこれ聞くだけ無駄……あんたはわかってたみたいだが」

「まぁ、演技には見えなかったかな？　小さい嬢ちゃんの方は、あれは本当に頭がイカれてるんだろうし、あの嬢ちゃんの方も嘘《うそ》はついてない。それはそれで、自分でも暴れてる理由があやふやなんで厄介なんだが」

苦笑いしながら頰《ほお》を掻《か》くトッド、その後ろでジャマルが不機嫌に鼻を鳴らす。

彼ら二人を筆頭に、スバルと共に野営地を離れるのは二十名ほどの帝国兵だ。これからスバルは彼らを連れ、森の『シュドラクの民』の集落へ向かうことになっている。

居場所をトッドたちに教え、帝国の勝利へ貢献する。そして、その褒美として命を救ってもらい、憎まれっ子世に憚《はばか》るを実践するという筋書きだ。

おおよそ、卑屈な男のサクセスストーリーとしては及第点だろう。

それが不可能という点に目をつぶれば、だが。

「邪魔なら、解放してもらったあとで俺が引き取ってくが……」

「なんだ、気が早いな。前向きなのはいいことだが、助かるかどうかは情報次第ってことを忘れるなよ？　あの子らの処遇なんかより、我が身の心配を第一にだ」

「へへ、そうだったな。ついつい、終わったあとの欲が出ちまってよ」

ここで拘《こだわ》れば、レムへの執着がバレるとスバルは即座に方針転換。

手枷《てかせ》のせいで揉《も》み手はできないが、心情的にはそんな雰囲気でトッドに応対する。幸い、

トッドはそれ以上食い下がらず、檻《おり》の中のレムに手を振って、

「大人しくしてな、嬢ちゃん。ひとまず、何にもなければ何にもしないよ」

「そんな言葉に説得力があると思っているんですか？」

「説得力はわからないが、信じるか信じないかは嬢ちゃんの問題だろう」

トッドにそう言われ、レムが悔しげに押し黙る。

援護射撃もできない上、これ以上の会話もできないことを悔やみつつ、スバルはレムの姿と声をしっかり焼き付け、自分の心を焚《た》きつける燃料とする。

――何とかして、レムを帝国の陣地から連れ出し、逃れなくてはならない。

もはや、トッドたちと友好関係を築いて、自分とレムを守ってもらおうという考えはスバルにはなかった。――彼らは、敵でも味方でも危険な存在だ。

そもそも、ヴォラキア帝国の人間と、必要以上に馴《な》れ合うことも避けるべきだ。

スバルたちの立場は非常に複雑なところにあり、それは下手をすれば、個人の問題ではとどまらない可能性すら秘めているのだから。

「よし、それじゃ出発するぞ。全員、気は抜くな」

「号令を出すのは俺だ！」

そう意識を引き締めるスバルを連れ、トッドが味方にそう声をかける。

それを聞いた帝国兵の返答がある中、ジャマルが怒気を露《あら》わに怒鳴っていた。

4

――その後、スバルを先頭に一行はバドハイム密林へと侵入する。

目的は森で暮らす『シュドラクの民』の集落であり、位置の特定だ。――ただし、ナビゲーターのスバルはハッタリをかましており、集落の位置など知らない。

それどころか、『シュドラクの民』の正体すらもあやふやな状態での博打《ばくち》だった。

「――――」

鬱蒼《うっそう》とした森を進みながら、スバルはどうにか抜け出す隙を窺《うかが》っている。

相手は大人数だが、軽鎧《けいがい》であってもスバルより身軽には動けない装備を付けている。どうにか隙をついて逃げ出せれば、彼らより早く陣地へ戻り、レムを連れて逃げることも可能かもしれない。というか、現状それぐらいしかプランがない。

幸い、レムの入れられた檻は外からなら簡単に鍵を解錠できるものだ。

重要なのは、その権利をスバルが手に入れることと、檻を開けたスバルを信じてレムがついてきてくれるかどうか。あとは、ルイの存在。

「置いてくって言ったら、レムは絶対ついてきてくれねぇだろうな……」

ただでさえ、『死に戻り』による瘴気《しょうき》の追加でレムの信頼度を削ったスバルだ。

その状態でスバルが必死に舞い戻っても、ルイを置いていくスバルの判断をレムは歓迎しないだろう。それどころか、その場でスバルを叩《たた》き伏せ、自らルイを奪還、スバルだけを帝国陣地に置き去りにしていく可能性すらあるのではないか。

「……いくらレムでもそれはないか。足の自由が利かないんだし」

あくまで、足が不調なせいで実行できないだけで、もしも体が万全だったらそれをやりかねないとは思う。思うが、それをされては大いに困るのだ。

だから、連れ出すならルイも一緒に連れ出さなくてはならない。どこまでも、この枷《かせ》と呼ぶべき負の因子を捨て去ることができない難儀があった。

そして――、

「それで、集落まではどのぐらいかかる？」

「……大体、二、三時間くらいですかね」

「二、三時間！　ずいぶん早いな。それぐらいで済むなら御の字だ。こっちからしたら、何年がかりになるかってはずの任務だったんだから」

質問の回答を得て、トッドが僥倖《ぎょうこう》だと頬《ほお》を緩める。

軽鎧《けいがい》を装備し、腰に手斧《ておの》をぶら下げたトッドの言葉に、スバルは彼が婚約者を残して任務に参加していたことを思い出した。当たり前だが、スバルに傷を負わせるような判断をしようと、彼の背景事情がガラッと変わったりするわけではない。

トッドは帝国軍人として指示に従って密林へ派遣され、そのために婚約者と離れ離れになることを余儀なくされている。トッド以外の軍人、ジャマルだってそうだ。彼らにも事情があり、それぞれの理由のためにこうして任務に従事しているのだろう。

そういう意味では、スバルとトッドたちとの間に争う理由などないのだ。

ただただ運が悪かった。不運が重なった。風向きがよくなかった。色々と言葉を並べ連ねてしまえば、そういうこととなるのだろう。

ただ——、

「……俺が言うことでもないと思うんだけど、不用心じゃないですか？　『シュドラクの民』の集落に向かうのに、この人数っていうのは」

「俺たちの心配なんざしてる場合か、ええ？　これが終わったあと、てめえの首と胴が繋《つな》がってる保証はねえんだ。せいぜい、俺たちの機嫌を取れよ」

「ジャマルさん……」

「下種《げす》の裏切り者が気安く呼ぶんじゃねえよ。終わったらてめえは刻んで捨てて、女共はそうさな……女好きのズィクル二将に献上でもするか。きっと大喜びだろうよ」

「ジャマル……あんまり馬鹿ばっかり言うのはよせよ。疲れるから」

よほどスバルが気に入らないのか、ジャマルからの視線と声はとにかく険悪だ。

それに伴い、彼はレムとの関係も悪いため、ジャマルに状況のキャスティングボートを握らせると、スバルにとって最悪の結果に落ち着きかねない。

そんなジャマルを宥《なだ》め、「落ち着け」と声をかけるのはやはりトッドだった。

「むしろ、こいつの機嫌を取らなきゃいけないのは俺たちだって忘れるなよ。こいつは命惜しさに俺たちのためになる情報を出す。代わりに俺たちは命を助ける。でなきゃ、集落についた途端に俺たちはシュドラクに一斉に襲われるぞ」

「上等だ。そんな真似《まね》するなら、俺たちで皆殺しに……」

「――本気か？　勝ち目の見えない戦いに俺は乗れないぞ。お前だって、結婚前の妹を未亡人にしたくないだろうに。だろう？　ジャマル義兄《にい》さん」

「ぐ……」

思慮に欠けた言動の多いジャマルを、トッドがそうやって言い含める。

スバルの知らない二人の関係性が多少なり見えたが、生憎《あいにく》とそれへの感慨はない。すでにスバルは、トッドたちに対する『覚悟』を済ませている。

――出会いが、風向きが、運が悪かった。

「――でも、俺はレムの方が大事だ」

だから、スバルはトッドたちに対して、危害を加えることにしたのだ。

「――？」

ふと、隊列を組んだ捜索隊の後ろの方で、帝国兵の一人が小さく喉を鳴らした。彼は何かに気付いたように首をひねり、そうさせた原因を視界に探す。

微《かす》かな違和感、しかし無視できないそれを求め、密林の中に視線を彷徨《さまよ》わせ――、

「――ぁ？」

密林の暗闇の中、ぼうと浮かび上がった黄色い光点と『目』が合った。

「魔獣だあぁぁぁ――っ!!」

目が合った直後、それを見つけた帝国兵は即座に仲間に警戒を促した。そこまでの反応は完璧で、帝国兵に落ち度は何一つないと言える。その呼びかけに従って、すぐに臨戦態勢に入った仲間たちも同様だ。

しかし、抜剣したと同時、即座に魔獣へ斬りかかったこと。

――これは、明確に勇み足であったと言える。

「うおおおお!!」

剣を抜いた帝国兵が森を駆けて飛びかかった相手は、巨体をうねらせる大蛇――緑色の鱗《うろこ》に覆われた、全長十メートルほどの蛇《へび》の魔獣だ。

スバルが森で遭遇した魔獣と同種のそれは、森に魔獣がいることを知らなかった帝国兵たちにとって、まさしく青天《せいてん》の霹靂《へきれき》をもたらした存在。

だが、魔獣の危険性に対してすぐに対処を試みたことは、正しい判断だったが故に間違いだった。――魔獣の狙いは、帝国兵ではなかったのだから。

魔獣の狙いは他でもない、大量の瘴気《しょうき》を纏《まと》ったナツキ・スバルだったのに。

「――――ッ!!」

放たれた剣撃を鱗で受け、大蛇が吠《ほ》えながら巨体の尾で帝国兵を吹き飛ばした。その黄色の眼光が獰猛《どうもう》に光り、凄《すさ》まじい咆哮《ほうこう》が一行へ叩《たた》き付けられる。

魔獣の囮《おとり》をやって一年、その道のプロのスバルは知っている。

大抵の場合、魔獣は瘴気を纏っているスバルを積極的に狙うが、自分に危害を加えられたときは話は別だ。それは白鯨《はくげい》であっても大蛇であっても変わらない。

白鯨は自分を切り刻むヴィルヘルムを狙い、大蛇は自分を射抜いた狩人《かりうど》へ牙を向けた。

その法則はここでも活きる。大蛇の狙いはスバルから、揃《そろ》いの装備に身を包み、自分へ敵意を向ける帝国兵たちへと変わったのだ。

「——ッ、魔獣だと⁉　聞《い》いてねえぞぉ‼」

吠《ほ》える大蛇の敵意を向けられ、ジャマルが怒りに声を震わせて双剣を抜いた。そのまま意外にも、勇猛果敢に魔獣へ飛びかかる動きは軽快で、実力の高さを窺《うかが》わせる。

しかし、そんなジャマルの思いがけない奮戦を応援はできない。

スバルはこれを狙い、数時間もトッドたちと森を歩いたのだ。

魔獣の存在を知らない彼らと、スバルの瘴気《しょうき》に引き寄せられる魔獣。自分の体臭と魔獣を利用するのは毎度のことだが、スバルも立派な『魔獣使い』だ。

合流したら、メィリィとこの称号をかけて戦うべきだろう功績の数々。

ただし今は、それに拘泥している暇はない。

「今すぐ——」

この隙に乗じて、帝国陣地へ戻り、レムを解放する。

そのために駆け出そうとして、スバルは首の裏に怖気《おぞけ》を覚えた。そして、その怖気に従って、なりふり構わず頭を下げる。

直後、スバルの頭部のあった位置を薙《な》いで、斧《おの》がすぐ脇の大木へ突き刺さる。

「――っ」

今、頭を下げていなかったら死んでいた。

そのことに戦慄しながら、スバルは視線だけ振り向き、下手人を見る。

――こちらを鋭い目でねめつけているトッドと、視線が交錯した。

「――ッ」

その視線に囚《とら》われまいと、スバルは森の中を全力で走り出す。

足を止めればトッドに捕まる。捕まれば、トッドは確実にスバルの命を奪うだろう。あの目には、そういう強固な意志があった。漆黒の意思があった。

大罪司教とも、魔獣とも、あるいはレイド・アストレアとも別種の恐怖を覚えた。

あの目は、執拗《しつよう》な執念に彩られたモノだ。――漆黒の、殺意だった。

「がっ⁉」

そうして走るスバルの背を、何か硬い衝撃が貫く。

振り返れないスバルの背中、肩甲骨のあたりに当たったのは投げられたナイフ――奇《く》しくも、嫌な形でスバルの手元に戻ってきたものだ。

それを肩にぶら下げたまま、スバルは荒い息を吐いて、必死に逃げた。

背後、魔獣と帝国兵との戦いが続いている気配があるが、スバルも他の魔獣に絡まれないよう、トッドに追われないよう必死だ。

必死で、必死で、必死で駆け抜け、駆け抜け、駆け抜け続ける。

息が切れ、血を吐いて、何度も転びかけ、実際に転んで、全身を泥だらけにしながらも走り続け、帝国の陣地へ戻らんと必死になる。

「レム……レム……れ、む……ぅ」

子どもが歩いた方がマシな速度になり、涸《か》れた喉で喘《あえ》ぎながら、酸素も体力も精神力も尽きかけた状態で、スバルは唯一の執着に縋《すが》りつく。

レムの下へ、レムを連れ出して、レムを助け出して、みんなのところへ帰る。

エミリアとベアトリス、ラムとペトラとフレデリカ、ガーフィールとオットー、ついでにロズワールのいる場所に帰って、そして、レムに優しい時間を返すのだ。

あの子が過ごすべきだった時間を、愛《いと》おしい時間を、そうして――、

「――ぁ」

そんな儚《はかな》い夢を求めるように手を伸ばして、スバルの足が宙を掻《か》いた。

不意に足場が失われ、崩れる体勢を支えるための腕が使えず、真っ逆さまに落ちる。

どこかへ、真っ逆さまに落ちる。悲鳴も上げられない。喉が開かない。

ただただ、落ちていく。

落ちて、落っこちて、まるで淡く、泡が割れるみたいに夢も割れて。

「――れむ」

掠《かす》れた声が空《むな》しく漏れて、スバルの意識はそこで途絶した。

5

「――いつまで眠っているつもりだ、たわけものが」

「ちょこびっ!?」

深淵《しんえん》の、真っ暗闇から突如として、衝撃が意識を引き上げた。

受けた一撃は側頭部で、横倒しの頭を踏まれたような感覚――否《いな》、ようなではなく、まさしくそれが行われたらしい。

頭の右側を床につけていたらしく、踏まれた左の側頭部と、地面に押し付けられた右の側頭部とが同時に痛めつけられた。おかげで、鋭い痛みに意識を引き起こされ――、

「……あ、れ？　俺は……ぐがっ」

喉の奥に血の味を感じながら、スバルは呆然《ぼうぜん》と体を起こした。

途端、右肩と背中、左手と足など、全身の至るところに激痛を覚える。

凄《すさ》まじい痛苦に視界が真っ赤に明滅して、スバルは起こした体を再び横たえ、陸に上げられた魚のようにびくびくと震えた。

アドレナリンで多少は無視できた痛みが、一度意識を落としてしまったことでぶり返してしまった結果だ。だが、こうして各所が痛むということは――、

「……死んで、ない」

「当然であろう。死者がモノを語るか？　今の貴様の有様たるや、生中な道化の振る舞い

よりよほど見応えがあったわ。褒めてつかわすぞ」

「あぁ？」

唖然《あぜん》としながら自分を確かめ、思わず呟《つぶや》いたスバルに傲慢《ごうまん》な物言いがかかる。

その言われように理解が追いつくと、スバルは再び訪れるだろう痛みを警戒しつつ、ゆっくりとまた体を起こした。

周囲、見ればスバルが寝かされていたのは土の地面で、周りには太い枝がいくつも突き立っている——否、これは木の格子だ。

何度も思い返したレムの姿がフラッシュバックし、スバルは自分が木製の檻《おり》の中に閉じ込められているのだと気付いた。気付いて、頭が混乱する。

まさか、逃げるのに失敗してトッドたちに捕まったのかと焦ったが——、

「そう急《せ》くな。貴様の追手はここにはおらぬ。安心せよと告げるには、いささか窮屈な状況であることは否めんがな」

「あんたは……」

「まさか、また貴様の顔を拝むとは思わなかったぞ。——ナツキ・スバル」

そう、凝然と目を見張るスバルの名を呼んで、相手はにやりと口の端を歪《ゆが》めて笑った。

目元しか見えない覆面姿なので、おそらく笑ったとしか言えないが、笑った。

——スバルと同じく、檻の中に閉じ込められた状態で、傲慢に男は笑ったのだった。

第五章　『ヴォラキア帝国』

1

不遜かつ傲慢《ごうまん》な笑み――覆面越しのそれを向けられ、スバルは静かに息を呑《の》む。

この不遜な男は、草原でレムとはぐれた際、スバルに道を示し、あのナイフを譲ってくれた相手に相違あるまい。覆面姿のせいで断定はできないが、声にも態度にも覚えがあった。相手がスバルの名前を知っているのも、その証《あかし》だ。

「――――」

木製の檻《おり》の中、土が剝《む》き出しの地べたに寝かされ、手足どころか全身ボロボロの状態のスバル、その命運は途切れず続いているらしい。

トッドたち帝国兵を引き連れて森に入り、自分の瘴気《しょうき》を囮《おとり》にして魔獣を呼び寄せ、彼らを襲わせる隙をついて逃れようとして――、

「それから、俺は……」

「聞けば、森を彷徨《さまよ》っていたところを罠《わな》にかかったらしいぞ。獣を獲《と》るための罠に人間がかかったと、集落の連中が騒ぎ立てていた」

「罠に、集落……？」

覆面男の説明を受け、スバルは痛む頭を振りながら檻の外に意識を向ける。

スバルを閉じ込める木製の檻は、帝国兵の陣地で見た鉄製のそれと比べると、ずいぶんと粗末な造りの代物だった。簡易的というか、突貫で作られたものに見える。

そして檻の外、遠目に見えるのは背の高い木々の群れと、それらを切り開いて作られた土地――スバルの印象としては、『聖域』の集落が近いだろうか。

『聖域』も、クレマルディの森と呼ばれる深い森の中に作られた集落だった。ただし、森の中にあっても家や教会といった建物のあった『聖域』と異なり、こちらの集落はいい言い方でログハウス、悪い言い方で原始的な住居ばかり。

そんな光景を目の当たりにして、スバルの唇をふと心当たりがついて出る。

「――『シュドラクの民』？」

「ほう、知っていたか。まぁ、貴様のその見苦しい在り様を見れば、たったの一日でさぞかし苦難を背負い込んだのだろうよ。はぐれた女は見つかったのか？」

「……あぁ、おかげさまでな」

スバルの呟《つぶや》きを聞きつけ、そう問うてくる覆面男にスバルは深々と息を吐いた。

余裕の態度の覆面男だが、牢《ろう》の中にいる以上は彼の立場もスバルと同じ――彼が囚《とら》われの相手と同じ牢に入る趣味を持つ集落の重要人物、という可能性はかなり低かろう。

帝国の陣地でなったばかりだが、スバルはここでも捕虜になったというわけだ。

ただ、それだけではない点もあった。

「――これ、肩とか背中の傷、手当てしてくれてるのか？」

自分の肩や背中に触れ、きつく締め付けられる感覚から止血されているとわかる。つんと鼻をつく刺激臭も、消毒液など薬液のそれに近いものに感じた。

そのスバルの疑問に、覆面男は「ふん」と鼻を鳴らし、

「手当てがなければそのまま死にかねん有様だったからな。連中も貴様の扱いには困ったのだろうよ。俺同様、どうするのが正解なのかとな」

「あんたの、その余裕はどこから……」

「強いて言えば、魂からだ。貴様こそ、いつまで醜態を晒《さら》す気だ？　ナツキ・スバル」

「余計な――」

お世話だと、そう言い返そうとしたところで、傷の痛みに奥歯を噛《か》む。

手当ては最低限、スバルを死なせないためのモノであって、傷を急速に塞いだり、痛みを取り除くためのものではない。帝国の陣地で受けたものより、やり方は劣悪だ。

そう帝国の陣地のことを思い、スバルは気付く。

その帝国の陣地に、一刻も早く帰り着かなくてはならない理由があったのだと。

「しま……俺がここに連れてこられて、どのぐらい経《た》った!?」

「――。そうさな、二時間といったところか。言っておくが、俺からくれてやる十分な温情だぞ。思うところがなければ、もっと早くに起こして――」

「なんで、もっと早く起こしてくれなかったんだ！」

震える膝を地面について、そう訴えるスバルに覆面男が目を細める。

彼からすればとんだ言いがかりだ。傷だらけで運び込まれ、瀕死《ひんし》の状態だったスバルを二時間寝かせておいたのは、静養なしだと命が危ういと判断したためだろう。

実際、全身余すところなく痛む。特に強く痛むのは背中、肩甲骨あたりに新たに生まれた刺し傷――最後、逃げるスバルを狙ったトッドのナイフの一撃だ。

思い返せば、刺されたナイフは目の前の覆面男にもらったもので、それに傷を負わされた状態で彼と再会するのも、何とも因果なものである。

ともあれ――、

「帝国の陣地に、レムを置いてきちまった……森で魔獣とぶつけた帝国兵たちが陣地に戻る前に、俺も戻らねぇとレムが……」

トッドたちが森を抜け、陣地へ戻り、諸々《もろもろ》の報告を済ませるまで時間がない。

大蛇が隊列を砕《くだ》いた際、ジャマルたちは当然ながら魔獣への対処を優先した。だが、あの中で唯一、トッドだけがスバルを殺すことを優先したのだ。

おそらくトッドは、魔獣を引き寄せたのがスバルだと勘付いている。そして、あの場でトッドはスバルに二匹目を呼ばせないよう、即座の処理を実行しようとしたのだ。あの一瞬の判断力と実行力は侮れないし、侮ってはならない。

なのに――、

「こんなとこで……！」

「──。なるほどな。察するに、そのレムというのが貴様の探していた女か。俺と別れたあと、よほどの目に遭ったらしい。森の外の、帝国兵か？」

「ああ、そうだよ！　捕まってたんだ！　それで逃げるために一芝居打って……でも、レムは連れてこれなかった。だから……」

「その必死さか。道理で、捕虜慣れした面構えだと思ったものよ」

「誰が捕虜面だ！　そもそも──」

捕まっているのは覆面男も同じではないか。

恩義のある相手とはいえ、余裕のなさからそう怒声を上げそうになるスバル。だが、そのスバルの軽挙を、とある気付きが阻害した。

「──」

売り言葉に買い言葉、覆面男との言い合いに集中していたスバルは、自分の横顔に突き刺さる別種の視線を感じたのだ。

振り向いてみれば、檻《おり》の外、格子の隙間から中を覗《のぞ》き込む二つの光が見えた。ゆっくりと像を結べば、それが緑色の双眸《そうぼう》だとわかる。

その双眸の主は、スバルの視線がそちらへ向くと、目をぱちくりとさせ、

「──あ、ウーに気付いタ」

「な……」

「ミーに教えなキャ」

そう言って、すっと格子から離れる双眸の主。スバルは慌てて、「待ってくれ！」とそれを止めようとするが、間に合わない。スバルが格子に飛びつく頃には、相手はするするとその場を離れ、こちらを一顧だにしないで走り出してしまったところで。

「今のは……」

「『シュドラク』の娘だ。好奇心が強いのだろうよ。俺が一人でいたときも、何度か中を覗いていった。やれ顔を見せろ、覆面を剥《は》げとうるさいことこの上なくてな……」

「――」

覗き相手の態度に不満があるらしく、覆面男が腕を組みながらぶつくさとぼやく。

生憎《あいにく》と、その愚痴に相槌《あいづち》を打つ余裕がスバルにはなかった。スバルの意識は、遠ざかっていった相手――その幼い少女に奪われていたからだ。

十歳かそこらの幼い、褐色の肌をした少女だった。

白い衣を体に巻いて、動きやすい露出の多い格好をしているのは、こうした亜熱帯の雰囲気がある土地に適応した装束なのだろう。

おかっぱに近い髪の毛の、その先の方だけ桃色になった特殊な髪色は、おそらく染色しているのが理由だろうか。髪の付け根の方は黒い色をしており、『シュドラクの民』は黒髪だというトッドの説明とも合致する。

だが、それ以上に少女の外見がスバルに衝撃をもたらしたのは、彼女の姿かたちの特別さではなく、それが初めて見るものではなかったからだ。

「——俺を」

殺した少女だと、そうスバルの記憶が主張する。

あの少女こそが、毒矢を使ってスバルの背中を射抜き、死に至らしめた少女だ。

スバルの失言が理由で密林に火が放たれ、炎の燃え広がっていく土地から逃れ、憎悪に濡《ぬ》れた瞳でスバルを睨《にら》んでいた、あの少女——。

スバルの中で点と点が繋《つな》がった。

あのとき、少女が憎悪を宿した表情でスバルを見ていたのは他でもない。——あれは、自分の土地と仲間を焼き殺した原因への、復讐《ふくしゅう》だったのだと。

「どうした、水を浴びせられたように大人しくなったではないか」

「——ぁ」

木の格子に額を当てて、唇を噛《か》んでいたスバルの背に男の声がかかる。

覆面男は最初の位置に座ったまま、感情の乱高下が激しいスバルを見つめている。その瞳がひどく居心地が悪く、スバルは彼から視線を逸《そ》らした。

「掴《つか》みどころのない男だ。いずれにせよ、喚《わめ》き散らすのはよすがいい。ここでは黙らせるにも面倒が多い。無駄に体力も浪費する。いちいち叫ばずとも——」

「叫ばなくても……？」

「——向こうから、話を聞きにやってくる。そら」

そう顎をしゃくる男に従い、振り返ったスバルは目を見開いた。

ゆっくりと、薄暗い視界を照らしたのは炎――松明《たいまつ》の光だ。松明を手にした複数の人影が現れ、それがスバルたちのいる檻《おり》の方へとやってくる。

先頭を歩くのはたくましい体つきをした長身の女性だ。黒髪の先を赤い染料で染め、褐色肌の顔や体に白い模様のペイントを入れた、目力の強い印象の緑の瞳の持ち主だった。

そんな彼女の背後に、ひょっこりと隠れてついてくるのが先の少女。こちらへやってくるのは十人ほどの集団で、全員が女性のようだった。


「――――」


しかし、その圧迫感にスバルは思わず気圧《けお》されてしまう。

野性味のある雰囲気の集団は、ルグニカ王国の騎士団や、先に見かけたヴォラキア帝国の軍人たちとも違い、本能的に統率された獣の一団のような美しさがあった。

論理ではなく、本能を核心に置いて作り上げられた集団、そんな印象だ。

彼女らの歩みにそんな印象を抱いたスバル、そのスバルを閉じ込めた檻の前に立ち、女性たち――『シュドラクの民』は、檻の中の二人を見据えた。

そして――、

「目覚めたようだナ。――お前たちは、いったい何者なのダ？」

と、スバルと覆面男を一緒くたに問いかけてきたのだった。

2

——お前は何者なのか。

わりと物語ではよく聞く話だが、実際に問われることはあまりない類《たぐい》の質問だ。

正体を怪しまれ、それを問い詰められるという状況は、実生活の中ではそうそう起こるものではない。聞く側も聞かれる側も、そういう問いかけをしなくてはならない職業以外なら、あるいは一生縁のない言葉と言えるかもしれない。

そういう意味では、スバルにとっても馴染《なじ》みのあるとは言えない質問だ。

ただ、人生で最初にそれを聞かれたときのことは、今でも鮮明に思い出せる。

スバルが何者で、何を目的としているのか。

人生で初めてスバルにそれを聞いたのは、屋敷でスバルの正体を怪しんだ、レムからの問いかけに他ならなかったからだ。

「お前じゃなく、お前たち……？」

と、そんな思い出を振り切って、スバルは問いに疑問符を浮かべる。

同じ牢《ろう》に入れられているとはいえ、スバルと覆面男との関係性は薄い。というか、同じ牢に入れたのは向こうの都合で、スバルの関与はゼロに等しい。

それで同じ立場扱いというのは、いささか乱暴な発想ではないのか。

「つまらぬところに引っかかるな。貴様と俺とは見知った仲だと、そう奴《やつ》らに告げたのは俺だ。問いかけも、それが理由に過ぎん」

「おま……っ！　見知った仲って……そこまでじゃねぇだろ⁉」

「嘘《うそ》はついていない。俺も貴様も、互いを見れば知った相手とわかる。見知った相手と呼ぶのに、それ以上の何がいる？」

「め、めちゃくちゃな論調……」

あまりに強引な話術だが、その強引な論調にスバルは覚えがあった。

それこそ見知った相手の一人に、こういう論理を振りかざしてスバルや他の人たちをやり込める人物がいる。

偉い人間というのは、こういう輩《やから》が多いのかとスバルの頭がくらくらしたが——、

「おい、こそこそと何を話していル。質問に答えロ」

「あー、あー、俺の名前はナツキ・スバルだ。見ての通り、哀れで惨めなボロボロの迷子！　それから、後ろの奴《やつ》は……ええと？」

「——アベルだ」

「そう、アベル！　覆面被《かぶ》ってて顔も隠してる上に性格も傲岸不遜《ごうがんふそん》の嫌な奴だが、道に迷ってる相手にナイフをプレゼントしてくれるところもある、その意外性がもたらすギャップで何人も女の子を泣かせてきたプレイボーイ、そんなところで自己紹介どうぞ！」

「お、おお……？　私はミゼルダだガ……」

畳みかけるようなスバルの勢いに吞《の》まれ、先頭の女性——ミゼルダがそう名乗る。

そうしてよくよく相手を見る余裕が生まれれば、ミゼルダを始めとした女性たちの雰囲気を表す、非常に的確な言葉が見つかった。——『アマゾネス』だ。

女性が多く、鍛えられた強靭《きょうじん》な肉体を持ち、部族や少数民族のイメージに合致した体のペイント、弓を背負っているものもいるなど、まさしくといった様相。

『シュドラクの民』とは、スバルの認識するアマゾネスで相違ない。

「何気に、覆面マンの名前がアベルって判明したのも驚きの事実だが……」

「——」

「今はそれは後回しだ！　聞いてくれ、ミゼルダさん、それにシュドラクのみんな！」

覆面男——アベルへの言及は後回しにして、スバルは集まった女性たちへ声を上げる。

見たところ、彼女たちは問答無用でスバルを殺すようなつもりはないらしい。それは手当てしてくれていることからも、話を聞く姿勢を見せてくれたことからも窺《うかが》える。

ならば、誠意を込めて真摯に話し合えばわかってもらえるかもしれない。

「知ってるかもしれないが、この森の外に帝国の兵隊が陣地を作ってる。そこには俺の大事な女の子が捕まってて、今すぐ戻らないと危ないんだ！　だから、俺を解放してくれ！」

「——」

「それから、兵隊は『シュドラクの民』を目的にしてる。話し合えればいいって言ってるが、最悪、戦いになるのも覚悟の上って構えだ。もしあれなら、俺が……」

とりなして、話し合いの場を作ってもと言いかけ、スバルは口を噤《つぐ》んだ。

確かにそれができれば、帝国兵とシュドラクの民との間に戦いは起こらないかもしれないが、それをスバルが手引きすることはもはや不可能だろう。

トッドたちの認識では、スバルは彼らを魔獣の罠《わな》にかけた張本人だ。信用などされるはずもないし、それを期待するのは虫が良すぎる。

スバルは明確に、レムとトッドたちとを天秤《てんびん》にかけたのだ。

そして、レムを助けるために彼らに危害を加えることを選択した。その選択の責任から逃れることはできない。

「悪い、今の発言は訂正する。兵隊がシュドラクのみんなを狙ってるのは本当だ。かなりの人数で陣を張ってるから、戦っても……」

「──我らが負けるというのカ？」

「あ……」

物量や取れる作戦の違い、そうした点から不利なのは否《いな》めない。

そう伝えようとしたスバルを遮り、ミゼルダが静かな声で言い放った。その反応を聞いて、スバルは自分が言葉を選び違えたと理解する。

『シュドラクの民』は、おそらくは狩猟民族だ。

そのための腕を磨き、常に実力を高めている彼女らにとって、戦えば負けるなんて説得の仕方は地雷も地雷、やってはならない論説だった。

「ヴォラキアの兵隊がきているのは知っていル。だが、奴《やつ》らと我らとの間には古き約定《やくじょう》があるのダ。争いになどならなイ」

「待ってくれ！　その約束のことはわからないけど、奴らは本気であんたたちを……」

「くどいゾ！」

「――っ！」

詰め寄ろうとしたスバルが、木の格子越しの衝撃に打たれてひっくり返る。拳《こぶし》を格子に打ち付けたミゼルダが、その瞳に憤慨を宿していた。

これもまた、スバルの言葉の選び違いだ。

戦いへの誇り同様に、古い約定とやらも彼女らにとって重要な代物。

スバルはそれを無意識に、またしても無遠慮に踏み躙《にじ》ってしまった。

「ヴォラキアの兵は、森の外で隊を動かす訓練をスル。何度もしてきたことダ」

「隊を動かす訓練……軍事演習、ってことか？」

聞き慣れない単語だったらしく、ミゼルダはスバルの言葉に眉を寄せる。しかし、スバルはだんだんと、ヴォラキア側が仕掛けた罠の全貌が見えてきた。

ヴォラキアの兵隊が軍事演習の名目で、このバドハイム密林の周辺に陣地を張るのはよくあることなのだ。シュドラクの民も、もはやそれに慣れ切っている。

その慣れという名の油断に乗じ、ヴォラキア軍はバドハイム密林を包囲し、そのまま一気にシュドラクの民を攻略する気でいる。

「でも、なんでそこまでしてこの人たちを狙わなきゃならない？」

もちろん、こうして目の前に立っているミゼルダを始め、シュドラクの民が実力確かな部族であることは間違いないだろう。満ち満ちた覇気からもそれは窺《うかが》える。

しかし、わざわざ軍隊を派遣し、罠《わな》にかけてまで攻略する理由がどこにある。

今もそうであるように、彼女らには森を出ようという意思がないように見えた。彼女らはここで暮らし、生きていくだけの存在だ。それなのに――、

「ナツキ・スバルもアベルも、本当を言わなイ。それでは私たちには響かなイ」

「――っ、それってまさか」

ミゼルダはゆるゆると首を横に振って、話し合いの終わりを宣告する。

彼女の無情な決断に、他のシュドラクの民も異論を述べない。どうやら、先頭のミゼルダがこの場の、あるいはこの集落の長《おさ》であるらしい。

彼女の決定に従い、シュドラクの民がスバルの訴えに背を向け、棄却《ききやく》を決める。

そのまま、松明《たいまつ》を持って遠ざかる集団の背中に、

「待ってくれ！　嘘《うそ》じゃない、嘘じゃないんだ！　みんな危ない！　約束は……約束は破られるんだ！　みんなも、レムも危ないんだよぉ！」

必死になって、スバルはそう訴えかける。

しかし、すでに族長の決定を得たシュドラクの民の足は止まらない。唯一、ちらちらとスバルの方を気にするのはあの幼い少女だったが、それも足を止めるほどではない。

声を嗄《か》らし、血の味のする痰《たん》を吐きながら訴えるスバルに、誰も耳を貸さなかった。

「げほっ……ちく、しょう。なんで、いつもこうなんだよ……！」

その場にへたり込み、スバルは格子に額をぶつけてそう嘆く。

右手は肩が、左手は指が、どちらも故障しているせいで、牢屋《ろうや》に八つ当たりすることもできない。満身創痍《まんしんそうい》の役立たず、口八丁も使えないときたものだ。

だったら、ナツキ・スバルになんて何の価値が残っている。

「……諦めの悪さと、小賢《こざか》しさだけだろうが」

目の前が暗くなるような絶望感を味わいながら、しかし、スバルは断固として諦めを拒絶し、何とか歯を食い縛って抗《あらが》おうと決める。

これまでのスバルならば、自分で自分の限界を勝手に決めてしまっていただろう。

だが、己のこれまでを振り返り、自らの歩んできた道が容易ではなかったと、そう見つめ直した今のスバルは少しだけ違う。

前よりも少し諦めが悪くなった。それは、暗い夜道を照らす確かな光だ。

「ずいぶんと、無様な交渉があったものよな」

と、牢の格子となっている枝にかじりついて、何とか抜ける隙間を作れないかと画策し始めるスバルへと、アベルの嘲笑《ちょうしょう》まじりの侮蔑が届いた。

腹立たしくはある。が、言い返せない。実際、スバルは相手の地雷を見事に踏み抜いて交渉を失敗させた。考えなし、ここに極まれりだ。

しかし――、

「俺が無様なら、あんたの方は無だったじゃねぇか。そもそも、俺はあんたに言ったはずだよな？　危ない奴《やつ》がいるから森に入るなって」

「そうであったな。あの意見は指針になった。礼を言っておこう」

「言われても捕まってるじゃねぇか。……クソ、どっか緩んでるところとかねぇのか」

体ごとぶつかってみるが、即席に見える木の牢《ろう》に穴は見当たらない。丸太のような太い格子は、まるで重機を使って組まれたかのようにしっかり地面に突き刺さっている。

無論、この世界に重機なんてものがない以上、これを作ったのは人の手だろう。大勢でやったか、あるいはエミリアやガーフィール並みの怪力がやったかだ。

「女の人だらけの集落で、よくもこんなもんを……」

「シュドラクの民を甘く見るな。あれらは女ばかりが生まれる女系種族にして、この森で何百年と暮らしてきた戦神共の末裔《まつえい》よ。男手など、子を増やすとき以外に必要とせぬ。その男も余所《よそ》からさらってくるのが通例だ」

「ガチのアマゾネスじゃねぇか……。おい、まさか俺たちが捕まってるのって」

男を捕まえ、子種を吐き出させるための道具とする。

そうした発想や考えは古来より山間《やまあい》の寒村などでは実在したものだ。ましてやここは、スバルの常識が通用しない異世界の中の異国、ありえる話だった。

しかし、そのスバルの言葉をアベルは鼻で笑い、

「安心せよ。あのものらも子種は選ぶ。――嘘偽《うそいつわ》りを述べ、自分たちを謀《たばか》ろうとした輩《やから》の

子種からは穢《けが》れしか生まれん。そんな種は願い下げだろうよ」

「……嘘偽り」

アベルの言葉を受け、スバルは自分の説明の拙さを呪った。

ミゼルダや他のシュドラクの民に信じてもらえなかったのは、焦りがあったとはいえ、スバルの説明の組み立ての悪さが発揮された形だ。

誠意と必死さを込めた説得も、相手の流儀や誇りの置きどころを理解していなければ、それこそ無礼な暴挙と何も変わらない。変わらなかったのだ。

「でも、嘘じゃないんだよ。帝国の兵士はシュドラクの民を狙ってる。それに……」

「それに？」

「奴らは最終手段に……いいや、違う。最初の手段として、火を放つ」

スバルのその発言に、アベルが初めて微《かす》かに息を詰めた。

森に放たれる炎、それはトッドが森に潜む魔獣の存在を知ることで発生した出来事だ。

前回、スバルの話を聞いただけで帝国軍は密林を焼き払うことを選んだ。

実際にその存在を確認したなら、森が燃やされるのは今回も避け難いはずだ。

「……トッドたちが全滅してれば話は別だが」

魔獣をけしかける選択をした時点で、その可能性も十分に考慮している。

死ぬかもしれない敵を呼び込む作戦は、間接的な殺人と何も変わらない。スバルはそれをわかっていて囮《おとり》作戦を実行したし、実際に死人は出たかもしれない。

そのことを考えれば、胸の奥に重たい塊が生じ、心臓が詰まるみたいに痛む。

しかし、その殺人への忌避感と罪悪感は一生モノとして抱えていくとしても、目をつぶれない点がある。——おそらく、トッドたちは全滅していまい。

トッドの判断力とジャマルの積極性から見て、大蛇が彼らを全滅させたと考えるのは無理がある。ならば、魔獣の討伐後、彼らはあの陣地に戻ろうとするはずだ。

トッドたちが陣地に戻れば、前回と同じように軍の被害を最小限に抑えるため、帝国兵は躊躇《ためら》わず森へと火を放つ。——シュドラクの民は、焼かれるだろう。

「——なんだ、貴様のその目は」

「いや……」

そう考えたところで、スバルの視線にアベルが言及する。とっさに目を逸《そ》らしたスバルだったが、考えたのはアベルの末路だ。

おそらく、アベルは前回もこうしてシュドラクの民に捕まっていたはずだ。その場合、森が焼かれたなら彼も一緒に焼かれただろう。あるいは牢《ろう》の中で逃げ遅れての焼死だ。

「——だとしたら、シュドラクの民もアベルも、俺が殺したようなもんだ」

自分の命も、レムのことも、アベルやシュドラクの民も死なせたくはない。

だからこそ、ここでスバルは立ち上がり、打開策を探さなくてはならないのだ。

「無駄だとわからぬのか？　貴様の力で、ましてや負傷した身で抜ける余地を残すほど間抜けな連中ではない。たかだか女のために、どうしてそこまでする？」

なおも木にかじりつき、懸命な抵抗を続けるスバルにアベルが呆《あき》れた風に言った。

だが、その言葉がスバルに火を付ける。

「あの子が、俺にとってたかだかなんて言葉じゃ片付かねぇ女の子だからだよ。代わりなんてどこにもいねぇ。レムは、レムだけなんだ」

「――――」

「あんたこそ、そこで俺のやることにケチつけてるばっかりでいいのかよ。なんでこんなとこにいるのか知らねぇけど、捕まってはい終わりってだけなのか？」

最初に見かけたとき、アベルは『姿隠し』のマントとやらを纏《まと》い、何らかの目的があって森へきたような素振りを見せていた。そうでなくても、トッドの話によれば、皇帝から賜るような立派な短剣を他人にあっさり譲る人物だ。

何の意味もなく、ここにいたなんて話は考えにくいし、信じられない。

「そんなとこで冷たい土の上に座って、あんたは何がしてぇんだよ」

「――機を待っていただけだ」

スバルの問いかけに、アベルがひどく静かな声でそう答えた。

それは、それまでのどこか挑発的な発言や、スバルを嘲弄《ちょうろう》するそれと趣を変えた、アベルの本心からこぼれ出た言葉のようにも聞こえて。

「機を、待ってた？　機会って、チャンスってことか？　何のチャンスを……」

「貴様のその『ちゃんす』とやらはわからぬが、俺が待っていたのは盤面の準備だ。それが整うまで、俺が手を出せば余計な色が混じると傍観に徹した。本当なら、森の外の連中が動いてからが本命と考えていたが……」

「────」

「奴《やつ》らが森を焼く気でいるなら、いつまでも胡坐《あぐら》を掻《か》いているわけにもゆかぬ」

そう言って、アベルは組んでいた腕を解くと、その場にゆっくり立ち上がった。

そのすらりとした立ち姿と、彼の言葉に目を見開いてスバルは硬直する。

「どうした、その呆《ほう》けた面は。俺に向けるには不敬であろう」

「……あんた、俺の言葉を信じるのか？　だって、シュドラクの民は……」

「信じなかったな。奴らの誇りを汚し、奴らが後生大事に抱える古き約定《やくじょう》をも無意味なものと一蹴した。まさしく、後世に残すべき失敗交渉よ」

「うぐ……っ」

我ながら、擁護すべき点がない自覚があるため、アベルの評価に打ちのめされる。

そうして顔をしかめたスバルに、アベルは「だが」と言葉を続けた。そして──、

「俺はシュドラクの民ではない。奴らの誇りや、大事な約定など塵芥《ちりあくた》も同然だ。必要なのは貴様がもたらした、嘘偽《うそいつわ》りではない事実のみ」

「……俺が、嘘をついてたらどうするんだよ」

「決まっていよう。──命で支払え」

その言葉には、戯れで『死』を物語るものとは一線を画した重みがあった。

アベルは本気で、スバルの言葉が偽りならば『死』で償えと言っている。これは決して遊びでも戯れでもない、本物の覚悟が問われる場面であるのだと。

そのことを感じ取り、スバルは自然と背筋を正していた。

いつしか檻《おり》との格闘をやめ、スバルは目の前のアベルに真《ま》っ直《す》ぐ向かい合う。そのスバルの黒瞳を見据え、アベルの眼光が威圧感を増した。

「心して答えるがいい、ナツキ・スバル。──貴様は、自分が救いたいもののために、全てを犠牲にする覚悟はあるか？」

「────」

問いかけは真っ直ぐ、躊躇《ためら》うことも嘘偽りを述べることも許されない。

ここに虚実を織り交ぜて答えれば命はない。そう、スバルに信じさせるだけの力が、アベルという男の声には込められていた。

アベルの問いかけを、スバルは心で受け止める。

全てを、救いたいものを救うために、それ以外のモノを犠牲にする覚悟があるかと。

その問いかけへの答えなら──、

「──そんな覚悟はない」

「────」

「俺が差し出せるのは、俺だけだ。──それだけなら、全部賭けられる」

刺された右腕ではなく、指を折られた左手を胸に当て、スバルは答える。

これが、アベルの問いかけへの嘘偽《うそいつわ》りのないスバルの答えだ。

何もかも、全てを犠牲にしろと言われ、それを受け入れることなんて到底できない。

そうするには、この世界にはスバルの大事なモノが、まだ見ぬ眩《まぶ》しいモノが多すぎる。

だから――、

「猪口才《ちょこざい》な答えをする。業腹《ごうはら》な道化め」

「――」

「だが、貴様は嘘偽りを述べなかった。ならば、焼かずにおくとしよう」

その答えを聞いて、アベルがそう言ったのをスバルは命拾いしたと実感した。

ドッと冷たい汗が噴き出し、スバルはアベルに自分の命を握られていたのだと解する。

前に、草原で遭遇したときの評価通り、アベルは決して常外の強者ではない。

スバルがこれまで見てきた、あるいは接してきた強者たちと比べれば、常人の領域を出ていない力の持ち主だ。だが、それでもスバルは命を拾ったと感じた。

ただの腕力や剣力とは異なる力が、アベルには宿っているのだと、そう。

「ならば、話は早い。――そこな娘」

「うきゃんっ⁉」

と、命拾いに大汗を流すスバルを余所《よそ》に、アベルが不意に誰かを呼んだ。途端、その声音に反応し、小さな悲鳴が物陰から上がる。

驚いたスバルが振り向くと、アベルの視線の先、檻《おり》からいくらか離れた木陰から、こちらをおずおずと見ていた少女の姿があった。

髪の先を桃色に染めた少女は、スバルたちの視線に慌てて逃げようとしたが——、

「逃げれば機を損なうぞ、娘。それは貴様の本意ではなかろう」

「う……」

機先を制したアベルの言葉に、少女は小さく呻《うめ》く。それから、彼女はバツの悪そうな顔をしながら、おそるおそるこちらへ歩み寄ってきた。

そして、「ウーは、ウーは……」と躊躇《ためら》いがちに唇を震わせ、

「ミーは、男の話は聞くなっテ。でも、ウーは気になル。お前、気になル」

「……俺？」

そう言って、自分をウーと呼ぶ少女がスバルの方を指差した。気になると、そう思いがけない指摘を受け、目を丸くしたスバルに少女は頷《うなず》いた。

「さっき、お前、一生懸命だっタ。ウーたち、危なイ。でも、ミーは聞かなイ」

「あ……」

「どうしテ、あんなに一生懸命だっタ？　お前、ウーたちと関係なイ」

関係ないのに、どうして干渉するのかと。

そのお節介を指摘されたのかと、スバルは一瞬、息を詰まらせた。しかし、少女の言葉にはそうした狙いはなかった。彼女は、純粋に疑問なのだ。

スバルがどうして、スバル自身以外の、シュドラクの民にも必死だったのか。

その答えは、スバル自身にもわからないが――、

「……君に、あの顔をしてほしくないんだと思う」

「――？」

「あんな、憎悪で濁った、敵を睨《にら》まなきゃいけない思いをしてほしくないんだよ」

毒の矢で相手を射抜いて、憎悪の目でその『死』を見届けようとしていた少女。

スバルの目には、今も少女の憎しみと、その憎しみへ至る強烈な出来事の罪悪感が残っている。渦巻いている。棘《とげ》となって痛みを発している。

あんなことは、重なるべきではない。繰り返すべきではない。

『死に戻り』なんて、しないに越したことはない。

それでも、スバルが命を落とすことで、やり直すことになる世界で、関わる人をよりよい道へ進ませる方法があるのなら――、

「俺が、一生懸命頑張る意味は、そこにあると思うんだ」

「……ウー、わからなイ」

スバルの答えを聞いても、少女にはその真意が伝わらない。当たり前だ。『死に戻り』を知らない相手に、こんなことを話しても意味不明なだけだった。

そして、それをわかってもらおうともスバルは思っていない。そんな事実があったことすら、目の前の少女の人生には不要なことなのだ。

「――気は済んだか？　長話をする余裕がないのは、俺も貴様も同じはずだな」

「……あ、ああ、悪い」

そのスバルと少女の会話を、大した興味もないとアベルがバッサリ切り捨てる。

それからアベルが少女の方へ向き直ると、少女も先ほどのスバルと同じような圧迫感を覚えたのか、その小さな体を緊張させ、アベルを見上げた。

「娘、だらだらと貴様と話すつもりはない。先ほどの、ミゼルダといったか。あのものを連れてくるがいい。あれが族長であろう」

「ミー？　ミーと、何を話ス？」

「大したことはない。ただ、提案したいことがあるだけだ」

「提案？」

そうして、首を傾《かし》げるスバルと少女に見られながら、アベルは深々と頷《うなず》いた。

それからやはり、覆面越しで見えないながらも笑みを作り、

「――『血命の儀』を受けると伝えよ。奴《やつ》らを説得するのに、最も手っ取り早い方法だ」

と、そう告げたのだった。

3

「――『血命の儀』ってのは、なんなんだ？」

「誇りや約定《やくじょう》の価値を高く見積もるシュドラクの民にとって、決して無視できぬ習わしの

一つだ。詳しくは奴《やつ》らの方から話してくれよう。それよりも」

スバルの疑問の上辺にだけ答えて、アベルがじろりとこちらを睨《にら》む。

シュドラクの少女は、先のアベルの伝言を族長のミゼルダへ伝えにいっており、この場にはスバルとアベルの二人しかいない。

つまり、密談に使える時間も限られているということになる。

「聞かせてもらおう。森の外の陣地で捕虜になったと話していたな。待遇は？」

「……肩と背中の傷がその功績だよ。あとは、雑用もさせられた」

正確には、雑用と加虐は別々の周回の話であるのだが、スバルはアベルの威圧感に押されながらそう答える。

それを聞いたアベルは「ふむ」と目を細め、スバルの左手を見ると、

「指のことに触れぬところを見るに、それは別件か。さては追っていた女にやられたな」

「うぐ……それが、何の関係があんだよ」

「貴様が、指を折るような女に懸想する馬鹿だという証《あかし》にはなる」

その認識は、スバルとレムの関係を言い表すのに適切とは言えない。が、そこに拘《こだわ》って長々と詳細を話している時間も、そんな義務もなかった。

「雑用ということは、陣の中も見たな。おおよその配置は？　ない頭を絞り尽くして、記憶からそれを引っ張り出せ」

「いくつかの天幕と、陣内の人数くらいなら……おい、何の話なんだよ」

「わからぬのか？　知れたことだ。貴様の見たものを——」

矢継ぎ早に問われ、顔をしかめたスバルにアベルが鼻を鳴らした。

しかし、スバルの問いにアベルは答えられない。それより早く、再び複数の足音がこの檻《おり》へ向かってやってきたからだ。

それは、あの少女に引っ張ってこられるミゼルダと、その一団——、

「ウタカタから聞いタ。お前たちが『血命の儀』を受けると言ったト」

自分の足にしがみつく少女——ウタカタと呼んだ子の頭に手を置いて、髪を赤く染めたミゼルダが真剣な眼差《まなざ》しをスバルたちの方へ突き刺してくる。

それは先ほど、スバルが彼女たちの戦士としての誇りを踏み躙《にじ》ったときの覇気、それに匹敵する刺々《とげとげ》しさを纏《まと》った視線だった。

「いったい、どこで『血命の儀』のことを知っタ？　それは我々、シュドラクの間にだけ伝わっている儀式のはずダ」

「笑わせるな、シュドラクの若き長《おさ》よ。今の世で、貴様らの言い伝えが誰にも知られていないなどと本気で思っているのか？　人間が二人いれば秘密は漏れる。自分たちの結束が一枚岩だなどと、絵空事を望むのはやめるがいい」

ミゼルダの視線が険しくなり、応じるアベルの口上も熱を増していく。

その高圧的な物言いに、ミゼルダだけでなく、彼女の周りのシュドラクの民の表情も強《こわ》張《ば》っていくのが見られ、スバルは内心で大きく唾《の》を呑み込んだ。

現状、アベルの話す『血命の儀』の内容がわからず、話に置いてけぼりにされているのはスバルだけだ。ただ、それがミゼルダたちにとって大事な儀式であることと、その思いを蔑《ないがし》ろにするアベルが歓迎されていないことは確実。

だから、スバルはこれ以上の混乱を防ぐために、「あの！」と声を上げた。

「盛り上がってるところ悪いんだけど、『血命の儀』について教えてもらえないか？　たぶんそれ、俺にも無関係じゃないんだよな？」

「……何故《なぜ》、お前はそう思ウ？」

「いや、さっきこっちの覆面野郎に脅されたんだよ。何もかも犠牲にできるかどうかみたいな感じで。できるわけねぇだろってのが俺の答えだったんだけど」

「ならバ……」

「俺が賭けられるのは俺だけだよ。ちょっと自分の影響力をでかく見積もりすぎだろ」

何もかもを犠牲に、なんて発言はよほど力のある人間だけに許されたものだ。

残念ながら、ここでシュドラクの民に捕まって手も足も出ないスバルとアベルには、そんな大仰な選択を前にする資格すらないだろう。

だから、賭け金は自分の手札にあるものだけ。現状、ナツキ・スバルのみ。

「でも、アベルの言う通り、俺もミゼルダさんたちに話を聞いてもらわなくちゃ困る。さっきの話の繰り返しになっちまうが、何度でも言わせてもらう。最悪、俺は俺の大事なモノを守るために、せめて出してもらわなきゃ困るんだよ」

「……なるほどナ。どうやら、『血命の儀』を受ける資格はあるようダ」

どうにか話を成立させたいスバルの訴えに、ミゼルダがそう小さく呟《つぶや》いた。

その答えにスバルは目を丸くし、アベルが微《かす》かに喉を鳴らす。だが、そんなミゼルダの呟きを聞いて、過剰反応したものが一人いた。

それはミゼルダを囲む集団、彼女の隣に並んでいた、髪を青く染めた女性だ。

「姉上！　本気なのですカ？　こんな男たちの話を真に受けテ……」

「真に受けたわけじゃないサ、タリッタ。ただ、打ち捨てるには惜しいと思っただけダ」

「姉上……」

タリッタと呼ばれた女性は、姉上と呼んだミゼルダの言葉に顔を伏せる。

どうやら二人は姉妹であるらしく、言われてみればなるほど、目力の強さが印象的な顔立ちは確かによく似ている。

そうして、妹の言葉を退けたミゼルダが、改めてスバルの方を見やると、

「『血命の儀』について聞いたナ。それは我らシュドラクに古くから伝わル、一族へと己を認めさせるための儀式ダ。成人の儀と言ってもいイ」

「成人の……ああ、そういうやつか。けど、俺たちは別に……」

「シュドラクの民ではない。そのようなこと、言われずとも全員わかっている。戯《たわ》けたことで時間を無為にするな。重要なのは、儀式の本質だ」

シュドラクの成人扱いされるための儀式と知り、戸惑うスバルにアベルが呆《あき》れる。その

言いように頬《ほお》を引きつらせ、しかし、スバルも彼の言いたいことを理解した。

成人の儀の本質は、その集団において挑戦者が一人前であることを認めさせることにある。つまり、『血命の儀』の本質というのは――、

「シュドラクの人たちに、対等に話を聞いてもらうための通過儀礼……」

「そういうことだ」

スバルの思考を肯定し、アベルが腕を組んでミゼルダを見る。すると、その視線を受けたミゼルダも顎を引いて、

「『血命の儀』に挑むというなラ、覚悟をしてもらうゾ」

「撤回すれば俺たちを解放するとでも言うのか？　生憎《あいにく》と、そのような都合のいい話に期待するほど世俗とズレた頭は持っていない。俺も、このナツキ・スバルも同様だ」

「うえ⁉」

勝手に盛り上がる両者の間、やる気満々の一人に組み込まれたスバルは驚くが、アベルはこちらを意に介そうともしていない。

そのペースに呑《の》まれながらも、スバルは「どうすル？」と聞いてくるミゼルダに、

「……やるよ。他に方法がないんなら、その儀式を受けて話を聞いてもらう。ただし、何日もかかるような儀式じゃ困るんだが」

「そうだナ。我々もそれは望まなイ。それならバ……」

「姉上、だったラ、エルギーナがよいのでハ？」

儀式を受ける覚悟を決めたスバル、その提案に考え込むミゼルダへタリッタが助け舟を出した。その妹の提言に、ミゼルダは深く頷《うなず》くと、

「それがいイ。『血命の儀』ハ、それが行われるときにある最も大きな困難が選ばれル」

「最も大きな困難……それが」

「――エルギーナ」

ごくりと唾を呑んだスバルに、ミゼルダが重ねてその単語を口にした。

と、それを聞いたウタカタが肩を跳ねさせて縮こまり、シュドラクの女性たちもいくらかの緊張感に包まれる。

戦士の自負がある彼女たちの反応は、スバルの不安を触発するのに十分すぎる。

しかし――、

「俺も貴様も、後戻りすることはできん。覚悟はよいな？」

「勝手に話を進めたくせに、偉そうじゃねぇか。お前、俺に貸しを作ってるからって、やりたい放題が過ぎるだろ……」

ナイフ一本譲ってもらった恩があるが、ここでのやり取りでそうした奥ゆかしい気持ちは全てが吹っ飛んだ。もちろん、スバルの失点を取り返し、彼女らに話を聞いてもらえる余地を作ってくれたことにも感謝してはいるが。

と、そんな緊張感のない二人を余所《よそ》に、ミゼルダが周りの同胞に指示を出し、

「アベルとナツキ・スバル、お前たち二人ヲ、エルギーナの下へ連れてゆク。見事、『血

命の儀』を遂げられるカ、証明してみヨ！」

そう言って牢《ろう》が開かれ、スバルとアベルの二人が外へ連れ出されたのだった。

4

牢から出されたスバルとアベルの二人は、目隠しや拘束もされず、シュドラクの民に囲まれながら集落の外を歩かされていた。

鬱蒼《うっそう》とした深い森、それは暗闇の中を手探りで歩いているようなもので、スバルは何度も足下を危うくし、そのたびに周りのシュドラクに助けられていた。

「っと、悪い。また支えてもらって……」

「大丈夫ヨ～。私、力持ちだから全然平気だもノ～」

そう言って、転びかけたスバルを髪を黄色く染めた女性が支えてくれる。

喋《しゃべ》り方や顔立ちの柔らかい、ふくよかな体形をした女性だ。引き締まり、筋肉質な女性が多いシュドラクの中では珍しいタイプだが、とても親しみやすい雰囲気だった。

「ケガの調子は平気なノ～？　手当て、私がしたノ～」

「あ、これ、君がしてくれたんだったのか。ああ、大丈夫だ。まだ少し、いやかなり、っていうかだいぶ痛いけど、マシ」

「あははは、正直者さんなノ～」

そう言って、のんびりと笑ってくれる態度にも救われる。実際、傷の手当てもしてもらっていたのだから、二重の意味で救われたというべきだろう。

大らかで優しい、そんな雰囲気の女性にスバルも自然と心が緩む。ただ、彼女が片手にずっと骨付き肉を携帯しているのが大いに気になる。

「ウン？　お腹《なか》減ったノ～？　お肉食べたいノ～？」

「あ、いや、大丈夫。腹減ってないわけじゃないんだけど、食べると動けなくなるし」

「あはハ、それはそうなノ～。それにお腹いっぱいだと死ぬときも苦しむノ～」

「はは……」

はむはむと骨付き肉をかじりながら、優しげな風貌でも彼女はシュドラクだった。

ともあれ、そんな調子でどこぞへスバルたちを案内するシュドラクの民に、こちらへの敵意のようなものは感じられない。

ミゼルダもそうだったが、スバルたちが『血命の儀』を受ける覚悟を決めた時点で、すでに最初の交渉失敗の影響は引きずっていないようだった。

つまり、儀式の結果はどうあれ、彼女らの心象回復は成功したということだ。

これならばひょっとすると、仮に儀式の成果が芳《かんば》しくなかったとしても、改めて交渉のテーブルにはついてもらえるかもしれない。

「――などと、都合のいいことを考えている顔だな」

「……人の顔色だの目つきだので、あれこれと考えを読み取るな。あんたもそうだけど、帝国人ってそういう人ばっかりなのか？」

「貴様の辟易《へきえき》の原因など知らぬし、誰と比べているかも興味はない。ただ、帝国の人間は生きる上で相手をよく見ることを学ぶ。王国人とはその差があろうよ」

「相手をよく見る、か……」

一緒に連行中のアベル、彼の言葉にスバルは感じ入るものがあった。

「時に、だ。貴様は今のうちに逃げ出そうとは思わないのか？」

「……そういう妙な誘惑かけるのやめてくれねぇか。考えなくはないけど、やらねぇよ」

「ほう、何故《なぜ》だ？　今ならば、あの牢《ろう》の中にいたときよりも逃げ場はあろう。うまく隙を作れば、シュドラクの目を掻《か》い潜《くぐ》れるやもしれんぞ」

「そりゃ、頭がカッとなってたときはそんな無謀にも走りかけたけど……」

アベルの愉快犯的な言葉に、スバルは改めて周囲を見る。

森の闇は深く、スバルには数メートル先も見通すことができない。挙句、スバルが戻らなくてはならない陣地の方角と距離も曖昧で、逃げても先がない。

その上、周囲のシュドラクは全員、両手が故障したスバルよりずっと上手《うわて》だ。

「――？　どうかしたノ～？」

「きっと、ホーに見惚《みほ》れタ。ホー、村で一番美人」

「わひゃ～、私、困っちゃうノ～」

スバルの窺《うかが》う視線について、隣の女性とウタカタがそう話している。

嫌々と首を横に振る女性は頬《ほお》を赤らめ、大変可愛《かわい》らしいが、隙がない。きっと、スバルが逃げ出そうとしても一瞬でねじ伏せられておしまいだ。

「それに俺が逃げたら、あんたはいったいどうなるんだよ」

「――。なるほどな。つまり、貴様はそういう輩《やから》か。唾棄《だき》すべき、くだらぬ英雄願望」

「あんだと？」

視線を切り、吐き捨てるようにアベルがそう言った。

その言われようにカチンときて、スバルはその覆面に隠れた横顔に噛《か》みつこうとする。しかし、その真意を問い質《ただ》すよりも早く、先頭を行くミゼルダの足が止まった。

「ここダ」

「ここって、何にも見えねぇんだが……」

掲げた松明《たいまつ》が周囲を照らしても、見えるのはせいぜいが数メートルの範囲。スバルには変わらぬ森の光景が広がっているようにしか思えない。

ここに、いったい何があるのかと――、

「ゆけばわかル」

「だぉ――ぁっ!?」

暗闇に目を凝らし、前のめりになったスバル。その背中が後ろに回っていたタリッタに押され、一歩、二歩と踏み出したところで足が空を切る。

足場が失われ、踏ん張る根拠が失われた証《あかし》だ。

「この感覚……またかよぉ!?」

思わず声を張り上げながら、スバルは地面の空白――正確には急斜面だ。その斜面に足をついて、ひっくり返らないよう滑り落ちていく。

そのまま急斜面を駆け下り、どうにかこうにか斜面の下で息をついた。

「あ、危ねぇ……とっさに手もつけないってのに、いきなりぃっ!?」

「どけ」

かろうじて立ち止まった背に、強烈な衝撃があって結局前のめりに倒れる。恨めしく背後を見れば、スバルの背にぶつかったのはアベルだ。

どうやら彼も、スバルと同じように急斜面に押し出されてきたらしい。

「見たとこ、穴の底ってわけじゃなさそうだが……ここが儀式の？」

「で、あろうよ。さて、あとは何が出されるか。エルギーナ、と言っていたな」

「あんた、心当たりあったりは？」

「エル、とは大きなという意味ではあるが……む」

斜面の下、追い落とされたスバルとアベルの会話中、何かが投げ込まれる。アベルの足下に転がったそれは布の包みだ。

その、包みの中から顔を覗《のぞ》かせていたのは――、

「俺の荷物と、貴様のゴミだな」

「俺のも荷物だよ！」

放り込まれたのは、スバルとアベルの取り上げられた装備だった。

中にはギルティウィップはもちろん、スバルの背中に刺さっていたナイフ――アベルからもらったものが、巡り巡ってこの場に戻っている。

アベルも、自分の剣やマントを拾い、素早く身に着けていた。

「けど、なんだってこれが……」

「ウーたちが見てル！　頑張レ！」

アベルに倣い、装備を取り戻すスバルの疑問に甲高い声が答えた。見れば、斜面の上で両手を振る少女、ウタカタが装備を投げ入れてくれたらしい。

ミゼルダやタリッタも、そのウタカタの行為に声を上げなかった。このぐらいの助力は儀式の進行を妨げない、ということか。

「それジャ、頑張ってほしいノ〜っ」

「マジか……」

先ほどの、髪を黄色く染めた女性がのんびりとした声で、のんびりとした調子で、のほほんと微笑《ほほえ》みながら、大岩で斜面の入口を塞ぐのが見えた。

信じ難い怪力――あの強固な即席の檻《おり》が誰の手で作られたのかがわかる。

そうして入口に蓋をされてしまえば、スバルたちが落とされたのは、左右に二十メートルほどの広さがある谷間の空間だ。

蓋をされた入口と反対、スバルたちの正面には闇が広がっているが、真《ま》っ直《す》ぐ突っ切るように走れば逃がしてもらえる、なんて甘い考えは捨てるべきだろう。

「ナツキ・スバル、両手はどれほど動く？」

「あ？　両手……見ての通りだよ。右手は上がらねぇし、左手も強くは握れない。もちろん、細かい作業も無理で……うお!?」

「マシな方の指に嵌《は》めておけ！　時間がないぞ」

そう言って、アベルが自分の持ち物から一個の指輪をスバルへ放り投げた。それをとっさに受け取り、スバルは有無を言わせぬ彼の言葉に、指輪を左手の中指に嵌めた。

黒い宝石の嵌め込まれたもので、高級感と共に奇妙な威圧感がある指輪だ。

「こいつは？」

「魔を封じた指輪だ。使う前に口付けしておけ。限度はあるが、火を吐き出す」

「は？　魔？　口付け？　いったい何を……」

「――くるぞ」

展開の速さについていけないスバルを置き去りに、アベルが自らの剣を抜いた。そうして瞳を細めた彼につられ、スバルも慌てて鞭《むち》を手に取る。

そうやって、一応の装備の準備が整ったところで――、

「……おいおい、冗談だろ」

出口を塞がれた斜面を背に、アベルと並んだスバルは眼前のそれに唖然《あぜん》となる。

ゆっくりと地面を這《は》い、暗闇の中からぬっと姿を見せたのは、ぬらぬらと濡《ぬ》れそぼって

見える光沢をした緑の鱗《うろこ》の集合体――大蛇だ。

このバドハイム密林で、すでに二度も遭遇した大蛇の魔獣。

「まさか、エルギーナ……？」

「――ッッ!!」

息を呑《の》んで、おそるおそる確かめたスバルの呟《つぶや》き。

大蛇は大口を開け、まるでそれを肯定するように大きな大きな咆哮《ほうこう》を上げた。その猛烈な風圧を全身に浴びて、スバルは身を硬くする。

エルギーナ＝大蛇、そして『血命の儀』は最も困難な問題へぶつけると。

だとしたら、此度《こたび》のスバルとアベルが突破しなくてはならない壁は――、

「さあ、戦うがいイ、戦士の証《あかし》を立てヨ！　シュドラクの、狩りの眼《まなこ》が見届けル！」

「だあああ！　やっぱりかぁ!!」

崖の上、眼下で魔獣と向かい合うスバルたちへ、ミゼルダの威勢のいい声と、それから他のシュドラクたちの「わあ――！」と高く高く囃《はや》す声が響き渡る。

その歓声とも声援ともつかない声に見守られながら、大蛇が身構えて――、

「――くるぞ、ナツキ・スバル！」

「見えてるよ！　クソ、ここんとこずっと試されてばっかりだ！」

と、スバルの嘆きを塗り潰す勢いで大蛇がうねり、『血命の儀』が始まった。

5

――バドハイム密林に生息する、魔獣『エルギーナ』。

アベルの話では、エルとは『大きい』という意味らしいので、蛇《へび》という単語はギーナの部分にかかっているのだろう。

あるいはそれも、シュドラクの民の独特の呼び名であるのかもしれない。

いずれにせよ、それを検証し、文化人類学の歴史に貢献するのは後回しだ。

「今は目の前の敵への対処が優先――っ！」

ぐわっと大口を開け、鋭い牙を剥《む》き出しながら飛びかかってくる大蛇。その体長は十メートル以上もあり、意思を持った大樹が森で暴れ回っているかのようだ。

その胴体も丸太を何本もより合わせたように太く、振り回される尾の勢いも、掠《かす》めるだけで十分に重傷を負わされる威力がある。

いつものことだが、魔獣とはフィジカルからして人間を殺すつもりでいるのだ。

「ベア――」

子、とこの場にいないパートナーの名前を呼びかけ、スバルは奥歯を噛《か》む。

とっさの事態に遭遇した際、スバルは考えるよりも早く、相棒であるベアトリスの判断力と対応力に委ねることを最善としてきた。

それが、現状ではスバル自身の対応力不足として現れる――。

「まず……っ」

「たわけが！　呆《ほう》けている場合か！」

しくじったと顔を強張《こわば》らせた直後、怒声と共にスバルの後頭部が髪の毛ごと掴《つか》まれる。

そのまま「ぎえっ」と悲鳴を上げ、のけ反ったスバルが引きずり倒された。

その倒れたスバルの頭上を、大蛇の牙が容赦なく閉じ、強烈な音が発生し、大気が噛み殺される。同時、巻き起こる噴煙と風が大地を豪快に吹っ飛ばした。

「うおおお――っ」

「何度も言わせるな、愚か者が。息を潜めろ」

ガッと頭を押さえつけられ、「うごっ」とスバルは土の上にねじ伏せられる。見れば、同じく土煙に塗《まみ》れたアベルが、自分ごとスバルをマントの中に包み込んでいた。

二人でくるまるにはサイズ不足なため、スバルはアベルに馬乗りになられていたが。

「な、何のつもり……って、そうか！『姿隠し』！」

「そうだ。息を殺していれば、とっさに奴《やつ》もこちらを見つけられぬ。……それにしても運のない。『血命の儀』が腕試し以外であれば、目もあったものを」

すぐ間近で大蛇の気配を窺《うかが》いながら、アベルの瞳に怒りと悔しさが混じる。

その言いようから、スバルにも彼の考えが痛いほどわかった。

『血命の儀』の内容は、どうやら毎回異なるものとなるらしい。

中にはきっと、魔獣と戦う以外の方法もあったことだろう。しかし、スバルとアベルが放り込まれたのは、大蛇と戦って戦士の証《あかし》を立てる道だった。

「こっちの両手は故障中で、アベルの剣技は二流……クソみたいな状況だ」

「二流とは言ってくれる。貴様など現状、俺の足を引っ張る腕も使えぬ有様ではないか」

「言い返す口は残ってんだよ……そうだ、さっきの話だが」

朦々《もうもう》と噴煙の立ち込める中、スバルは左手を掲げ、中指の指輪を見せた。

アベルに投げ渡された、説明不足の指輪だ。口付けとか火が出るとか、あれこれとわけのわからないことを言っていたが――、

「どう使う？」

「言ったはずだ。宝珠に口付けし、所有者と認めさせろ。あとは魔法を使う感覚だ」

「なんだその、ラノベの武器みたいな指輪……！」

半信半疑に指輪を見ながら、スバルはその説明に顔をしかめる。と、そんなスバルの感想を余所《よそ》に、アベルは噴煙の向こうの大蛇の動きを窺《うかが》っている。

牢《ろう》の中では余裕のあった彼も、現実的な脅威を前にしては緊迫感を隠せない。深い息を重ねながら、アベルはぎゅっと剣の柄《つか》を握りしめ、

「接近できても、あの鱗《うろこ》を貫けるかは危ういな。鱗のない部位……目か口、あるいは鱗の薄い部位を狙わなくては攻撃が通らぬだろう」

「そのための隙を作らなくちゃ無理だろ。どうにかして……」

「その隙を貴様が作れ。何のために、俺と貴様の二人がかりだ？」

「言おうと思ってたけど、人に囮《おとり》になれって言われんのムカつくなぁ……！」

とはいえ、装備の内容と体調的にも役割分担はそれしかない。

スバルがサポート、アベルがオフェンスというわりと見慣れた役割だ。相変わらず、アシスト役しか務まらないのがナツキ・スバルの役どころ。

「現状、魔獣はこちらを見失っている。指輪の炎で奴《やつ》の注意を引け。その隙をつく」

「ああ、わか──」

アベルの作戦に同意と、スバルもそう考えたところで、ふと違和感を覚えた。

違和感の正体は、魔獣『エルギーナ』だ。

大蛇の姿をした魔獣、その巨大さからアナコンダなどに相当するサイズ感だが、脅威度は積極的に人間を狙うことからアナコンダよりも上。

そして、相手が蛇《へび》型の魔獣であるなら、その生態が蛇に近いものだとしたら──、

「──っ」

戦慄した瞬間、スバルは無意識に指輪に唇を押し付けていた。それから指輪を頭上へと伸ばし、アベルの睨《にら》みつける噴煙の方へ向ける。

その行為にアベルが疑問を抱くよりも早く、スバルが唇を開いて──、

「──ゴーア」

瞬間、噴煙を突き破ってスバルたちを狙った大蛇の鼻面で、炎が炸裂《さくれつ》した。

6

――ピット器官と呼ばれるそれは、蛇《へび》の持つ熱感知器官のことだ。

森や岩陰などに生息し、夜行性であることが多い蛇には、暗闇でも獲物の位置を把握するためにピット器官が備わっている。それにより、獲物の温度を探知して、闇の中でも蛇は素早く獲物を捕捉、捕食することを可能としているのだ。

この原理が応用されたものがサーモグラフィーなどと呼ばれる代物だが、蛇はそれを天然で有している、まさしく暗闇の中の暗殺者なのである。

そして忌々《いまいま》しいことに、この大蛇にもピット器官は備わっていたらしい。

「――――ッッ」

じりじりと忍び寄り、襲いかかる瞬間を迎え撃たれた大蛇。鼻面を焼いた火力に絶叫する大蛇が顔を跳ね上げると、アベルが即座に斬りかかった。

好機を逃さないアベルの剣撃、最も貫通力のある刺突が大蛇の喉元へ迫り、鋭い刃《やいば》が魔獣の鱗《うろこ》を深々と抉《えぐ》る――かに思われた。

「く……っ！」

アベルの呻《うめ》き声があり、衝撃に彼の右腕が弾《はじ》かれる。

先端を浅く鱗へ突き刺したところで、剣撃はそれ以上の侵入を阻まれた。体勢がよかったとは言えないが、渾身《こんしん》の一撃だったのは間違いない。それが、通らなかった。

「もっぱぁっ!!」

後ずさるアベルを睨《にら》み、追撃を放とうとした魔獣の横っ面に火球が衝突する。

熱風と共に赤い光が炸裂《さくれつ》し、密林の湿った空気が焼かれるが、大蛇へのダメージは微々たるものだ。魔獣は長い舌を出して焦げた頬《ほお》を舐《な》めると、その黄色い瞳をスバルの方へと向けて、大口を開けて咆哮《ほうこう》した。

「クソ――ッ」

たったの一合、戦い始めてから三十秒ほどしか経《た》っていない。

だが、たったそれだけの時間で、すでにスバルとアベルの勝算がないのがわかった。アベルの剣は鱗を突破できず、故障者スバルの小細工も相性が悪い。

元々、圧倒的な暴力には勝ち目がないのが、スバルの限界でもあるのだ。

「ゴーア！　ゴーア！　重ねてゴーアぁ!!」

飛びかかってくる大蛇へ向け、スバルは左手を振るい、闇雲に魔法を連射する。

一発ごとに光を放ち、指輪の炎が魔獣を外れ、谷間の戦場の崖を崩し、スバルたちと魔獣とを一時的に分断する。

「おい、ミゼルダさん！　こいつは――」

かなりきついと、そう訴えようとしたスバルは息を呑《の》んだ。

頭上、スバルたちの奮戦を見守っているシュドラクの民――彼女らが全員、矢をつがえてスバルたちへ狙いを付けていたからだ。

「――――」

表情を消し、冷酷に獲物を見定める眼差《まなざ》しをしているシュドラクの民。

それはミゼルダも、タリッタも、あの黄色い髪の穏やかな女性も、ウタカタさえも、誰一人例外なく、スバルたちを冷たく睨《にら》みつけていた。

「一度始めた儀式だ。『血命の儀』に逃げ道はない。あれを打倒せねば、貴様の望みは叶《かな》わぬどころか、その命さえも拾えはせぬ」

シュドラクの冷たい眼差しを受け、凍り付くスバルにアベルが告げる。

それはこうしてヴォラキアへ飛ばされ、帝国の陣地からここまで幾度も感じさせられた死生観の違いだ。――彼女たちは笑い合った相手と、一秒後には殺し合いができる。

ウタカタを見れば、それが幼い頃から染みついた死生観なのだとわかった。

その死生観の是非を、ここで問うことに何の意味もない。

ここは主義主張をぶつけ合い、相手を論破することが求められる場ではないのだ。

必要なのは、彼女らのルールに則《のっと》り、『血命の儀』に勝利すること。

「胴体の鱗《うろこ》は抜けん。心の臓を貫くのが無理なら、目や口から脳を狙うか？」

「弱点は脳、ってのは生物共通の弱点だが……たぶん、それも難しい。なら、俺たちの狙う勝利条件は、もうちょぴっと上だ」

「――上」

大蛇の撃破は困難。ならば、魔獣が共通して有する弱点を狙うしかない。

「角を折れば、魔獣は折られた相手に服従する。――そこしかない」

「策は」

「さっきの提案通り。俺が囮《おとり》、攻撃役は怪しい覆面男」

「怪しい？　ここにいるのは高貴な覆面男だけだな」

口の減らないアベルとやり取りし、スバルは深々と息を吸って、吐いた。

勝利条件を共有し、やるべきことは固まった。

背後と頭上、シュドラクの民の凍えた眼差しに見張られたまま、スバルたちは戦士の証《あかし》を立てるべく、森を我が物とする大蛇へと挑む。

戦士の証なんて、似合わないし欲しいとも思わないが――、

「それがなくちゃお前のところにいけないなら、俺はそれを手に入れる」

――帝国兵の陣地に残してきてしまったレムを思い、スバルは強く踏み出した。

「――――ッッ」

砂煙を突き破り、大口を開けた大蛇が突っ込んでくる。

正面、その大蛇目掛けて、スバルは左手を突き出した。それを見て、大蛇の黄色い瞳が警戒を帯び、口を閉じて頭部を横へずらす。

最下級の炎は大したダメージにはなっていなかったが、当たるのを拒ませる程度には大蛇の嫌悪を引き出せていたらしい。

その警戒心が仇《あだ》になった。今、スバルの左手に指輪は嵌《は》められていない。

「左手の狙いはお前の面じゃなく、その上だよ！」

そう言いながら、スバルの左手から投じられたのは鞭《むち》の先端だ。

右でも左でも、ほとんど変わらず扱えるように師匠のクリンドには技を仕込まれた。肩より上に上がらない右手より、指二本でもまともに動く左手を酷使する。

鞭の先端が狙ったのはもちろん蛇《へび》の鱗《うろこ》ではなく、その蛇の頭上、生い茂る密林の太い枝だ。そこに鞭を絡ませ、スバルの体が勢いよく跳ね上がる。

「——っ！」

勢いよく飛び上がったスバルを追いかけ、体を伸ばした蛇の顎《あぎと》が迫る。

とっさに膝を畳んでいなければ、スバルの体は閉じた牙に引っかけられ、両足の腿《もも》から下が引きちぎられていたに違いない。

「——っ、姉上！　あの男ガ、逃げル!!」

「いヤ——」

急上昇し、戦場となった谷間の上を旋回するスバルの姿に、矢をつがえるタリッタが悲鳴を上げた。が、そのスバルへ向けられる弓を、ミゼルダが手で下ろさせる。

そして、ミゼルダは緑の瞳を輝かせると、

「逃げるんじゃなイ、戦う気ダ!!」

喝采するように叫んだミゼルダの視界、鞭でスバルは空をぐるぐると旋回する。

まるで、遊園地の空をぐるぐると回りながら飛ぶアトラクションのような旋回軌道を描いて、スバルは右手の指輪で崖の縁《へり》に狙いを付ける。

「ごおおぉぉぉぉ――!!」

それは詠唱というより、雄叫《おたけ》びのような声だった。

そうして声を上げるスバルの右手から溢《あふ》れ出す炎が、崖の縁――谷間へ向かって伸びている蔦《つた》や枝に燃え移り、凄《すさ》まじい業火となって谷間を焼く。

「うきゃあああ――!?」

「わわわわ！　ウタカタ、危ないノ～！」

「あああ、姉上！　姉上！　本当にいいんですカ!?」

燃え上がる谷間の光景を見て、戦場を見守っていたシュドラクたちが騒ぎ始める。

ウタカタと黄色髪の少女が抱き合い、タリッタがスバルを射抜く許可を姉に求めた。だが、目を輝かせるミゼルダはその訴えに気付いていない。

ただただ、ぎゅっと拳《こぶし》を握り、瞳を釘付《くぎづ》けにされていた。

「いいゾ、いいゾ、面白いゾ！」

「あああああぁぁぁぁ――っ!!」

ミゼルダの喝采と、スバルの息が切れる前の最後の叫び声が重なった。

炎をまき散らした指輪の光が消えて、最後《さいご》っ屁《ぺ》となる吠《ほ》え声に呼応し、射出される火球が崖の一部を崩し、落石を避けるように大蛇が下がった。

しかし――、

「――――」

じりじりと下がった大蛇は、自分の周囲に逃げ場がないことを理解する。

すでに谷間は倒木にも火が燃え移り、煌々《こうこう》と輝く炎は松明《たいまつ》の光さえも必要としない。

何より、これだけ盛大にまき散らされた炎は――、

「大方、熱を見るといった手法か。――それも、もはや通用せぬ」

『姿隠し』のマントに自らを隠し、飛びかかるアベルの姿を大蛇に見失わせた。

「――――ッッ!!」

危険な気配を察し、大蛇が猛然と瞳を光らせる。が、頭上には瘴気《しょうき》を漂わせるスバルの存在があり、熱感知は炎によって死に、アベルの姿は透明化している。

大蛇にできたのは、その場から火勢の少ない道へ飛び込むことだけだった。

そしてそれは、スバルが炎をばら撒《ま》きながら作った偽《いつわ》りの逃げ道――、

「はあああぁぁ――!!」

瞬間、逃げ道へ飛び込む大蛇の頭部へ、崖から飛び降りるアベルが襲いかかった。

振りかぶられた剣が弧を描き、蛇《へび》の頭部にあるねじくれた角へと銀閃《ぎんせん》が奔《はし》る。それは斜めに角の中心へ侵入し、一気に両断せんと――、

「――――ッッ」

角が斬り飛ばされ、魔獣が自我を喪失する決着の寸前だった。

大蛇が最後の苦し紛れに頭部をひねり、剣撃から逃れようとする。だが、悪足掻《わるあが》きは悪足掻き。そんな苦し紛れは成立しない。――それが、戦士の一撃であったなら。

「が――ッ」

ひねった頭部に剣閃《けんせん》をずらされ、アベルの一撃が角の半ばで止まる。そのまま、さらに腕に力を込めて一撃を再開する前に、薙《な》ぎ払われる尾がアベルを捉えた。

衝撃に揉《も》まれ、アベルの細い体が真横へ吹っ飛ばされる。受け身も取れず、アベルの体は火の手に包まれる谷を転がり、咳《せ》き込む喉から血を吐いた。

「かふっ……く、ぬかった……ッ。あの戯《たわ》けもののようにはいかんか……」

土の上に這《は》いつくばり、血を吐くアベルへと大蛇が顔を向ける。

千載一遇、逆転の好機に双眸《そうぼう》を凶気にぎらつかせ、大蛇が滑るようにアベルへ迫った。

一撃を受けたアベルは立てず、『姿隠し』にくるまる余裕もない。

大口が開かれ、大蛇らしい丸呑《の》みがアベルへ襲いかかる。

それを目の当たりにしてしまえば、もはや考える暇はなかった。

「俺は、『死に戻り』して――」

いると、そう口走ったのはずいぶんと久しぶりのことだった。

だが、プレアデス監視塔の中、『死者の書』で自分自身の足跡を追体験したスバルにとっては、そうして魔獣を引き寄せようと試みた経験も先日のことのように鮮明だ。

だからこそ、とっさの瞬間、この手が思いついたとも言える。

「ぎ、が――ッ」

世界から色が抜け落ち、音が消えて、空気の流れさえ感じなくなると、代わりにスバルの下へやってくるのは、静止した世界へ溢《あふ》れ出る黒い影だ。

それは『試験』を片付け、シャウラを失い、打ちひしがれるスバルの下へ押し寄せた、あの膨大な量の黒い影と同質の存在――、

『――愛してる』

「……ああ、耳にタコだよ」

短い一言に、スバルもまたそう応じる。

直後、滑り込んだ掌《てのひら》に心の臓を握られ、全身が指先からすり潰されるような激痛、視界が赤く染まったというより、眼球が破裂したような衝撃がスバルを破壊する。

慣れることのない痛みと、終わりを予感させない執着と絶望感。

しかし、それがやがて遠ざかれば――、

「俺を、見ろぉ――っ!!」

世界に色が、音が、臭《にお》いが感触が戻った直後、スバルは力強くそう叫んだ。

その存在の回帰に伴い、膨れ上がる瘴気《しょうき》を感じ取った大蛇が振り向く。目の前の、いつでも殺せるか弱い覆面男ではなく、頭上の元気で臭《くさ》いスバルへと。

「頼んだ、ぜ――！」

振り向いた大蛇と目が合う瞬間、スバルは右手の指輪に口付けしていた。

そこから一気に鞭《むち》を手放し、スバルの体が放物線を描いて大蛇へと飛ぶ。──その頭部へと届かせるには、振り向いてもらわなければならなかった。

『死に戻り』の告白はそのために。アベルを死なせないためも、ちょっとある。

そして──、

「あ、あああぁぁぁぁ──っ!!」

大蛇の上顎に足をかけ、無様につんのめるように前に飛んだ。

眼前、その半ばまで刃《やいば》を埋めた白い角があり、あと一歩で角を断ち切れるだろう刀剣、その柄頭《つかがしら》へとスバルは渾身《こんしん》の右拳《こぶし》を叩《たた》き込んだ。

無論、ただのスバルの拳撃で、この太い魔獣の角が断ち切れるとは思わない。

だが、それはただの拳撃ではない。──魔力のこもった、魔石ごとの一発だ。

柄頭と衝突した指輪の宝珠が割れ、赤い光が漏れる。

刹那、漏れ出した赤い光は膨れ上がり、スバルの右腕と、大蛇の頭部の角を中心に爆裂を起こし、全ての視界と音が消し飛んだ。

「────」

ぐるぐると、回転しながらスバルは地面へ落ち、二転三転と転がる。

全身を激しく打ち付けたが、それがもたらした被害のほどもわからない。ただ、右半身が焼けるように熱く、どういう状態なのか見ることもできない。

仰向《あおむ》けの体が痙攣《けいれん》を起こし、黄色い胃液を口の端からこぼしながら、倒れているスバルは地響きを感じる。それが、スバルのすぐ真横に頭を落とした大蛇の倒れた震動だったのだと、我が事の一大事に瀕死《ひんし》のスバルは気付けない。

だが——、

「——ナツキ・スバル！　おい、ナツキ・スバル！　立て！　今すぐ立て！」

もはや、意識すら一本の千切れかけの糸で繋《つな》がっているような状態のスバルへ、乱暴に駆け寄った誰かがそう呼びかけ、体を揺すられる。

もう、何も考えられない。

今すぐに、意識を手放させてほしい。痛みと、熱さと、渇きと苦しみと、とにかくこの世に存在するあらゆる悪い言葉が頭の中で渦巻いていて——、

「立って、言うべきことがあろう！　女を、レムという女をどうする！」

「——ぁ」

「貴様の口から語れ！　貴様の望みを、俺の口が語ることはできん！」

強く熱い訴えを無理やり耳にねじ込まれ、その上、体を引き起こされる。頭と足のどちらが上なのか、それもわからないような状態なのに、引き起こされた。

体は持ち上がらない。たぶん、上半身だけ何とか起こしたような状態で。

「聞け、シュドラクの民よ！　見ての通りだ！　『血命の儀』を果たし、俺たちは戦士の証《あかし》を立てた！　ならば、同胞たる貴様らにはすべきことがあろう！」

「——あア、シュドラクの族長、ミゼルダが見届けタ！　戦士ヨ、我が同胞ヨ！　何を望

ム！　何をしろと叫ブ！」

すぐ真横と、頭上からの声がガンガンと頭の中に響き渡る。

まるで、脳みその防御がなくなったみたいに素通りして聞こえる声、それらの意味がよくわからないながらも、肩を揺すられ、頭を揺すられ、魂を揺すられる。

「答えろ、ナツキ・スバル。貴様の望みを語れ。貴様の全てを、絞り尽くせ」

「――お」

「その閉じた瞼《まぶた》の裏に、己が欲するものを描け。己が望みを語れぬものに与えられるものなどない。――怠惰《たいだ》な豚に、くれてやる餌などないのだ！」

閉じた瞼の裏に、欲するものを思い描け。

銀髪の少女が見える。クリーム色の髪をした幼い少女、桃色の髪の少女、灰色髪の青年や金髪の少年、他にもたくさんの、人の顔が、見えて。

――青い髪の少女が、その人たちの中にいるのが嬉《うれ》しくて。

「れむ、を……」

「なんだ!!」

「た、すけて……」

「――――」

ぽろぽろと、自分が剥《は》がれ落ちるような感覚を味わいながら、スバルの唇がそう紡ぐ。

それをした途端、肩を、おそらく肩だろう部分を掴《つか》む手に力がこもった。

そして、声の主は「ああ」と静かに頷《うなず》くと、

「聞いたか、シュドラクの民よ。これが新たな同胞の願いだ。これは、己の命を賭けて証明したはずだ。己の望みを、見たものを、ならば！」

「皆まで言うナ。――我らには誇りモ、勇気もあル」

「――――」

ぐったりと、体の力が抜けて、意識が遠ざかっていく。

強引に繋《つな》ぎ止めようとした声も、今度はそれをしようとしない。ゆっくり、ゆっくり、ゆっくりと遠ざかり――、

「――貴様は己の務めを果たした。女は任せるがいい」

最後の最後、意味のわからない、しかし、頼もしい声だけが聞こえた、気がした。

気がしたのだ。

7

――何かが、おぞましい何かが渦を巻いている感覚があった。

渦、そう渦だ。

ぐるぐる、ぐるぐるぐると、勢いよく回り、全てを呑《の》み込んでゆく渦が渦巻いている。

それがどこかで、いいや、自分の中心で、ぐるぐると渦が渦巻いている。

何もかもを呑《の》み込んでしまう、嵐のように強烈で、稲妻のように鮮烈で、マグマのように熱烈で、そんな凶悪な黒い渦が、渦巻いている。

それはあるいは、ずっとこの身の奥底に眠り続けていたおぞましき呪縛。

決してほどけることなく、延々と絡み合い、結び合い、繋《つな》がり合った『死』の呪縛。

この命は先約済みだと、誰にも売り渡すまいとする強欲《ごうよく》なる呪印。

本来であれば命を蝕《むしば》むはずの呪怨、それらが互いに干渉し、憎み合い、相手に引き渡すことを拒み、抗《あらが》い、奪い合う。──結果、相反する答えへ至る。

呪いは、この器を死なせまいとする。

ぐるぐる、ぐるぐると、勢いよく回り、全てを呑み込んでゆく渦が渦巻いている。

獣に、龍《りゅう》に、呪われた器を中心に、ぐるぐる、ぐるぐると、渦巻いて──。

8

赤い旗の天幕が、治療用。陣地にあったのは全部で五つ。

黒い旗の天幕が、備蓄用。陣地にあったのは全部で二十五。

白い旗の天幕が、幹部用。陣地にあったのは全部で三つ。

金の旗の天幕が、指揮官用。陣地にあったのはたったの一つ。

雑用係の名目で、あちらこちらを走り回る自由を与えられていたから、短い時間ではあったけれど、意外と各所に目を配ることができた。

本物の野営陣地というものを見るのは、スバルにとって帝国が二度目だった。

一度目は、ルグニカ王国での白鯨《はくげい》戦前後のことだ。

白鯨の出現に備えるため、フリューゲルの大樹の周囲に陣取ったとき、ここまで本格的ではないものの、野営陣地というものを設営した。

その後も、小規模のものなら何度か野宿の機会には恵まれたものだ。とはいえ、それらはあくまで簡易的なもので、帝国ほど本格的なものはそうそうなかった。

なので、物珍しさも手伝って、あちこちをよくよく観察していたと思う。

もちろん、一人を除いて帝国兵にはあまりいい印象を抱かれていなかったようなので、何か重要なものがある場所に出入りしようものなら、それこそスバルの首と胴は別れ別れになっていただろうから、ほんの上っ面の部分だけであるが。

しかし、その程度の知識であっても――、

「――十分、有用なものだ。情報があるのとないのとでは雲泥の差……何より、張った陣容を知れれば、おおよそ敵の兵力が割れる。あとは」

「我らの勇気と力を示すのミ。よくわかっている、同胞ヨ」

「ああ、見せてみるがいい。かつて、武帝と謳《うた》われた皇帝と轡《くつわ》を並べ、あらゆる敵を薙《な》ぎ倒した勇敢なる戦士、シュドラクの民の誇りと武を」

うつらうつらと、まるで温《ぬる》い水の中を漂っているような倦怠感《けんたいかん》がある。
そんな最中《さなか》に聞こえてくるのは、覇気に漲《みなぎ》った男と女の声だった。

「――――」

その、声の主である男と女のもの以外にも、多くの息遣いが聞こえている。
大勢の、たくさんの人間の気配を感じる。

大勢の、たくさんの人間の熱い熱い、熱意のようなものを感じる。

それらがやけに、妙に自分を中心に高まっていくのを感じて――、

「――では、始めるぞ、シュドラク！　ここから、反撃の狼煙《のろし》を上げる!!」
「お、おおおお――っっ!!」

――凄《すさ》まじい雄叫《おたけ》びが、世界を丸ごと噛《か》み砕《くだ》くみたいに響き渡った。

「――おぁ!?」
びしゃり、と顔に冷たく濡《ぬ》れた感触を被《かぶ》せられ、スバルの全身が驚きに跳ねた。

何があったのか、意識は急速に引き上げられ、ぱちくりと瞬《まばた》きする視界は白く覆われていた。――否《いな》、これが濡れた感触の答えだ。

スバルの顔に被せられていたのは、濡らしてほとんど絞られていない布切れだ。

以前、何かの本で、顔にタオルを被せて、その上に水を垂らすという拷問があると読んだことがある。用意するのはタオルと水だけでよく、手軽に溺れる感覚を味わわせることができるという、まるで地獄のような水責めのテクニック――。

「お、俺が話せることなんて何もねぇぞ……！」

「おオ、スー、起きタ。元気になっテ、ウーも安心」

「あ、あ……？」

拷問官にしては幼い声が聞こえて、スバルは驚きながら顔を横に振る。すると、被せられた布がずれ、普通に視界を確保することができた。

どうやら拷問ではなかったらしく、開けた視界にはうっすらと大きな木々の葉っぱに遮られた空が見える。そして、その空を隠すようにひょいと顔を覗《のぞ》かせたのは――、

「お前、は……」

「ウタカタ！　ウー、スーの護衛！　看護！　子守役！　目覚めてよかっタ！」

「……イマイチ、ピンとこねぇんだが」

けらけらと笑い、そう甲高い声で主張してきたのは、黒い髪の先の方を桃色に染めた少女――そう、ウタカタだった。

「スー、『血命の儀』、終えタ！　ウーもミーもホーも、みんなみんな驚いタ！」

「……段々と思い出してきたぞ。そうだ、『血命の儀』をやらされたんだ」

シュドラクの民に自分たちを認めさせるため、『血命の儀』へと挑んだ。

シュドラクに伝わる成人の儀であり、一人前であると認めさせるための行い。それにスバルと、同じように捕まっていたアベルの二人がかりで挑み——、

「……ダメだ。無我夢中だったせいか、後半が全然思い出せねぇ。生き残ったってことはアベルがうまいことやってくれたのか……？」

「——？　スー、覚えてないカ？　ミー、大爆笑してタ」

「大爆笑って、俺の無様さにか？　勘弁してくれよ……って」

首をひねったウタカタに顔をしかめ、スバルはぐっと体を起こそうとする。その途中、右手を床についたところで、スバルは妙な感覚を味わった。

右手の感触が、変だった。それも床ではなく、スバルの腕に原因がありそうな感覚。

「——。あの、ウタカタさん？　俺のその、右手ってなんかなってます？」

「スーの右手？　ア、すごかっタ！　ぐしゅぐしゅってしテ、ブワーってなっタ」

「ぐしゅぐしゅってしてして、ぶわーっ⁉」

嫌な予感しかしない擬音を並べられ、スバルが目を剥《む》く。

それから深呼吸を繰り返し、まず心の準備の方を済ませてから、意を決しようとする。

まずは首を左手に向けた。指が三本折れている。痛いが、安心した。

そうしてゆっくりと、右手の方に視線を向けて――、

「……なんじゃこりゃ」

一瞬、見えたものが何かの間違いかと思うほど、それは異質な状態だった。

元々、スバルの右腕には黒い斑《まだら》のおぞましい紋様が走っており、それは水門都市プリステラで『色欲《しきよく》』の大罪司教と一戦交えたときの後遺症だった。

『色欲』のカペラは自らの血を龍《りゅう》の血とのたまい、スバルとクルシュの二人にそれを浴びせかけた。その結果、クルシュは癒《い》えない傷を負い、スバルは彼女の肉体に走るおぞましい血を引き受けるかのように、右足と右腕に黒々とした紋様を刻んだ。

とはいえ、見た目以外の悪影響はなかったため、スバルは普段は長袖の服を着ることで隠し、できるだけ意識しないようにしてきたのだが――、

「――――」

びっしりと、紋様どころの話ではなかった。

スバルの右腕、その指先から手首、そして手首から肘に至るまでの前腕の半分くらいまでが、まるで黒い手袋を嵌《は》めたみたいに真っ黒に染まっていた。

ごくりと唾《の》を呑み、スバルはおそるおそる、その黒い右手に左手で触れてみる。

ぶよぶよと弾力のある感触が左手にあり、逆に右手の触れられた感覚は乏しい。右手はゴムの手袋を嵌めているような状態で、動きも緩慢《かんまん》としていて――、

「……いや、これ、もしかして」

覚えた違和感、それを形にするために、スバルは左手の爪を黒い右手に強めに立てた。

ぐっと指を押し込み、引っ掻《か》くように動かす。

すると、右手の黒い部分がボロっと、土の壁を剥《は》がすみたいに剥がれ落ちた。

「うえ⁉」と驚きながら、スバルは剥がれた部位に指をねじ込み、憑《と》りつかれたように剥がすのに集中、やがて指先から前腕までの黒い部分が全て剥がれて、その下から綺麗《きれい》な新品の、ナツキ・スバルの右手が出てきた。

「な、なんじゃこりゃあぁぁぁ――っ⁉」

「うきゃんっ⁉」

我が身に起こった衝撃的な事態を目の当たりにして、スバルが悲鳴を上げる。と、その声に驚いたウタカタが尻餅をついた。

だが、スバルも余裕がなく、転んだ少女に手を貸してやることもできない。

「な、な、な……どうなってんだ、俺の手！　俺の、手……だよ、な？」

おそるおそる確かめてみるが、何の違和感もなく右手は動く。

右腕に元々あった黒い紋様は失われ、スバルの右手は綺麗な、それこそ異世界生活で一年間揉《も》まれてきた『幼女使い』の右腕だった。

「って、誰が『幼女使い』だ！」

「――声がしたと思ってみれば、貴様は何を言っている」

健在な右手を確かめ、混乱するスバルの下へ誰かがやってくる。――否《いな》、誰かということもない。この傲岸《ごうがん》不遜《ふそん》とした物言いの心当たりは二人しかおらず、心当たりは男女で分かれているため、区別は容易だ。これは男の声、すなわち――、

「アベル、か。お前、生きてたんだな」

「当然であろう。貴様よりよほど平然としたものだ」

そう言って鼻を鳴らしたのは、変わらぬ覆面姿も見慣れてきたアベルだった。

スバルと一緒に『血命の儀』に挑んだ彼だったが、どうやら死なずにエルギーナとの戦いを生き延びたらしい。むしろ、スバルが生き残ったのが彼のおかげというべきか。

たぶん、エルギーナを倒してくれたのも彼だろうから。

「――む。貴様、その右腕はどうした。あのおぞましい見た目はやめたのか？」

「洋ゲーのキャラクリ画面じゃねぇんだから、自由にカラーリング変えられるわけじゃねぇよ。……引っ掻いたら黒いとこ全部剥がれたんだ。なぁ、ウタカタ」

「そうそウ。スーの右手、ボロボロ剥がれタ！　気持ち悪イ！」

「わかるけども！」

率直なウタカタの感想に頬《ほお》を引きつらせ、スバルはアベルに右手を突き出す。その無事な右手を矯《た》めつ眇《すが》めつ確かめて、アベルは「そうか」と呟《つぶや》いた。

「いずれにせよ、元通りになったのなら構わぬ。まさか魔封石の指輪ごと殴りつけるとは思わなんだ。手首から先がなくなって、助からぬと思ったがな」

「待った待った待った、怖い話されてる？　誰の手首から先がなくなったって？」

「貴様だ」「スー！」

腕を組んだアベルと、右手を突き上げたウタカタの答えにスバルはゾッとする。

「ま、またまた、そんなこと言って。なくなったんなら、この右手はなんだよ」

「それがおぞましくも奇妙な事象よ。腕がなくなり、瀕死《ひんし》の貴様の言葉を吐き出させた。その後は死ぬものと思っていたが……貴様の手から、黒い澱《よど》みが溢《あふ》れたのだ」

「よ、澱み……？」

「それが瞬く間に腕の形を取り、黒い腕となった。何があったのかと問うのであれば、貴様の方こそ何のつもりだと問い返さねばなるまいよ」

鋭い視線に射抜かれ、スバルはうぐっと息を詰める。

アベルにどう言われようと、スバルにも何が起きたのかはわからない。おそらく、右手に刻まれていた黒い紋様――見えなくなったあれは無関係ではないだろう。

あるいはカペラの言う通り、本当に龍《りゅう》の血が働いた結果なのかもしれないが。

「右足の肉腫はプリシラと検証したが、右腕も同じ状態だったってことか……」

スバルが龍の血を浴びたのは、三ヶ月近く前の水門都市での出来事だ。

その後のアウグリア砂丘を越える旅路、そしてプレアデス監視塔での死闘、挙句に帝国入り――その間、文字通り死ぬような事態に幾度も出くわしたが、いずれも多少異常な治癒能力の有無で生死が分かれる場面ではなかった。

だから、事ここに至るまで右腕の異常性に気付かなかったとも言えるが――、

「右手と右足以外は据え置きの融通悪いサービス……いくつ爆弾抱えてんだ、俺は」

「結局、語れぬ事情というわけか。ずいぶんと隠し事が多いようだな」

「顔隠してる奴《やつ》に言われたくねぇよ……」

と、渋い顔をしながら答えたところで、スバルは「あ」と息を吐いた。

のんびりと、右手の異常について思考を走らせたり、アベルの無事を確かめたりしていたが、それよりも優先すべきことがあったのを思い出したのだ。

『血命の儀』に参加したことと、儀式を終えたことが死なずに進行したのなら、つまりは時間がスバルの意識のない間も流れていたことになる。

ということは、またあれから数時間が経過したということで――、

「――レム。そうだ、レムだ！　こうしちゃいられねぇ、レムを……」

元々の目的、取り残してきてしまったレムを連れ戻す。

そのために『血命の儀』に挑んだというのに、時間経過で彼女を救えなくなれば、ああして命懸けの戦いに臨んだ意味が失われてしまう。

「あ！　スー、無茶《むちゃ》するノ、ダメ！　死ヌ！」

「馬鹿言え！　俺が死ななくても、レムが死んだら意味が――ぐッ」

焦る心情に押され、スバルは寝床から降りようと姿勢を変える。

今さら気付いたが、どうやらスバルは奇妙な寝床――丸太を組んで作った神輿《みこし》のような箱の中に寝かされ、どこかに連れ出されていたらしい。

そこから勢いよく降りたところで、スバルは全身をつんざく痛みに呻《うめ》いた。

「が、は……っ」

「たわけが。右腕が生え変わったくらいで、瀕死《ひんし》の肉体が復調したとでも思ったのか？ 言ったはずだぞ。貴様は死ぬものと俺は見たと。俺の見立てが過つと思うか？」

「それ、は……」

痛みに蹲《うずくま》ったスバルを見下ろし、アベルの冷たい声が降ってくる。

そのアベルの言葉を肯定するように、スバルは自分の体の奥底から、じわりと何かが沁《し》み出してくるような、そんな感覚があることに気付いた。

致命的な痛みをいくつも知るスバルには、これが危険信号だとわかる。

まるで、開いてはいけない場所に穴の開いた風船かバケツのように、中の水やら空気やら、膨らませている要因がこぼれ出していくような感覚――、

「でも、レムを……」

「――。この状態でもなお、自分ではなく、女の方を気にするか。まぁいい。わかっていたことだ。右手がなくても望んだことであるからな」

「……あぁ？」

「こっちだ」

自分の命より、この場にいないレムの安否が気にかかる。

そんなスバルの言葉に呆《あき》れた吐息をこぼし、アベルが顎をしゃくった。そのまま、彼は

スバルを一顧だにせずに歩き出す。ついてこいと、そう言わんばかりに。

「スー、いけル？　肩貸ス？」

「いや、いけるよ……ウタカタの肩借りると、身長差で余計しんどそうだ」

顔を覗《のぞ》き込み、気遣ってくれるウタカタに苦笑い。

それからスバルは深呼吸して、どうにかこうにか立ち上がった。足を引きずるようにして、前を歩いているアベルへ追いつく。

「――――」

アベルは少し先で、スバルが追いつくのを待っていた。

緑の草に覆われた岩を足場に、彼は見晴らしのいい崖際から向こうを眺めている。えっちらおっちらと、スバルも大岩をよじ登り、彼の隣に並んだ。

そして――、

「――見ろ」

今一度、小さく顎をしゃくった彼に従い、スバルは顔を上げた。

そうして上げた視界、スバルは高台から一望できる光景を目にし、口を開けた。

ぽかんと、呆気《あっけ》に取られたように。何故《なぜ》ならそこには――、

「――あ？」

黒煙が上がり、炎に包まれる陣地――帝国兵の野営地が、火の手に呑《の》まれていた。

9

——聞こえてくるのは鬨《とき》の声、大気を震わせる勝利の凱歌《がいか》。

「——っ!!」

雄叫《おたけ》びを上げ、あるいは聞いたことのない歌を高らかに歌っているのは、褐色の肌に弓を背負い、戦場を縦横無尽に駆け抜ける女戦士たち。

シュドラクの民の奇襲により、帝国兵の陣地は壊滅状態へ陥り、帝国兵たちは抵抗する術《すべ》を失い、逃げ惑い、次々と討たれていくしかなかった。

「これ、は……」

「攻勢に回り、武器を奪い、薬品を焼いて、指揮官を穿《うが》つ。手指と頭を失えば、あとはなりふり構わず背を向けて逃げるしかない。——剣狼《けんろう》たるものが無様なものよ」

眼下、黒煙と強弓に追い立てられ、這《ほ》う這《ほ》うの体《てい》で逃走する帝国兵が見える。

だが、森の中で獣を狩ることを生業《なりわい》とするシュドラクの民からは逃げられない。はるか彼方《かなた》までも見通す彼女らの矢は、背を向けて逃げる兵の心臓を正確に撃った。

何人が逃げ延びただろうか。何人が生き延びただろうか。

いったい、何人が死んだのだろうか。

「こんな……っ」

「何を呆《ほう》けている、ナツキ・スバル。貴様が望み、貴様がもたらした情報で以《もっ》て、貴様の同胞たちが成し遂げた戦果だ。これを笑わず、何を笑う」

　まさしく戦場と化した野営地の光景を見下ろし、スバルは意識が遠くなった。その上、現実を強く押し付けてくるアベルは、この所業をスバルが望んだと言い放つ。

　それが耐え難くて、スバルは治ったばかりの右腕でアベルの胸倉を掴《つか》んだ。

「俺が望んだだと？　こんな、こんな光景をか⁉　馬鹿を言うんじゃ……」

「——ならば、流血なく願いが叶《かな》うとでも思ったのか？」

「——っ」

　その静謐《せいひつ》な眼差《まなざ》しに、鋭い舌鋒《ぜっぽう》に切り刻まれ、スバルは言葉を失った。

　流血なく、願いが叶うと思ったのかと言われ、何も言えない。

　流血なしで、叶えられると思っていた。できると、考えていた。

　だって——、

「言い換えてやろう、ナツキ・スバル。——貴様は、自分自身以外の流血なしに願いが叶うとでも思っていたのか？」

「——ぁ」

「ふざけた考えだ。愚かで度し難い思い込みだ。自分自身が血を流せば、争う第三者たちを止められるとでも本気で考えていたのか？　それは貴様の掲げたくだらぬ英雄願望などよりなお性質《たち》の悪い、英雄幻想だ」

「——」

「貴様は人間だ、ナツキ・スバル。英雄でも賢者でもない。故に、貴様がいようと人は血を流し、命を落とし、奪ったり奪われたりを繰り返す」

胸倉を掴《つか》まれたまま、アベルは力の抜けていくスバルを滅多打ちにする。

言葉に打たれ、スバルは歯の根を震わせ、嫌々と首を横に振った。

それは、そうなのだろう。否定できない事実なのだ。それはわかる。でも、スバルはそれを呑《の》み込めない。それを当たり前のものと、そう呑み込める世界を生きてこなかった。

異世界にきてすらなお、ナツキ・スバルの倫理観は日本の高校生のままだ。

「俺は英雄を望まぬ。奴《やつ》らに縋《すが》り、頼り、委ねることなどない。あらゆるものを背負い、豊かな方へ進める。——英雄に、それはできん」

「なん、なんだよ……お前、何をどうしたいんだ……」

力が抜けて、その場に再び膝をつくスバルはアベルがわからない。

『血命の儀』に共に挑み、勝利をもぎ取っただろう相手だ。意外と会話のテンポが合い、相性は悪くないのだと思う。だが、何を考えているのかわからない。

当然だ。——顔も見せない相手と、どうしてそんな風にわかり合える。

「顔も、見せない奴と何を……」

「顔か。——ならば、見せてやる」

「え？」と、疑問の声を投げかける暇さえ与えられなかった。

苦し紛れの、蚊の鳴くようなスバルの訴えを聞いて、アベルが自分の顔に手をかける。

そして彼が顔に巻いた覆面、そのボロの結び目を指で解《ほど》くと、風が吹いた。

強い風になびいて、勢いよく覆面が外れ、飛んでゆく。

飛んで、飛んで、それは戦場と化した陣地を飛び越え、はるか遠くへ向かう風に乗って
どこまでも、どこまでも、遠く飛んで――、

「あるいは帝都まで行くだろう。――俺が座るべき、玉座のある都まで」

風に飛ばされるボロ切れを眺め、大仰なことを言い放ったアベル。

その露《あら》わになった男の顔を見て、スバルは静かに息を詰め、目が離せなくなる。

それは、切れ長な瞳が印象的な黒髪の美青年だった。

年齢はスバルよりいくつも上で、二十代の前半から半ばといったところか。目を奪われるほど整った顔立ちをしており、しばらく森や集落で過ごしたことが原因で髪の乱れや頬《ほお》の汚れが目立つものの、それすらも持ち前の美貌を際立てる役目を果たしている。

すらりと長い手足と、細身の胴体の上にその顔が乗っているのだから、おおよそ美丈夫として完成された存在感と言えよう。

だが、やはり彼《か》の人物の最も特徴的なのは、その黒い瞳にあると言える。

見るもの全てをひれ伏させるような、凄《すさ》まじい覇気と威圧感を伴った眼光。

それを真正面から向けられ、すでに膝をついているスバルは、自分がその姿勢から傷や疲労感とは異なる理由で動けなくなるのを感じた。

わかるのだ。魂が、目の前の人物に対して屈服しているのだと。

その、凄《すさ》まじい存在感の理由は――、

「――ヴィンセント・アベルクス」

「……は？」

「俺の名だ。少なくとも、再び玉座に座るまではこの名を名乗る。もっとも、今後もアベルの方で通すのが賢明だとは思うがな」

そう言って、唖然《あぜん》となるスバルにアベルは口の端を歪《ゆが》めた。

それがひどく凶悪な、野性味さえ感じさせる笑みであるのだとスバルは遅れて気付く。

その名前が意味するところはわからぬままに――、

「――アベル！　スバル！」

スバルの硬直を解いたのは、投げかけられた鋭い声だった。

とっさにそちらへ顔を向けると、手を振りながらスバルたちの方へやってくる人影が見える。それは髪を赤く染めた女傑、シュドラクの長《おさ》たるミゼルダだ。

「陣の制圧は完了しタ。こちらの被害は最低限デ……おお？　アベル、お前の顔を初めて見たガ、ずいぶんと色男……」

「ミゼルダさん……」

「こほん……スバル、お前モ目覚めていてよかっタ。あのまま死んでハ、同胞としても浮かばれなかったからナ」

一瞬、アベルの素顔に見惚《みほ》れたミゼルダが咳払《せきばら》いし、スバルに優しい目を向ける。

それは死を目前とした生者へ手向ける優しい微笑で、スバルの心と身が竦《すく》む。アベルと同じように、彼女もスバルが長くもたないと判断している。

「ホーリィ、こっちに連れてこイ」

「はいはい、わかったノ～！」

振り返るミゼルダが誰かに声をかけると、元気のいいのんびりした返事がある。

そのまま、のしのしとこちらへ歩んでくるのは、大岩さえも軽々と運んでみせた黄色く髪を染めた女性――ホーリィと、そう呼ばれた娘だった。

そして、そのニコニコと微笑《ほほえ》んだホーリィの腕に抱かれているのは――、

「暴れちゃダメなノ～。ぶっ飛ばされたクーナがまだ起きなくて可哀想《かわいそう》なノ～」

「勝手なことを……っ！　離してください！　何をするつもりなんですか！」

「もう、人の話を聞いてくれない子で困っちゃうノ～」

困り顔のホーリィ、彼女の腕の中で身をよじってもがいている少女がいる。

それは青い髪に、愛らしい顔立ちを怒りで染め上げた、スバルが今、この場で最も見たかった、声を聞きたかった、会いたかった少女であり――、

「――レム！」

その瞬間、スバルは自分の体調の不良も、アベルに対して感じた畏怖も、眼下の炎に包まれる戦場への拒絶感も、何もかもを忘れて走り出していた。

そして、スバルはホーリィに抱かれるレムの下へ向かい――、

「あなたは……」

「レム！　よかった、お前は無事で……」

「あなたが、これをやらせたんですか！　最低です！」

と、その体にスバルが腕を伸ばした途端、レムの振るった手がスバルの頬《ほお》を打った。

バチンと強めの音が響いて、ホーリィとミゼルダ、ウタカタまでも驚きに目を見張る。

結構な威力だったから、スバルも吹っ飛びそうになったぐらいだ。

でも、吹っ飛ばなかった。殴られて、どうしてと不満を訴えることもなかった。

不満なんてどこにもなかった。

だって、レムがこうして生きていて、喋《しゃべ》ってくれて、それだけでいい。

「レム……」

「──っ、あなたはどこまでも」

結構な威力で頬を叩《たた》かれ、しかし、スバルは構わずレムの体を掻《か》き抱いた。ホーリィから奪うようにスバルの胸に迎えられ、レムが驚いたあと、怒りに顔を赤くする。

そのまま、強烈な一撃を叩き込まんと拳《こぶし》を固めて──、

「……あなたは」

スバルの体にトドメを刺す前に、その満身創痍《まんしんそうい》ぶりに気付いたようだった。

安堵《あんど》に力が抜けて、その場にへたり込むスバル。その腕に抱かれたまま、レムはスバルの体の負傷──肩や胴体、足に左手と様々な傷に言葉を失う。

「……いや、左手はレムに折られたんだけどね？」

「そんなのわかっています！　でも、それ以外にこんな傷……こんなの、死んでしまいますよ！　すぐに治療しないと……」

「無駄ダ」

力ない笑みを浮かべたスバルを見て、レムが必死にそう訴える。だが、その訴えはミゼルダの短く明瞭な答えによって却下された。

その言葉の切れ味に、思わずレムも「え」と顔を上げる。

そんなレムの視線に、ミゼルダは首をゆるゆると横に振って、

「スバルの傷は深ク、手当てしても治るものではなイ。今は精神力がもたせていたガ、それもうすぐ途切れるだろウ」

「途切れるって、そんな、急にどうして……！」

「――？　自分の女を取り戻したからに決まっていル」

首をひねり、ミゼルダが当たり前のことのようにそう言った。

それを受け、レムが「は」と息を詰め、顔を上げていられないスバルが苦笑する。

「ミゼルダさん、言い方……」

「間違ったことを言ったカ？　同胞の最後の願いともなれバ、我々も全霊を尽くしタ。そうする価値がある男ダ、お前ハ」

「はは、恐悦至極……」

ミゼルダの真《ま》っ直《す》ぐな信頼の言葉が嬉《うれ》しい反面、憎らしい。

だって、彼女らの見立てや言葉が間違いないことは、スバル自身がわかっている。だから、この場のレムに余計なものを背負わせ、足を重くしてしまう。

ただでさえ動かしづらい足を、重たくしてしまう――。

「なんで、なんでなんですか……」

首を持ち上げておく力もなくなったスバルに、そんなレムの声がかかる。

そのレムの声が震えているのと、いつの間にか、レムを抱きしめていたはずのスバルが逆にレムの腕に体を支えられていたのに気付いた。

レムが薄青の瞳を揺らめかせ、疑念と不信、それと悲しみの目でスバルを見ている。

「どうして、あなたはそうまでするんですか？　私を、どうして……」

「――――」

「どうしてなんですか」

問われる。何故《なぜ》、そんなことをするのかと。

こうして問いかけを、以前にも受けたことがあったのを覚えている。

大事な子に、やっぱり同じように問いかけられ、スバルはなんと返したものだったか。

記憶が曖昧になりかけ、意識が落ちそうで、思い出せない。

だから、目の前の泣きそうな女の子に、心が赴くままに答えを返す。

「どうして」

と、そう問われたから。

「――君に、幸せになってほしいんだよ」

「――――」

「笑って、ほしい。……それだけで、俺はいいんだ」

たくさんの愛に囲まれて、大好きな人たちと同じ場所で、笑ってほしい。

花が咲いたみたいに、雲一つない青空みたいに、遠く遠く空の彼方《かなた》で眩《まばゆ》く輝いている星々のように、笑ってほしい。

ただ、笑ってほしいんだ。君に。

「――え？　ちょっと、待って、待ってください……っ」

ぐったりと、スバルの体からゆっくりと力が抜ける。

頭が下がり、首がそれを支えられなくなり、上体がだらりと倒れかける。それをとっさに強く引き寄せ、レムは自分のすぐ隣に頭がくるスバルに呼びかける。

答えは、ない。

「――同胞ヲ、戦士の御霊《みたま》の安らぎヲ」

ミゼルダが背筋を正し、その唇から敬意と、それを後押しする歌が紡がれる。

そのミゼルダの歌に従い、ホーリィとウタカタが、他のシュドラクの民たちが、戦場で勝利の凱歌《がいか》を歌っていたものたちが、合わせて歌い始める。

それは最後まで戦い、己の誇りを全うした戦士を送る鎮魂の歌――、

「待って、ください。そんなの、だって、私はこの人が……っ」

鎮魂の歌に送られ、ゆっくりと命を手放そうとしているスバル。そのスバルの安らかな顔を見ながら、レムが嫌々と首を横に振る。

理由はわからない。意味もわからない。

言われた言葉も、結局はレムの聞きたい疑問の答えになっていない。

だけど、このままではそれが永遠に失われるとわかって――、

「お願い、こんなところで、死なないで死なないで死なないで……」

耐え難い、おぞましい、本能的に忌避したくなる臭《にお》いを纏《まと》ったまま、どこまでもレムを慈しむような目で見た男を、ここで失ってはならないと魂に訴えられる。

そうするがままに、レムは唇を噛《か》みしめ、救いを欲し――、

「あーうー？」

ふっと、子どもの唸《うな》る声と共に、自分の肩に手が乗せられたのを感じた。

「――あ」

涙を溜《た》めた瞳で振り向けば、レムの肩に手を乗せたのは金色の髪の少女だ。彼女はぽけーっとした顔をしたまま、意識のないスバルを眺めている。

そのまま、少女は「うあうー」と唸ると、

「……これって」

じんわりと、温かな感覚が少女に触れられた肩からレムへ流れ込んでくる。

それは柔らかく、胸の奥がじくじくとこそばゆくなるような感触で、レムは自分の呼吸が苦しくなり、いつしか頬《ほお》から涙が流れるのを堪《こら》えられなくなる。

そして熱は触れ合った少女の掌《てのひら》を伝い、レムを溢《あふ》れ、そのまま――、

「――」

抱きすくめている、今にも命を手放す寸前のスバルの体に流れ込んで。

「――なるほど、治癒の魔法か。これは俺も想定せなんだ」

「え……？」

何が起きているのか、自分で自分がわからずいたレムの耳を男の声が打つ。顔を上げれば、腕を組んだ黒髪の男が目を細め、こちらを見ている。

その顔に問いかけようと唇を開きかけ――、

「口を閉じていろ、女。貴様にも無意識のそれは、条件が整ったが故に発動している一種の奇跡だ。気を抜けば、発動が途切れて効果を失うぞ」

「――」

「疑問も怒りも、目の前のことを片付けてからにせよ。機会をふいにするな」

男の言葉には否定し難い重みがあって、レムは言い返すための口を閉ざした。

そして男の言う通り、腕の中のスバルの体に熱を送り込むのに集中する。

これが、いったいどんな効能のある熱なのかはレムにもわからない。ただ、腕の中で消えていくだけだったはずの息がわずかに力を取り戻している。

それだけで、今のレムには十分だった。

「……今は、まだ、あなたが何なのか私にはわかりません。でも」

でも、と言葉を区切り、その先の言葉を躊躇《ためら》って、レムは目をつむる。

幸せになってほしいと、そう言われた言葉は嘘《うそ》でないように聞こえたから。

「生きていなくちゃ、私が笑うところも見られませんよ」

と、そう囁《ささや》くように呼びかけたのだった。

10

――治癒の光が発動し、ナツキ・スバルの致命の傷が癒《い》えていく。

「――――」

腕を組み、それを見下ろしながら男――ヴィンセント・アベルクスと名乗った人物は、途切れかけた命を繋《つな》いだスバルに嘆息する。

何とも、悪運の強い男だと思う。死にかけの状態でシュドラクの民の心を掴《つか》み、その上で取り戻したいものを取り戻した挙句、自分の命まで拾ったのだ。

まさか、あの青い髪の娘――レムを取り戻せば、自分の命が助かると打算的に考えていたのかとも推測できるが。

「そのように器用なら、まずは折られた左手の指を治していようよ」

レムに折られた指もそのままに、血と泥に塗《まみ》れて彼女の奪還を願った男だ。

それこそ、風説で語られる『英雄』としての片鱗《へんりん》など微塵《みじん》もない男だった。

「落命する男への手向けのつもりだったが……生き残るなら、それはそれでいい」

顔を覆う感覚を失い、久々に風に当てた素顔に触れながら男は目を細める。

ナツキ・スバルは命を拾い、シュドラクの民との血盟は結ばれた。どうやら陣の帝国兵たちは何も知らされていなかったようだが、それも予測の範疇《はんちゅう》だ。

まだ、この地の――否《いな》、この帝国の大半の人間が気付いていない。

強国である神聖ヴォラキア帝国に訪れた、未曾有《みぞう》の政変の一大事に。

だが――、

「宰相ベルステツ、寝返った九神将、そして頂を知らぬ愚かなる帝国兵共よ」

熱を孕《はら》んだ風の吹く丘の上、男――アベルははるか西、帝都の方へと向き直る。

神聖ヴォラキア帝国の中心、帝都ルプガナ、奪還すべき玉座のある地――、

「――俺の帰還を震えて待つがいい」

そして――、

「せっかく生き延びたのだ。付き合ってもらうぞ、ナツキ・スバル。――我が手に、ヴォラキア帝国を取り戻すために」

《了》

あとがき

どうも、長月達平です！　鼠色猫です！

そんなわけで波乱の第七章が始まりました！　作者的にも長く長くノンレム睡眠させていたキャラクター（無意味な配慮）が目覚め、色々と新しく面白い試みをやっていきたいと思っている意欲的な章となります。

右も左もわからず、次々と起こる事態に翻弄されるスバル同様、皆さんもハラハラする気分を味わっていただけたでしょうか？　実は作者も話の展開とはまた別の方向で、かなりハラハラする状態だったのが今回の26巻です。

ここまでお付き合いの皆様はご存知の通り、この作品は現在進行形でWebの方も更新中……そのWebと書籍の差が、いよいよ消滅しました！

つまり、今後のリゼロの先の展開を知るものは作者と神のみ！　今後のリゼロは未知でいっぱい！　どうぞ皆様お楽しみあれ！　作者はハラハラ継続ですが！

そんな息継ぎ必死の状況の中、恒例の謝辞へと移らせていただきます！

担当のI様、今回の俺以上にハラハラ進行だったかと思います。最近、延々と苦しい苦しい言っているので、そろそろ挽回したいですね！　ありがとうございました！

イラストの大塚先生には、今回は『シュドラクの民』を始めとして毛色の違うデザインを多数ありがとうございました！　本当にお時間ない中、作業をお願いして申し訳ありません。でも、帝国はまだまだ新キャラ出ます！　よろしくお願いいたします！

デザインの草野先生、密林の中に玉座を置いてドヤ顔する皇帝とアマゾネス……文字にするとわけのわからない状況を、素晴らしくありがとうございます！　新章へ突入するたびにどんなテイストが持ってこられるのか、毎回の楽しみです！

コミカライズ関係でも、月刊コミックアライブで花鶏先生&相川先生の四章コミカライズと、野崎つばた先生の『剣鬼恋歌』が絶賛連載中！　マンガUP!ではツカハラミノリ先生の『氷結の絆』がクライマックス！　皆様、いつもありがとうございます！

そして、MF文庫J編集部の皆様、校閲様や各書店の担当者様、営業様とたくさんの方々にお世話になっております。今後とも、何卒よろしくお願いします！

それから、テレビアニメ2期の製作に携わってくださった皆様、渡邊監督を始めとした全ての方に御礼申し上げます。リゼロの中でも屈指の難しいエピソード、皆様の熱量で素晴らしいアニメにしていただけました。感謝、大感謝です！

そしてそして最後に、いつも応援してくださる読者の皆様に最大の感謝を！

ナツキ・スバルが最も死んだ六章が終わり、新たな苦難の七章、どうぞお楽しみに！

ではまた、次の巻にてお会いできれば！　ありがとう！

２０２１年３月《ますます気合い入れて、物語を紡ぐ決意と共に》

密林の民
シュドラク
RED
ミゼルダ
姉
姉妹
BLUE
タリッタ
妹
もきゅ
もきゅ
YELLOW
ホーリィ
GREEN
クーナ
PINK
ウタウタ
カリアゲ

「はい、そんなわけで次回予告タイム！　ここは恒例の、リゼロの色んな情報をお伝えする枠なんだ。とはいえ、まだまだレムは病み上がりだからな。細かいところは俺に任せてどっしり構えててくれたらいいから！」

「は？　勝手なこと言わないでください。仕事は仕事、そのぐらい今の私でもわかっていますから。第一、あなたに甘えるなんて以ての外です」

「うぐっ！　ま、まぁ、レムがそうやって前向きなのはいいことだ、いいこと！　わかったぜ、レム。お前の社会復帰のために、俺もできるだけ協力を……」

「求めていません。……あの、早く本題に入った方がいいんじゃないですか？」

「ですね！　じゃあ、お知らせいきます！　――まず、このお話の次の巻、27巻は六月の発売予定だ。内容は現状、あとがきによると神と作者しか知らねぇらしい」

「それはずいぶんと見通しの甘いお話ですね。……この巻ではあなたにあれこれと振り回されていたので、次の巻ではそれがなくなるといいんですが」

「あれ!?　俺と認識違うな？　俺の方が振り回されてた気分なんだが……」

「それと、テレビアニメ2期の放送が無事終了しました。世の中が大変な状況でしたが、大勢の方々のご尽力あってよいアニメになったかと思います」

「ああ、それは間違いない。レムが眠っちまったあとのみんなで、右へ左へ大わらわだったが、最後には一丸となれた！　あとは

スバル

レムが戻ってくれれば……」

「――――」

「おっと、いやいや急いでない急いでないぜ？　スローテンポ、マイペース、自分に見合ったリスタートでやってこう。そう、ゼロから！」

「なんだかわかりませんが、ものすごくイラっとしました。……あとは、『Re：ゼロから始める異世界生活』のPCブラウザゲーム化が発表されたそうです」

「タイトルは『禁書と謎の精霊』！　聞いた話じゃ、本編未登場のオリジナルキャラとリゼロ世界を大冒険って話らしい。こうご期待ってな！」

「一応、いただいたお知らせはこれで全部です。……ふぅ」

「お？　ホッと一息ってことは、結構緊張してたっぽい？　なんだ、やっぱりレムも可愛いとこがあるじゃ……」

「は？　余計なこと言わないでください。気遣いのできない人ですね」

「それ言われるとグサッと刺さる！　ぐぅう……みんながいないこの状況はしんどいぜ。次の巻でサクッとエミリアたんたちと合流できたりしねぇかな……」

「何をブツブツと……不安なのは、私の方なのに」

「え？　今、なんか言った？」

「――。何も言っていません。あっちいってください、臭いので」

「グサッと刺さる！」

MF文庫J

Re:ゼロから始める異世界生活26

2021年 3月25日 初版発行
2024年 9月10日 5版発行

著者 長月達平

発行者 山下直久

発行 株式会社 KADOKAWA
〒102-8177 東京都千代田区富士見2-13-3
0570-002-301（ナビダイヤル）

印刷 株式会社 KADOKAWA

製本 株式会社 KADOKAWA

Printed in Japan ISBN 978-4-04-680330-6 C0193

●お問い合わせ
https://www.kadokawa.co.jp/（「お問い合わせ」へお進みください）
※内容によっては、お答えできない場合があります。
※サポートは日本国内のみとさせていただきます。
※Japanese text only

◆◇◇

【 ファンレター、作品のご感想をお待ちしています 】
〒102-0071 東京都千代田区富士見2-13-12
株式会社KADOKAWA MF文庫J編集部気付「長月達平先生」係 「大塚真一郎先生」係